Krimi Bergisches Land

Bergischer Verlag

Wolfgang Voosen, 1946 in Lüneburg geboren, studierte Jura in Bonn und Hamburg.

Vor seinem Ruhestand bekleidete er bei der Barmenia-Versicherung in Wuppertal mehrere Führungspositionen, zuletzt als Leiter der Konzern-Rechtsabteilung und Geldwäschebeauftragter. Bis heute ist er Dozent für Rechts- und Wirtschaftskunde.

2009 veröffentlichte er seinen ersten Roman ›Grenzenlos‹, dem 2011 der Bergische Krimi ›Gabriel oder das Versprechen‹ folgte. Auch sein neuester Kriminalroman ›Überleben bis zum Tod‹ spielt im Bergischen.

Wolfgang Voosen

Überleben bis zum Tod

Kriminalroman

Bergischer Verlag

Wolfgang Voosen – Überleben bis zum Tod
Reihe: Krimi Bergisches Land

ISBN 978-3-943886-11-5

1. Auflage 3/2013

Bergischer Verlag
RS Gesellschaft für Informationstechnik mbH & Co. KG
Verleger Arndt Halbach, Martin Czialla
Konrad-Adenauer-Str. 6 / 42853 Remscheid
E-Mail: info@BergischerVerlag.de / www.BergischerVerlag.de

Lektorat: Christine Chmilewski
Titelfoto: Fotografie Wolf Birke mit freundlicher Genehmigung des Privathotels Park Villa, www.parkvilla-wuppertal.de
Gesamtherstellung: Bergischer Verlag, Ernst-Wilhelm Bruchhaus
Druck: AALEXX Buchproduktion

Für Christa

Die Örtlichkeiten, an denen die Handlungen spielen, entsprechen weitestgehend der Realität. Das gilt insbesondere für die Schauplätze im Bergischen Land. Auch Institutionen, Unternehmen, Restaurants und Hotels sowie Personen der Zeitgeschichte, die in keinerlei Zusammenhang mit den dargestellten Tatausführungen stehen, wurden bewusst nicht verfremdet, um einen aktuellen Bezug zur Jetztzeit herzustellen. Ähnlichkeiten oder Übereinstimmungen der sonstigen im Roman genannten Personen mit tatsächlich lebenden Personen wären rein zufällig.

Betreff: *Dreitägiges Survival-Seminar*
Von: *Harald.Iversen@survival.de*
An: *dr.peter.bergstroem@elbaversicherung.de*
An: *dr.sven-eric.feddersen@nordrheinbank.de*
An: *sigurd.gaffelhauser@westfalenstrom.de*
An: *prof.karl-ernst.huber@sprengelmann.de*

Datum: *04.03.2011, 18:38 Uhr*

Sehr geehrte Herren,

nachdem der zunächst vereinbarte Termin im Oktober letzten Jahres aufgrund diverser Terminüberschneidungen in Ihren Häusern nicht zustande gekommen war, haben wir uns jetzt gemeinsam auf den Zeitraum vom 18. bis 20. März 2011 verständigt. Beginn: 8:30 Uhr. Treffpunkt: Villa Braus, Parkstraße, Wuppertal. Im Anhang habe ich Ihnen nochmals das Merkblatt beigefügt.

Mit freundlichem Gruß

Harald Iversen

Merkblatt: Survival-Seminar für Führungskräfte

Die Zeit der RAF, die unter anderem mit der spektakulären Entführung und Ermordung des damaligen Arbeitgeberpräsidenten Hanns Martin Schleyer am 18. Oktober 1977 eines der traurigsten Kapitel in der deutschen Kriminalgeschichte schrieb, ist vorüber. Doch mit dem seit 1993 (Bombenanschlag auf das World Trade Center) weltweit operierenden Terrornetzwerk Al-Qaida offenbart sich eine neue Qualität von Anschlägen: Entführungen und Überfälle stehen auf der Tagesordnung, Massenmorde und Folter führen die Liste der Gräueltaten an. Es ist Aufgabe der Staatengemeinschaft, Mittel und Wege zu finden, dieses religiös motivierte, von islamistischen Fanatikern beherrschte Terrornetzwerk zu zerschlagen – fürwahr ein schwieriges Unterfangen.

Sie als Top-Manager gehören zu einem Personenkreis, der aufgrund seiner exponierten beruflichen Stellung besonders gefährdet ist. Auch Anschläge auf Ihre Unternehmen oder Geiselnahmen zum Zwecke der Geldbeschaffung für die Durchführung von Straftaten sind denkbar.

Mit den seit einigen Jahren ins Leben gerufenen Survival-Seminaren haben wir uns das Ziel gesetzt, Top-Manager der deutschen Wirtschaft auf derartige Situationen vorzubereiten und Reaktionen für den Extremfall zu trainieren. Die Maxime heißt: ÜBERLEBEN.

Zu diesem Zweck werden Sie mit etlichen fiktiven Bedrohungsszenarien konfrontiert. Sie sollen lernen, Gefahr richtig einzuschätzen. Ihrer Analyse muss sich dann der absolute Wille zur Deeskalation unterordnen. Auch wenn Sie im Alltag, der Ihnen fortlaufend schnelle Entscheidungen abverlangt, gewohnt sein dürften, anders zu reagieren.

Darüber hinaus werden Sie aber selbstverständlich auch in den Grundregeln der Selbstverteidigung unterrichtet und Entwaffnungstechniken kennenlernen. Diese anzuwenden, bleibt aber stets die Ultima Ratio, sozusagen das letzte Mittel, falls Ihnen tatsächlich unmittelbare Todesgefahr drohen sollte.

gez. Harald Iversen

Wuppertal, Lortzingstraße 7
Sonntag, 6. März, 20:15 Uhr

Jürgen Fassbinder nahm im Fernsehsessel Platz. In dem vom vielen Wandern stark gebräunten Gesicht des Kriminologen thronte eine mächtige Nase, die ihm bei diversen Mitarbeitern schon frühzeitig den Namen ›Der Riecher‹ eingebracht hatte. Doch auch die Tatsache, dass sich die Zahl seiner aufgeklärten Fälle sehen lassen konnte und weit über den durchschnittlichen Quoten lag, hatte wohl dazu beigetragen.

Wie üblich schaltete er an diesem Sonntagabend nach der Tagesschau auf das Zweite um. Bei einer Verfilmung des Romans ›Zum Teufel mit David‹ von Katie Fforde wollte er – wie seine vor fünf Jahren infolge der Ruptur eines Aneurysmas verstorbene Frau Simone es immer auszudrücken pflegte – die Seele baumeln lassen. Sich den ›Tatort‹ im Ersten anzusehen, kam ihm nur selten in den Sinn. Trotz seines Berufes. Oder gerade deswegen.

Es ärgerte ihn maßlos, wenn Kriminalbeamte in TV-Krimis als Vollidioten dargestellt wurden. Die Filme hatten gar zu wenig mit der Wirklichkeit zu tun. Da fuhren Ermittler des Nachts auf fast leeren Straßen in einem Abstand von nur fünfzig Metern hinter Tatverdächtigen her und wollten den Zuschauer glauben machen, dass die so Observierten dies nicht bemerkten, schwerste Koffer mit Einbruchswerkzeug wurden geschwenkt, als würden in ihnen Styroporkugeln transportiert, und von irgendeinem amerikanischen Regisseur hatte man die Unsitte übernommen, Pistolen beim Schusswechsel waagerecht statt senkrecht zu halten, obgleich kein Polizist seine Waffe je so einsetzen würde!

Außerdem rief die Romanze im Fernsehen Erinnerungen in ihm wach. Seit fünf Jahren war er nun Witwer. Und dieser Film am Sonntagabend war so etwas wie ein Eintauchen in vergangene Zeiten, als seine Frau noch lebte und sie das Wochenende auf diese Weise gemeinsam ausklingen ließen.

Polizeipräsidium Wuppertal
Montag, 7. März, 9:25 Uhr

Manches Mal hatte Fassbinder in den letzten Jahren, insbesondere wenn es galt, einen spektakulären Fall aufzuklären, schon früh um sechs an seinem Schreibtisch im Präsidium gesessen. Auch kurze Nächte, die häufig langen, gelegentlich mehr als zwölfstündigen Arbeitstagen folgten, konnten ihn nicht daran hindern. Der Druck der Öffentlichkeit, oft von den Medien geschürt, lastete auf ihm.
Doch seit Ende letzten Monats hatte sich sein Arbeitsrhythmus schlagartig geändert. Ein Fall von Kindesmisshandlung durch einen drogensüchtigen Vater, die schließlich zum qualvollen Tod eines Zweijährigen führte, hatte ihn veranlasst, einen Brief an seinen Chef Dr. Sauer, Direktionsleiter der Kriminalpolizei, zu schreiben. Kurz und knapp teilte er diesem darin mit, sich dem täglichen Druck nicht mehr gewachsen zu fühlen. Er bitte daher darum, seinen Dienst zum 30. Juni 2011 quittieren zu dürfen.
Eigentlich hätte er wegen seiner Schussverletzung, die er sich einst bei der Verfolgung eines Bankräubers zugezogen hatte, schon vor einem Jahr, mit sechzig, in Pension gehen können. Doch das war bisher kein Thema für ihn gewesen.

Jetzt aber dachte er anders darüber. Übermorgen, wenn sein Chef aus dem Urlaub zurück sein würde, wollte er den Brief im Geschäftszimmer seines Vorgesetzten abgeben.

Wuppertal, Lortzingstraße 7
Dienstag, 8. März, 4:55 Uhr

Er schlief unruhig, wälzte sich von einer Seite auf die andere. Seine Frau Simone erschien ihm im Traum. Deutlich sah er ihr zartes, lächelndes Gesicht mit dieser winzigen Nase, den Grübchen und dem kleinen Leberfleck auf der rechten Wange vor sich. Ihr hellblondes Haar, in das sich erste graue Strähnen geschlichen hatten, verlieh ihrem Gesicht etwas Engelhaftes. Er glaubte, ihren Atem zu spüren, so nah war sie ihm. Und dann hatte sie zu ihm gesprochen:
»Es beschäftigt dich, mein Liebster. Und du weißt nicht, ob deine Entscheidung richtig ist.«
»Ja, ich habe Zweifel, große Zweifel«, hörte er sich sagen. Es war, als stünde er selbst abseits und belauschte das Gespräch zweier miteinander äußerst vertrauter Eheleute.
»Warum diese Bedenken? Du hattest dir das doch gründlich überlegt, bevor du den Brief geschrieben hast.«
Es dauerte einen Moment, bevor er antwortete: »Das schon, aber nachdem wir den Vater verhaftet hatten und er völlig emotionslos eingestand, sein Kind monatelang geprügelt und gequält zu haben, empfand ich das Schreiben meiner Kündigung als eine Befreiung. In letzter Zeit schockiert es mich mehr und mehr, zu was Menschen fähig sind.«
»Aber diese Art von Verbrechen hat es immer schon gegeben.«

»Stimmt. Doch sie berühren mich heute auf andere Weise. Vielleicht hängt es damit zusammen, dass du von mir gegangen bist.«

»Ja, vielleicht. Aber du darfst die Dinge trotzdem nicht so nahe an dich heranlassen.«

»Das sagst du so einfach, mein Engel!«

»Habe ich etwa unrecht? Wenn es dir nicht gelingt, Distanz zu wahren, gehst du an deinen Fällen zugrunde. Dazu hast du schon in unserer gemeinsamen Zeit geneigt.«

»Und was rätst du mir? Was soll ich tun? Alles hinwerfen?«

»Versuch es noch einmal, Liebster. Wenn du jetzt aufhörst, wirst du zum grübelnden Einsiedler, dich in die Berge zurückziehen und am Unheil dieser Welt zerbrechen. Du brauchst deinen Beruf, brauchst den Kampf um Gerechtigkeit. Überdenke deine Entscheidung noch einmal. Auch mir zuliebe.«

Am nächsten Morgen gab Fassbinder den Brief nicht wie geplant im Geschäftszimmer des Chefs ab, stattdessen legte er das Schriftstück in die Schreibtischschublade zu seinen persönlichen Sachen. Die Änderung seines Arbeitsrhythmus behielt er jedoch bei. Zur Verwunderung vieler Mitarbeiter kam er jetzt regelmäßig erst kurz nach halb neun ins Büro. Bei einer Tasse Kaffee las er dann in aller Ruhe die Morgenzeitung, bevor er sich die wichtigsten Informationen im polizeiinternen Intranet ansah.

Elba-Versicherung AG, Wuppertal
Donnerstag, 10. März, 13:35 Uhr

Turnusmäßig trafen sie sich zweimal im Jahr zum Mittagessen. Das eine Treffen fand auswärts statt, meist im ›Scarpati‹ in Vohwinkel, das andere in der Hauptverwaltung der Elba-Versicherung.

Kennengelernt hatten sie sich Mitte der Siebzigerjahre beim Bund. Beide leisteten ihren Dienst als Zeitsoldaten ab, der eine für vier, der andere für zwölf Jahre. Die Freundschaft hielt an, auch als sich ihre beruflichen Wege trennten.

In dem stilvoll, aber sparsam eingerichteten kleinen Gästeraum, der unmittelbar neben dem größeren Vorstandskasino lag, saßen sie sich gegenüber. Von hier aus hatte man einen wunderbaren Blick auf Elberfeld mit dem Sparkassen-Hochhaus, dem Rathaus im Zentrum, der Hardt und den Altbauten der Nordstadt.

Sie waren zwei völlig unterschiedliche Typen. Dr. Peter Bergström, siebenundfünfzig, seit mehr als vierzehn Jahren im Vorstand der Elba, war von massiger Statur, einen Meter sechsundachtzig groß, über einhundertzehn Kilo schwer und stets darum bemüht, sein Äußeres durch das Tragen von Zweireihern schlanker erscheinen zu lassen. Er hatte einen blassen Teint, ausgeprägte Tränensäcke unter den Augen und einen grauen Stoppelkopf. Hinter seiner dunkelbraunen Hornbrille huschten zwei graugrüne Augen ständig hin und her, als könne ihnen ansonsten etwas entgehen. Über seinen schwarzen, buschigen Augenbrauen wölbte sich eine mächtige Stirn. Zusammen mit den fleischigen Wangen verlieh sie dem Kopf Konturen, die der einer Birne ähnelten.

Ganz anders hingegen Harald Iversen, der während der letzten Jahre seiner zwölfjährigen Dienstzeit Elektrotechnik und Technische Informatik an der Bundeswehr-Fachhochschule München studiert hatte: Nur einen Meter vierundsiebzig groß, äußerst schlank, durchtrainiert und braun gebrannt, wirkte er – trotz seiner inzwischen sechsundfünfzig Jahre – wie ein jung gebliebener Ski- oder Tauchlehrer. Über einem hellblauen Hemd mit kaum erkennbarem klein kariertem Muster trug er ein leichtes, dunkelblaues Leinensakko. Sein Outfit war eher sportlich, gut aufeinander abgestimmt und erkennbar exquisit. Die randlose Titanbrille unterstrich seinen Hang, modernen Trends zu folgen.

»Für mich ist es nach wie vor ein Rätsel, warum du deine florierende Firma verkauft hast«, meinte Bergström, als sie gerade mal wieder das Thema ›Nichts-ist-so-konstant-wie-der-Wechsel‹ beim Wickel hatten, und blies den Rauch seiner Havanna genüsslich in die Luft. »Sicherheitstechnik verkaufte sich doch damals wie geschnittenes Brot.«

»Stimmt. Und das war auch der Grund, warum ich schließlich an die Börse gegangen bin. Perfekter Zeitpunkt. Die ganze Branche war geschockt.«

»Und wo bleibt da hinsichtlich des Verkaufs die Logik?«

»Ganz einfach! Meine Konkurrenz war praktisch gezwungen zu handeln, die Wettbewerber haben sich gegenseitig überboten. Als ich dann ein traumhaftes Angebot bekam, musste ich einfach zuschlagen. Und mit dem Geld konnte ich mir meinen Jugendtraum erfüllen. Für mich waren das zwei Fliegen mit einer Klappe!«

»Es hätte doch auch genügt, wenn du ein paar deiner vielen Patente verkauft hättest!«

»Klar, doch ich wollte die totale Unabhängigkeit. Raus aus der täglichen Tretmühle.«
»Aber genau in *der* bist du doch jetzt schon wieder seit Jahren!«
»Da muss ich dir leider recht geben, aber ich mache genau das, wozu ich wirklich Lust habe. Und sinnvoll ist es außerdem. Oder bist du anderer Ansicht?«
»Nee, nee, schon gut! Sonst wirfst du mich am Ende noch aus dem Survival-Training.«
»Ich werde mich hüten, so viele Topverdiener in einem Rudel hatte ich noch nie – die Crème de la Crème! Und so ganz spurlos ist die Wirtschaftskrise im vorletzten Jahr an mir ja auch nicht vorbeigegangen!«
»Du machst Witze! Dein Laden brummt doch, wenn man dem Artikel von letzter Woche in der ›Zeit‹ glauben darf.«
»Richtig ist, dass es langsam wieder bergauf geht. Aber mit dem Kauf des Camps in Halver hat sich mein Survival-Unternehmen schon ein wenig überhoben – doch das bleibt unter uns.«
Bergström ging nicht näher darauf ein und mit einem Blick auf die Uhr meinte er, nachdem ihm sein doppelter Espresso, mit dem er sein Mittagessen stets zu beenden pflegte, serviert worden war: »Schon nach halb zwei!«
»Hab verstanden, die Pflicht ruft«, erwiderte Iversen. »Noch eine Frage: Kennst du eigentlich die drei anderen?«
»Gaffelhauser und Huber kenne ich ganz gut. Den Feddersen habe ich mal, eher zufällig, vor ein paar Jahren nach der Zusammenlegung der Finanzaufsicht von Versicherungen und Banken bei der Aufsichtsbehörde getroffen«, antwortete Bergström. »Wieso sind wir eigentlich nur zu viert? Du hast mir doch mal erzählt, es seien sonst immer Sechsergruppen.«

»Normalerweise schon, aber bei solchen ...«, raunte Iversen und legte bewusst eine kleine Pause ein, »... Hochkarätern war das Risiko einfach zu groß.«
»Wieso? Welches Risiko?«
»Na, du bist gut! Das war doch dein Außendienst-Fuzzi, der von erhöhtem Kumulrisiko gefaselt hat und einen saftigen Aufschlag haben wollte. Von der Prämie hätte die Elba sowieso nichts, weil fast alles an den Rückversicherer gehen würde.«
»Davon weiß ich nichts!«
»Du wirst manches nicht wissen, was in deinem Laden so läuft!«
»Mag sein. Ich kann mich ja schließlich nicht um alles kümmern«, erwiderte Bergström ein wenig pikiert. »Und wie habt ihr euch geeinigt?«
»Die Prämie wurde so belassen und die Gruppe verkleinert. Ist okay so. Ich glaube zwar nicht, dass es ein erhöhtes Risiko ist, aber man weiß ja nie. Vorsicht ist die Mutter der Porzellankiste!«
»Ein bisschen viel Aufwand um uns paar Männeken. Außerdem ist die Anmeldung doch meines Wissens unter ›topsecret‹ gelaufen.«
»Klar – und auch die Festlegung des Termins, den praktisch nur deine Vorstandskollegen und eure Sekretärinnen kennen.«
»Also ehrlich, mit deinem Risiko-Gefasel hast du mir jetzt einen richtigen Schrecken eingejagt.«
»Quatsch! Was soll denn schon passieren? Ihr werdet rund um die Uhr von meinen Bodyguards bewacht. Außerdem bringen wir euch Verhaltensmuster bei, die euch im Ernstfall helfen sollen. Das ist aber reine Prävention!«
»Na, das beruhigt mich nun wieder, Harry. Aber sei mir

nicht böse, ich muss jetzt los. Gibt´s denn noch irgendwas Besonderes, das du mir unbedingt sagen musst?«

»Nee, eigentlich nicht. Du hast ja den Merkzettel. Und wenn du doch noch Fragen haben solltest, ruf mich einfach an. Ansonsten sehen wir uns morgen in einer Woche.«

Sie verabschiedeten sich rasch. Bergström brachte seinen Gast noch zum Fahrstuhl und eilte dann eine Etage tiefer zu seinem Büro.

Polizeipräsidium Wuppertal
Donnerstag, 17. März, 9:45 Uhr

Die wichtigsten Meldungen der beiden Tageszeitungen, auf deren Verteiler Fassbinder an erster Stelle stand, hatte er überflogen, bevor er sich wie üblich den aktuellsten Informationen des Intranets widmen wollte.

Einem dieser Berichte galt seine ganze Aufmerksamkeit: Er handelte von Richard Kusonow, einem inzwischen vierundfünfzigjährigen Sexualstraftäter, der vor mehr als achtzehn Jahren nach aufwendigen Ermittlungen von ihm verhaftet worden war. Seinen ganzen Ehrgeiz hatte er in die Aufklärung des Falles gesetzt. Nicht zuletzt, weil kurz zuvor die fünfzehnjährige Tochter seiner Schwester Opfer einer Vergewaltigung geworden war.

Im folgenden Indizienprozess war Kusonow zu sechseinhalb Jahren mit anschließender zehnjähriger Sicherungsverwahrung verurteilt worden. Diese wurde wegen der vom Gefängnispsychologen attestierten ›Gefährdung der Allgemeinheit‹ auf unbefristete Dauer verlängert. Aufgrund eines weiteren Gutachtens, in dem die ›hochgradige Gefahr der Begehung schwerster Gewalt- oder Sexualstraftaten‹

wiederum verneint wurde, musste die unbefristete Sicherungsverwahrung aufgehoben werden. In seiner Entscheidung bezog sich das Oberlandesgericht Hamm auf ein im Mai 2010 rechtskräftig gewordenes Urteil des EU-Gerichtshofes für Menschenrechte vom 17. Dezember 2009.
Mitte des letzten Jahres war Kusonow dann aus der Justizvollzugsanstalt Werl entlassen und von Verwandten in Bergisch Gladbach aufgenommen worden. Bereits drei Tage später versuchte er gegen Mittag, ein dreizehnjähriges Mädchen auf seinem Nachhauseweg, der geradewegs durch einen Park führte, in ein Gebüsch zu zerren. Das Opfer konnte sich befreien und fliehen, herbeigeeilte Passanten überwältigten schließlich den Täter. Nun war der Prozessbeginn terminiert, es wurden zunächst sechs Verhandlungstage anberaumt.

Wenn Fassbinder derartige Artikel las, stieg in ihm eine unbändige Wut hoch. Immer wieder tauchten Bilder aus der Vergangenheit auf, auch das verzweifelte Gesicht seiner Schwester, als er ihr persönlich vor ein paar Jahren die Nachricht über die Vergewaltigung ihrer Tochter überbracht hatte. Und mit diesen Bildern kam die Erinnerung an den unermesslichen Aufwand, die zahlreichen Überstunden, die er seinem Team bei solchen Ermittlungen zugemutet, und das Verständnis, das er den Ehefrauen seiner Mitarbeiter abverlangt hatte.
Fassbinder erhob sich. Sein Entschluss stand fest. Es war einfach zu viel, was in letzter Zeit auf ihn eingestürmt war. Jetzt wollte er die Brocken endgültig hinwerfen. Schluss machen. In Pension gehen. Wandern statt malochen. Er liebte seinen Job und es hatte ihm immer gut getan, wenn er sich nach einem erledigten Fall vor seine Mitarbeiter

hinstellen konnte, um sie zu loben, ihnen zu danken. Sie waren die Guten. Sie hatten gegen die Bösen gekämpft und gewonnen.
Doch wozu? Damit irgendwelche Herren in schwarzen Roben letztendlich entschieden, dass die Menschenrechte gewalttätiger Schwerverbrecher höher zu bewerten seien als der Schutz unschuldiger Kinder?

Fassbinder steigerte sich so in seinem Zorn über das gerade Gelesene, dass er die Schreibtischschublade aufriss, seinen Anfang der Woche hier deponierten Brief ergriff, durch die Verbindungstür in das Nachbarzimmer zu seinem Stellvertreter Marc Haarmann stürmte, ein undeutliches »Morgen« von sich gab und mit den Worten »Bin beim Chef« hinauseilte. Sein Mitarbeiter sah ihm verblüfft hinterher. So kannte er ihn nicht.
Fassbinder klopfte an die Tür und betrat, ohne eine Antwort abzuwarten, das Vorzimmer des Direktionsleiters.
»Guten Morgen, Frau Lüppken. Ist der Chef zu sprechen?«
»Tut mir leid, Dr. Sauer kommt erst heute Nachmittag ins Büro. Um was geht es denn? Kann ich Ihnen helfen?«
»Nein, aber es wäre nett, wenn Sie ihm diesen Brief geben würden.« Fassbinder überreichte ihr das Kuvert. »Und sagen Sie bitte meinen Mitarbeitern, dass ich mir den Rest des Tages freigenommen habe.«
Frau Lüppken nickte verdutzt, antwortete jedoch nach kurzem Zögern: »Ja, sicher. Dann noch einen schönen Tag, Herr Fassbinder.«
Grußlos verschwand er durch die Tür.

Villa Braus, Wuppertal
Freitag, 18. März, 8:30 Uhr

Am Morgen hatten sich alle Teilnehmer des Survival-Seminars von ihren Chauffeuren im Dienstwagen zur ehemaligen Generaloberst-Hoepner-Kaserne, die im nördlichen Teil des Wuppertaler Stadtteils Ronsdorf lag, bringen lassen. Die Fahrer passierten das Tor und bogen nach links auf eine kreisförmige Wagenauffahrt, um schließlich unmittelbar vor der Villa Braus zu parken, einem im bergischen Barockstil erbauten, zweigeschossigen Gebäude mit hohen, weiß gestrichenen, symmetrisch angeordneten Sprossenfenstern in beiden Etagen. Zum stuckverzierten Eingangsportal führte eine achtstufige, ausgetretene Steintreppe, von schmiedeeisernem Geländer begrenzt. Über dem schieferverkleideten zweiten Geschoss befand sich ein Zwerchhaus, dem Querschnitt einer Glocke vergleichbar. Und ganz oben in seiner Wölbung war über einem kleinen Fenster ein weiteres, noch kleineres eingelassen, als habe der Baumeister dadurch der Schwere des barocken Stils entgegenwirken wollen. Auch die Anordnung der ebenfalls stuckverzierten Sprossenfenster schien diesem Prinzip gefolgt zu sein: in den beiden unteren Reihen je zwei größere, in den darüber liegenden drei Reihen je fünf kleinere Scheiben.
Außer Dr. Bergström kannte keiner der Teilnehmer die repräsentative Villa, die von mehr als zwanzig Meter hohen, über hundertjährigen Eichen und Buchen umgeben war, die beim Bau der Villa im Jahre 1907 angepflanzt worden waren: eine Idylle, die so gar nicht zu den tristen, mausgrauen Kasernenblöcken passen wollte, die sich südlich des Gebäudes, nur einen Steinwurf entfernt, aneinanderreihten.

Eine Stunde zuvor waren die Teilnehmer des Survival-Seminars eingetroffen. Die Einführungsbesprechung in der Villa Braus konnte daher pünktlich um acht Uhr dreißig beginnen, nachdem sich alle bereits umgezogen hatten. In ihren vom Veranstalter zur Verfügung gestellten Tarnanzügen wirkten sie nun wie zur Reserveübung eingezogene, ehemalige Soldaten.
Auf einem Flipchart waren die Namen und beruflichen Positionen der Teilnehmer in säuberlichen Druckbuchstaben und in alphabetischer Reihenfolge aufgeführt:

Dr. Peter Bergström
(Vorstandssprecher der Elba-Versicherung AG, Wuppertal)

Dr. Sven-Eric Feddersen
(Generaldirektor der Nordrhein-Bank AG, Düsseldorf)

Sigurd Gaffelhauser
(Vorstandsvorsitzender der Westfalen-Strom AG, Essen)

Prof. Dr. Karl-Ernst Huber
(Geschäftsführer der Verwaltungs-und-Beteiligungs-GmbH Sprengelmann, Mülheim)

Bei der Begrüßung gab Iversen zu verstehen, dass es allgemeine Gepflogenheit sei, sich untereinander zu duzen, das gelte auch ihm und seinen Mitarbeitern gegenüber. Das kollektive Kopfnicken wertete er als Zustimmung. Dann stellte er die anwesenden Trainer vor. »Ist das Ihr, Pardon, dein ganzes Team?«, fragte Feddersen, dem man – obwohl er mit seinen dreiundvierzig Jahren der weitaus Jüngste in der Gruppe war – anmerkte, wie schwer er sich mit den für ihn ungewohnten Gegebenheiten tat. Sein Umfeld zu duzen, war nicht sein Ding. Er hielt auf Distanz. Sein schmales Gesicht mit der scharf geschnittenen Nase und dem spitzen, etwas vorspringenden Kinn, die eng zusammenstehenden Augen und das modisch kurz geschnittene, dunkelbraune, seitlich schon etwas angegraute Haar verliehen ihm etwas Unnahbares. Die wachsamen, bernsteinfarbenen Augen, die denen eines Raubvogels ähnelten, unterstrichen diesen Eindruck.

»Nein, es werden ja immer zeitgleich zwei Gruppen von uns unterrichtet. Das erste Team ist schon vor einer Stunde aufgebrochen und trainiert heute mit insgesamt drei meiner Mitarbeiter auf dem Gelände Scharpenacken. Eure Übungen finden ausschließlich im ehemaligen Munitionsdepot in Halver statt. Meine Leute sind bereits vor Ort und werden euch dort später in Empfang nehmen. Insgesamt stehen den Teilnehmern acht Trainer zur Verfügung. Sonst noch Fragen?«

Als sich niemand zu Wort meldete, ging Iversen auf die Inhalte der geplanten Übungen und den ergänzenden theoretischen Unterricht ein. Es sollten Bedrohungsszenarien simuliert, der Umgang mit Schusswaffen sowie Entwaffnungstechniken geübt und Verhaltensmuster bei unmittelbar drohender Gefahr für Leib oder Leben aufgezeigt werden. Die gestandenen Manager staunten nicht schlecht, als sie hörten, dass sie bei einem Überlebenstraining lernen würden, in freier Natur Nahrung zu beschaffen, Wasser zu gewinnen und aufzubereiten sowie ohne moderne technische Hilfsmittel ein Feuer zu entfachen.

Abschließend erläuterte Iversen die Sicherheitsvorkehrungen für die beiden Übungsareale Scharpenacken in Wuppertal und das ehemalige Munitionsdepot in Halver. »Bei den Outdoor-Übungen werdet ihr auf den Fahrten dorthin generell von einem als Bodyguard ausgebildeten Fahrer begleitet. Ihr seht, für euren Personenschutz ist bestens gesorgt. Im Camp werden die Sicherheitskräfte bei den Trainingseinheiten nicht eingesetzt, es sei denn, wir simulieren einen Angriff.«

»Wie müssen wir uns bei solchen Übungen verhalten?«, fragte Gaffelhauser dazwischen. »Sollen wir uns wehren?«

»Das werden euch meine Männer schon noch ausdrücklich einschärfen. Es geht ja gerade darum, potenzielle Angreifer nicht zu reizen, sondern auf Deeskalation zu setzen. Entführer haben bestimmte Vorstellungen. Wenn ihre Pläne durchkreuzt werden, sind Täter oft unberechenbar. Also muss es das Ziel eines jeden Entführten sein, den Forderungen der Entführer nachzukommen, also zumindest scheinbar mit ihnen zu kooperieren.«

»Verstehe.«

»Ansonsten besteht die Aufgabe der Sicherheitskräfte darin, das Areal, das allerdings ohnehin eingezäunt ist, tagsüber zu bewachen.«

»Die theoretische Unterweisung«, fuhr Iversen fort, »findet generell abends von siebzehn Uhr dreißig bis neunzehn Uhr zusammen mit der anderen Gruppe hier im Schulungsraum statt. Verpflegung gibt es tagsüber vor Ort und abends nach der theoretischen Ausbildung im Haupthaus, wo sich auch eure Zimmer befinden. Nachts ist die Villa hermetisch abgeriegelt und wird von zwei Sicherheitskräften bewacht.«

Als Iversen seine Ausführungen beendet hatte, bestiegen die Teilnehmer den bereits wartenden Mitsubishi Pajero Classic, einen siebensitzigen Geländewagen, um nach Halver zu fahren. Begleitet wurden Sie von dem Bodyguard Markus, der auch den Wagen fuhr.

Survival-Camp in Halver
Freitag, 18. März, 10:30 Uhr

»Na, das fängt ja gut an«, raunte Gaffelhauser dem neben ihm im Graben liegenden Huber zu. Und das war ganz und gar nicht ironisch gemeint – im Gegenteil. Er hatte nicht gedient und empfand diese Trainingseinheit so, als hole er Versäumtes aus seiner Jugendzeit nach. »Noch zwei, drei Minuten. Dann sind wir dran.«
»Ich weiß wirklich nicht, was das soll«, murrte Huber. »Um bei den Pfadfindern anzuheuern, fühle ich mich doch schon ein bisschen zu alt! Echter Kinderkram!«
Gaffelhauser dagegen war mit Leib und Seele bei der Sache, wie auch schon zuvor, als sie mit bis zu den Oberschenkeln reichenden Stiefeln auf glitschigen Steinen durch ein Bachbett waten mussten, das Gepäck auf dem Kopf balancierend. »Nun mach keinen Aufstand, komm schon!« Er deutete auf den vor ihnen aufgebauten Parcours aus Holzpflöcken, über die, etwa in Höhe eines halben Meters, ein Geflecht von Stacheldraht gespannt war.
»Was hat das denn jetzt für einen sittlichen Nährwert, da durchzurobben?«, brauste Huber erneut auf. »Bei einer Entführung müsste ich ja wohl kaum durch Stacheldraht klettern!«
»Sag das nicht. Stell dir einfach vor, das wäre die einzige

Möglichkeit zu fliehen«, erwiderte Gaffelhauser. »Außerdem soll doch sicherlich mit derartigen Übungen auch die Solidarität untereinander gestärkt werden. Es könnte doch sein, dass wir beide uns als Geiseln auf der Flucht befinden. Du verhakst dich im Stacheldraht, kannst dich nicht selbst befreien und wärst auf meine Hilfe angewiesen.«

»Hm, so habe ich das noch gar nicht gesehen.«

»Na also, nun mach schon!«

Hintereinander robbten Gaffelhauser und Huber, dem die Übung nicht zuletzt wegen seiner Leibesfülle sichtlich schwerfiel, durch den Parcours. Immer noch mürrisch, riss er, kaum dass er den Staub von seiner Kleidung geklopft hatte, Markus die Mineralwasserflasche aus der Hand. Gierig stürzte er das kühle Nass hinunter.

»Na, das hat ja ganz gut geklappt – keiner verletzt. Und die Tarnanzüge sind auch heil geblieben. Wird sich Iversen freuen«, grinste Markus. »Jetzt machen wir eine Viertelstunde Pause, damit die Süchtigen sich einen Glimmstängel gönnen können. Wer pinkeln muss, geht bitte hinter die Büsche.«

Nach genau fünfzehn Minuten klatschte Markus in die Hände. »Es geht weiter! Ich gehe davon aus, dass ihr nach den beiden Übungen Hunger habt. Wer möchte *kein* Spiegelei?« Niemand meldete sich. »Dann frisch ans Werk. Kleines Problem, wir haben nur einige wenige Utensilien zur Verfügung: fünf Eier, fünf Scheiben Krusten-Graubrot, Schmalz, diesen blanken Spaten und ein wenig trockenes Reisig.«

»Und dieses Feuerzeug«, meinte Huber und reichte es Markus. »Nee, so haben wir nicht gewettet! Nur diese paar Sachen dürft ihr benutzen und natürlich all das, was hier so rumliegt.« Markus deutete auf ein paar Äste. »Also, wer traut sich als Erster?«

Feddersen machte aus seiner Abneigung für dieses Spielchen ›Wie-kann-ich-mir-hier-ein-Spiegelei-braten?‹ keinen Hehl. Auch für die Übungen zuvor hatte er sich nicht erwärmen können. Es ging ihm ähnlich wie Huber, den Gaffelhauser aber inzwischen ein wenig hatte einbinden können.

»Freiwillige vor!«

Fast gleichzeitig traten Bergström und Gaffelhauser nach vorn.

»Mit dem Reisig sollen wir wohl Feuer machen – kenne ich noch von früher«, verkündete Bergström, setzte sich auf einen großen Stein und begann, die dünnen Zweige schnell aneinanderzureiben. Zunächst tat sich gar nichts. Aber schon nach wenigen Minuten bildete sich Rauch und schließlich eine kleine Flamme. Knisternd erfasste sie das ganze Bündel. Gaffelhauser legte ein paar der herumliegenden Äste nach und nährte so das Feuer. »Und jetzt?«

»Du hältst den Spaten über das Feuer und ich fette nur die Mitte der Spatenfläche ein, damit das Spiegelei nicht runterrutscht«, erwiderte Bergström. »Das geht garantiert schief«, meldete sich nun auch Huber zu Wort, der seinen Widerstand inzwischen aufgegeben hatte. Nach und nach erwachte in jedem von ihnen der fast schon vergessene Lausbub der Kindheit. So auch in Feddersen, der jetzt ebenfalls interessiert zuschaute. Es war ein Spiel, aber auch ein Wettbewerb, in dem man sich messen konnte.

Markus registrierte vergnügt das Verhalten der Teilnehmer bei dieser Übung, die ursprünglich weder Bestandteil noch Zielvorgabe des Seminars gewesen war. Aber Iversen hatte sich seinerzeit bei der Zusammenstellung des Trainingsprogramms psychologischen Rat geholt. Deshalb wurde schließlich auch dieser Teil mit in den Aufgabenkatalog aufgenommen. Es ging um vertrauensbildende Maßnahmen zwischen den Teilnehmern, das Ganze sollte in spielerischer Form durchgeführt werden. Diese Übung lief grundsätzlich immer nach demselben Muster ab: zunächst Widerstand, dann langsam auftauendes Eis und schließlich Zustimmung und Begeisterung. So würde es auch dieses Mal sein, dessen war sich Markus ganz sicher.

Bergström rieb einen kleinen Fleck in der Spatenmitte mit Schmalz ein, schlug das erste Ei an einem Stein auf und ließ es ganz vorsichtig auf die gefettete Stelle gleiten. Krampfhaft hielt Gaffelhauser das Werkzeug in der Waage. Aber kaum hatte sich das Eiweiß samt Dotter auf dem Edelstahl ausgebreitet, rutschte die ganze Chose auch schon Richtung Rand und glitt von dort auf den Boden neben das Feuer.

»So ein Mist!«, entfuhr es Gaffelhauser. Huber und Feddersen lachten.

»Da waren es nur noch vier«, feixte Markus. »Naja, ich würde also großzügig auf mein Spiegelei verzichten. Neuer Versuch?«

»Klar«, meinte nun Feddersen, »und ich weiß auch schon wie!«

»Na, da bin ich ja mal gespannt«, entgegnete Markus, verschränkte die Arme, trat einen Schritt zurück und machte ihm Platz.

Feddersen schnappte sich die Scheiben des Krustenbrots. Mit einem etwa zehn Zentimeter großen, dünnen Reisigzweig trennte er den Teig vorsichtig aus der Brotrinde heraus. Die unbeschädigte Rinde reichte er Bergström. »So, jetzt kann sich das Ei festhalten!«, grinste Feddersen.

»Da hätte ich als Survival-Koch aber auch selbst drauf kommen können!«, lachte Bergström amüsiert.

»Es ist noch kein Meister vom Himmel gefallen, probieren geht eben über studieren. Jetzt aber los! So 'n Spiegelei können wir jetzt wohl alle vertragen. Also – fast alle«, sagte er mit Blick auf Markus, der aber sichtlich Spaß am Erfolg seiner Schützlinge hatte. »Gratuliere! Andere haben es immer wieder versucht, bis keine Eier mehr da waren. Also, dann zeigt mal, dass das mit dem ersten Spiegelei kein Zufall war, und lasst's euch schmecken. Danach geht's zurück nach Wuppertal.«

Polizeipräsidium Wuppertal
Freitag, 18. März, 16:32 Uhr

Dr. Sauer war von seiner auswärtigen Besprechung zurückgekehrt und hatte in dem Ledersessel hinter seinem aufgeräumten Schreibtisch Platz genommen. Gerade war er dabei, die Briefe, die seine Sekretärin ihm kurz zuvor in einer Unterschriftenmappe in den Postkorb gelegt hatte, zu unterzeichnen. Durch eine unauffällige Lesebrille hindurch, die er weit vorne auf der Nasenspitze platziert hatte, überflogen seine dunkelbraunen Augen die Zeilen in Windeseile. Überhaupt war er der Typ, der Zusammenhänge sehr schnell begriff. Seine Mitarbeiter lobten seine Entscheidungsfreude, alle mochten ihn. Er war ein schmalgesichtiger Graukopf mit kurz geschnittenem Haar. Stets legte er großen Wert auf sein Äußeres und hatte ein besonderes Faible für Krawatten. Selten trug er innerhalb eines Monats ein und dasselbe Exemplar zweimal. So paradox es schien: Eitelkeit war ihm dennoch fremd. Dr. Sauer war dreiundsechzig, wirkte aber – nicht zuletzt aufgrund seiner schlanken Figur – deutlich jünger. Mit einer Größe

von fast einem Meter neunzig überragte er die meisten seiner Mitarbeiter.
Fassbinder klopfte an die Tür seines Chefs und trat ein. Wie üblich nahm er Platz, ohne auf eine entsprechende Aufforderung zu warten. Dr. Sauer blickte hoch.
»Wusste gar nicht, dass Sie gestern Urlaub hatten«, begann er das Gespräch und schmunzelte. »Da muss Ihnen ja eine mächtige Laus über die Leber gelaufen sein.«
»Ja, in der Tat. Aber es hat eigentlich gar nichts mit meinem Dienst zu tun oder mit Ihnen oder meinen Mitarbeitern. Nein, ich denke schon eine ganze Weile über meinen Abschied nach. Und jetzt ist der Zeitpunkt gekommen.«
»Aber Sie müssen doch irgendeinen aktuellen Grund haben«, unterbrach ihn sein Chef.
»Nein. Ich fühle mich den täglichen Anforderungen einfach nicht mehr gewachsen. Die Fälle gehen mir zu sehr an die Nieren«, ergänzte Fassbinder und sagte so zumindest die halbe Wahrheit, ohne auf den konkreten Anlass einzugehen.
»Wie ich Sie kenne, hat es wohl auch keinen Zweck, wenn ich versuche, Sie zu überreden, noch zwei Jahre dranzuhängen? Sie wissen ja, dann gehe auch ich in den Ruhestand. Und ich möchte mich nur ungern an ein neues Gesicht gewöhnen.«
»Ja, das verstehe ich, aber mein Entschluss steht fest. Und außerdem ist Marc Haarmann ein wirklich kompetenter, erfahrener Nachfolger, der froh sein wird, wenn ich abdanke.«
»Hat er das mal angedeutet?«
»Nein, aber ich merke natürlich, dass er – wie soll ich sagen? – schon eine ganze Weile mit den Hufen scharrt.«
»Also nichts zu machen? Ich räume Ihnen gerne noch ein

wenig Bedenkzeit ein. Was meinen Sie?«
»Ist nett von Ihnen, aber lassen Sie's gut sein. Mitte des Jahres ist Schluss. Sie wissen ja, dass ich eigentlich schon letztes Jahr hätte gehen können.«
»Jaja, ich weiß!«
»Darf ich Sie noch um etwas bitten?«
»Nur zu, um was geht's?«
»Ich würde es begrüßen, wenn Sie mit den neuen Fällen Marc beauftragen. Hängepartien liegen mir gar nicht. Nicht nur beim Schach!«
»Okay, das ist das geringste Problem. Wann informieren Sie Ihre Mitarbeiter?«
»Am Dienstag. Montag sind zwei von ihnen auf einem Seminar und ich möchte es allen gleichzeitig sagen.«
»In Ordnung, schade, aber dann muss ich mich eben doch noch auf einen neuen Mitarbeiter einstellen!«
Dr. Sauer erhob sich aus seinem Sessel, ging um den Schreibtisch herum und drückte Fassbinder schweigend die Hand. Die Geste sagte mehr als jedes Wort.
Fassbinder verließ das Büro und wischte sich dabei mit dem Handrücken eine Träne von der Wange.

Villa Braus, Wuppertal
Freitag, 18. März, 21:55 Uhr

Den praktischen Übungen im Camp folgten am Abend noch die theoretischen Unterweisungen: Bedrohungsszenarien wurden geschildert, Verhaltensmuster aufgezeigt und die Grundregeln der Selbstverteidigung erörtert. Nach dem Abendessen saßen die Teilnehmer des Halver-Camps zusammen mit einer sechsköpfigen Gruppe, die tagsüber ihre Übungen auf Scharpenacken absolviert hatte, am offenen Kamin. Überwiegend kreisten die Gesprächsthemen um die wirtschaftliche Lage im Allgemeinen und die der eigenen Unternehmen im Besonderen, denn auch die andere Gruppe bestand ausschließlich aus Vorstandsmitgliedern oder Geschäftsführern, allerdings meist etwas kleinerer Unternehmen.

Bergström und Feddersen hatten sich ein wenig abseits in eine der gemütlichen Sitzecken zurückgezogen.

Feddersen ließ seinen Blick über die mit Stichen der Stadt Wuppertal dekorierten Wände gleiten. »Ein wirklich schönes, altehrwürdiges Gebäude, das sich der Iversen da an Land gezogen hat. Das muss der Neid ihm lassen. Es hat fast den Charakter eines kleinen Schlosses – allein die Eingangshalle mit der Galerie und die aus Eichenholz geschnitzte Brüstung. Wirklich beeindruckend. Du hast vorhin gesagt, du warst schon mal hier?«

»Ja«, erwiderte Bergström, »aber das ist schon ein paar Lenze her. Früher hatten wir jährlich mit den Offizieren von der Hoepner-Kaserne Kontakt: Einmal waren sie unsere Gäste in der Hauptverwaltung, im nächsten Jahr gab's dann den Gegenbesuch unserer Vorstände und Prokuristen. Das Abendessen fand immer hier in der Villa Braus statt, sicherlich einem der nobelsten Offizierskasinos in Nordrhein-Westfalen. Vorher hatten wir uns regelmäßig bei irgendwelchen Wettbewerben auf Scharpenacken ausgetobt, meistens mit ganz schlechten Karten für uns. An eines der Treffen kann ich mich noch besonders gut erinnern, weil wir mit Luftgewehren auf eine Scheibe schießen mussten – in ihrer Mitte das Bild eines röhrenden Hirsches auf einer Waldlichtung. Es galt, aus fünfundzwanzig Metern Entfernung einen etwa stecknadelkopfgroßen, roten

Punkt auf dem Tier zu treffen, ihm also symbolisch den Blattschuss zu versetzen.«

»Und wieso erinnerst du dich so gut daran? Sag nicht, du hast den Bundeswehrleuten gezeigt, wo's langgeht?!«

»Ich will ja nicht strunzen, aber genau so war es! Die Offiziere wirkten ziemlich angefressen. Versöhnt waren sie erst, als sie erfuhren, dass ich vor langer Zeit auch vier Jahre bei dem Laden gedient hatte. Ich war dann nicht mehr der Zivilist, sondern quasi einer von ihnen«, fügte er schmunzelnd hinzu.

»Und was hat es mit diesem Prachtbau auf sich? Dieses architektonische Kleinod stammt doch wahrscheinlich noch aus der Wilhelminischen Zeit.«

»Ja, erbaut wurde die Villa Anfang des letzten Jahrhunderts. Wenn ich mich richtig entsinne, hat ein Ronsdorfer Fabrikant namens Braus das Haus von seinem Schwiegervater, einem Immobilienhändler aus Haltern oder Datteln, geschenkt bekommen, als er dessen Tochter heiratete.«

»Das nenne ich eine stolze Mitgift!«

»Kann man wohl sagen«, fuhr Bergström in seiner Schilderung fort. »Im Dritten Reich wurde die Familie Braus dann enteignet und man baute auf dem Gelände eine Kaserne.«

»Waren sie Juden?«, wollte Feddersen wissen.

»Genau weiß ich es nicht, aber ich glaube schon. Über die Enteignungen nach 1933 von so namhaften Firmen wie der Schuhfabrik Romika oder der Weinbrennerei Jacobi liest man immer mal wieder etwas. Selbst in unserer Tageszeitung erschien neulich ein Bericht über das Kaufhaus Tietz, jetzt Galeria Kaufhof, schräg gegenüber dem Wuppertaler Rathaus, das dann von Helmut Horten übernommen wurde. Der hatte im Kaufhaus Tietz als Volontär begonnen. Ironie des Schicksals, dass Tietz selbst sein Förderer war.«

Beide schwiegen eine Weile. Sie hingen ihren Gedanken nach, die um die Schreckensherrschaft des Dritten Reiches kreisten. Unwillkürlich musste Feddersen auch an die jüdischen Großeltern seiner Frau denken, die noch im März 1945 im Konzentrationslager Bergen-Belsen dem nationalsozialistischen Völkermord zum Opfer gefallen waren. Dann brach Bergström die Stille, er schien das Thema wechseln zu wollen.

»Wie fandest du das Survival-Training denn bisher?«, fragte er Feddersen und blies den Rauch seiner Zigarre in die Luft.

»Ganz okay, aber so ein bisschen wie Räuber und Gendarm. Nur etwas teurer! Eigentlich wollte ich noch kurzfristig absagen. Zu Hause brennt die Hütte und ich mache hier einen auf Freizeit.«

»Es stimmt schon. Zeitlich können wir uns das wohl alle nicht leisten. Ist auch kein wirklich guter Termin. Die Geschäftsberichte sind noch nicht draußen und bei den meisten von uns ist sicherlich ein bisschen Kosmetik angesagt«, erwiderte Peter. »Aber was meinst du genau mit ›die Hütte brennt‹?«

»Wir haben die Aufsichtsbehörde im Haus und mein Finanzvorstand Julius Zappa muss das jetzt ganz alleine wuppen. Er ist zwar nur zwei Jahre jünger als ich, hat aber noch nicht die Erfahrung, vor allem mit den Behörden.«

»Wird schon schiefgehen!«

»Mal den Teufel nicht an die Wand!«

»Gibt's einen konkreten Grund für die Prüfung durch die Bafin oder seid ihr routinemäßig dran?«

»Nee, das ist ja das Problem. Die waren erst vor zwei Jahren bei uns und Jonas, der Präsident der Bafin, hat mich im Vorfeld wissen lassen, dass die Prüfung sich schwerpunktmäßig auf die Problematik Geldwäsche beziehen wird. Er war erstaunlich aufrichtig, aber wir kennen uns auch schon eine ganze Weile und waren uns gegenseitig gleich sehr sympathisch. Er deutete an, es gebe Gerüchte, dass die russische Mafia über Banken in Weißrussland und der Ukraine derzeit versucht, aus Straftaten stammendes Geld unter Mithilfe mitteleuropäischer Banken in den normalen Wirtschaftskreislauf einfließen zu lassen. Klassische Geldwäsche! Hinter diesen Gerüchten vermuten wir die liebe Konkurrenz. Die gönnt uns das Geschäft mit den Osteuropäern nicht, das wir seit Kurzem angeleiert haben.« »Madre de Dios!«, entfuhr es Peter. Er liebte diesen spanischen Ausruf und brachte ihn bei jeder sich bietenden Gelegenheit an. »Das ist übel. Spielt bei uns ja kaum eine Rolle. Ich glaube, wir hatten in den letzten zehn Jahren nur zwei Fälle mit Einmalbeiträgen in der Lebensversicherung – Verträge, die dann kurz nach der Einzahlung mit fadenscheinigen Begründungen wieder gekündigt wurden.«

»Verstehe. Der nicht unerhebliche Verlust wird in Kauf genommen, weil durch die Auszahlung das schmutzige Geld legalisiert wird.«

»Exakt. Aber wie gesagt, Geldwäsche kommt bei uns so gut wie nie vor. Bei euch ist das eben schon ein anderes Kaliber.«

»Hm, leider. Da kannst du noch so viele Kontrollmaßnahmen einrichten, es schlüpfen immer wieder einige durchs Netz. Bin mal auf nächste Woche gespannt. Gleich am Dienstagmorgen bekommen wir einen ersten Zwischenbericht. Und dann geht's ans Eingemachte!«

»So, Sven, ich glaube, wir sollten jetzt langsam zum Rückzug blasen. Morgen müssen wir früh raus.«

»Naja, das sind wir ja wohl beide gewohnt.«

Sie verabschiedeten sich mit kurzem Gruß von der anderen Gruppe und wünschten Gaffelhauser und Huber, die sich ebenfalls etwas abseits einen Platz gesucht hatten, eine gute Nacht. Die beiden saßen vor ihren noch halb gefüllten Rotweingläsern und wollten in Ruhe austrinken. Auch sie hatten ein gemeinsames Thema gefunden. Man kannte sich schon lange privat, spielte Golf in Heidhausen und wohnte nur wenige Kilometer voneinander entfernt in der Villengegend von Essen-Bredeney.

»Lässt es dich wirklich völlig kalt, dass Martina dich nach Strich und Faden betrügt?«, setzte Gaffelhauser, als die anderen außer Hörweite waren, das unterbrochene Gespräch fort.

»Nein, Sigurd«, erwiderte Huber, der im Laufe der letzten Jahre deutlich an Gewicht zugelegt hatte. In seinem aufgedunsenen Gesicht waren die Spuren übermäßigen Alkoholgenusses sichtbar. Seine Haut war aschfahl. Oft wirkte er geistesabwesend und zerstreut. »Das lässt mich natürlich nicht kalt. Aber Martina ist mit ihren vierunddreißig Lenzen in den besten Jahren, über zwanzig Jahre jünger als ich, und ich kann es ihr nicht verdenken, dass sie sich anderweitig holt, was bei uns schon lange kein Thema mehr ist. Wir hatten sechs, sieben Jahre eine gute Zeit miteinander.«

»Und die entschädigen dich dafür, dass sie dir jetzt pausenlos Hörner aufsetzt?«, fragte Gaffelhauser mit unverkennbar sarkastischem Unterton. »Kennst du ihn?«

»Ja, du übrigens auch. Es ist Matthias Michaelsen, der neue Chefarzt der Chirurgischen im Krupp-Krankenhaus. Seine Frau ist vor zwei Jahren tödlich verunglückt. Er ist jung, dynamisch, gut betucht, hat hervorragende Referenzen und kommt von der Charité in Berlin. Er sieht blendend aus und ist knapp zehn Jahre jünger als ich. Da muss ich die Segel streichen.«

»Weiß Martina, dass du es weißt?«

»Ja, wir haben uns – arrangiert.«

»Tolles Arrangement! Sie leert deine Kreditkarten und dafür spielt sie die treu sorgende Ehefrau, die ihren Mann bei den gesellschaftlichen Ereignissen begleitet und auf den Dienstreisen das Damenprogramm bestreitet, während du dir in den Ausschüssen des Verbandes den Hintern plattsitzt.«

»So ungefähr. Aber ich bin ihr schon dankbar, dass sie anderen gegenüber ihre Affäre zu verbergen sucht – zum Beispiel im Club.« Er nahm einen großen Schluck und prostete Sigurd zu.

»Und wie sieht's bei euch aus? Immer noch die große Liebe? Ihr geltet ja im Club als das Vorzeigepaar.«

»Solange die Schwatzweiber sich darüber das Maul zerreißen, soll's uns recht sein. Sturm und Drang sind zwar ein bisschen verweht, aber das frühere Verliebtsein ist nach und nach einem gewachsenen gegenseitigen Verständnis und Füreinander gewichen. Darauf können wir uns absolut verlassen. Anna liegt uns nach ihrem Uni-Abschluss nicht mehr auf der Tasche, hat einen guten Job und macht uns hoffentlich über kurz oder lang zu Großeltern. Das wird dann der nächste Lebensabschnitt. Mit Enkeln bekommt man praktisch noch einmal Kinder, aber man kann sie wieder abgeben, wenn's einem zu viel wird. Ein wirklich nicht zu unterschätzender Vorteil«, grinste Sigurd, dessen Lachfalten in seinem runden Gesicht mit der für einen Mann ungewöhnlich kleinen Stupsnase seine humorige Art unterstrichen. Er war immer optimistisch, gut gelaunt und zuvorkommend seinen Mitmenschen gegenüber, die ihn deshalb in Besprechungen oft unterschätzten. Denn dort zeigte er sich meist als beharrlicher und geschickter Verhandlungspartner. Seine Bilderbuchkarriere vom Lehrling mit praxisbegleitendem Studium der Betriebswirtschaftslehre zum Vorstandsvorsitzenden eines der größten Energiekonzerne verdankte er aber auch seinem angeborenen Ehrgeiz, den man in seiner Branche insbesondere Männern von geringer Körpergröße zuschrieb.

»Um euer Eheglück beneide ich euch.« Karls Stimme klang aufrichtig. »Ich weiß, wie mir geht es vielen, aber ich habe damals nicht auf dich hören wollen. Und die Warnungen meiner anderen Freunde habe ich in den Wind geschlagen, weil ich dachte, sie seien nur neidisch, als ich mich scheiden ließ, um Martina zu heiraten.« Und resigniert fügte er hinzu: »Jetzt weiß ich es besser und zahle den Preis.«

»Komm, lass uns austrinken, Karl, bevor du jetzt deinen Moralischen bekommst.«

»Hast ja recht. Dann wollen wir uns mal in die Falle hauen. Die nötige Bettschwere dürften wir ja inzwischen haben.«

Der Rest der Gruppe hatte sich schon vor einigen Minuten verabschiedet. Nun erhoben auch sie sich, verließen das Kaminzimmer und gingen die Treppe hinauf zum Schlaftrakt.

Survival-Camp in Halver
Samstag, 19. März, 9:37 Uhr

Am nächsten Vormittag stand in Halver eine weitere praktische Übung auf dem Programm. Es sollte eine Entführung simuliert werden.

»Wer traut sich zu, den G-Guard zu fahren?«, fragte Björn, ein ehemaliger Z-4-Soldat, in die Runde.
Sofort meldete sich Gaffelhauser, mit seiner Größe von einem Meter neunundsechzig der Kleinste der Gruppe. »Wenn's keinen anderen Kandidaten gibt, dann würde ich den Wagen gerne mal fahren. Der Sitz lässt sich ja sicherlich ausreichend weit nach vorne schieben«, fügte er mit einem ironischen Lächeln hinzu. »Notfalls muss ich mir eben noch ein Sitzkissen unterschieben!«
Björn ging nicht auf die scherzhafte Bemerkung ein. »Schon Erfahrung mit so einem Fahrzeug?«
»Nein, nur mit einem Jeep. Bin aber in jungen Jahren gelegentlich Rallyes gefahren. Wird schon klappen!«
Björn gab dem Team die Strecke bekannt, die zurückgelegt werden sollte, und wies nochmals auf die strikte Einhaltung der Verhaltensmaßregeln hin. Dann brachen sie auf. Nach etwa drei Kilometern, am Ende eines durchquerten Waldstücks, fuhr plötzlich ein Nissan Qashqai aus einem Feldweg auf die Straße und blockierte die Weiterfahrt. Zwei schwer bewaffnete, maskierte Männer in Tarnanzügen sprangen aus dem Wagen und rissen die Türen des G-Guards auf.
»Umsteigen, aber hopp, hopp!«, riefen die beiden Angreifer, der eine lang und hager, der andere klein und untersetzt. Sie zerrten die Männer aus dem Wagen und zwangen sie mit vorgehaltenen Maschinenpistolen, in den Nissan einzusteigen.
»Au! Vielleicht geht's ja auch ein bisschen weniger rabiat!«, schnauzte Huber den Hageren an, der ihm einen heftigen Stoß versetzt hatte, sodass Huber mit seinem Schienbein gegen das Trittbrett prallte.
»Rabiat geht anders! Ich kann's dir gerne mal beweisen«,

konterte der Hagere. »Und jetzt mal ein bisschen flott! Wir haben's eilig!«
»Reg dich nicht auf, Karl. Der macht doch auch bloß seinen Job«, versuchte Gaffelhauser, seinen Golffreund zu beruhigen.
»Nee, Jungs, mal im Ernst, ist ja ganz schön, wenn ihr das alles so echt wie möglich inszeniert, aber lasst dabei bitte die Kirche im Dorf«, schaltete sich nun auch Feddersen ein.
»Oh, Entschuldigung! Da hätten wir doch fast vergessen, dass es sich bei euch ja um ganz große Tiere handelt. Wir packen gleich unsere Glacéhandschuhe aus, damit sich da nicht noch einer aus Versehen verletzt«, griente der Dicke.
»Leider müssen wir euch jetzt trotzdem Handschellen anlegen. Aber sei vorsichtig, Malte, sonst kriegst du noch Ärger mit dem Boss!«
Den vieren wurden die Hände auf dem Rücken gefesselt, dann stieß man die Männer in den hinteren Teil des Wagens. Die Maskierten setzten sich nach vorn, der Hagere fuhr, der Dicke hielt die Männer mit einer gezückten Uzi in Schach.
Feddersen war sichtlich sauer. »Dem Iversen geige ich heute Abend aber mal richtig die Meinung«, schimpfte er, an den neben ihm sitzenden Bergström gewandt. »Es ist ja okay, wenn die Szenarien möglichst realistisch sind, aber die müssen sich ja nicht gleich wie richtige Gangster benehmen.«
»Ihr solltet das von der lustigen Seite sehen! Die beiden da vorne amüsieren sich doch königlich. Und je mehr wir uns aufregen, desto stärker schaukeln die sich gegenseitig hoch.« Gaffelhauser bemühte sich, seine Kollegen zu besänftigen. »Das sind bestimmt keine Geistesakrobaten«,

ergänzte er flüsternd, »aber mit den Knarren im Anschlag fühlen die sich plötzlich wie James Bond.«
»Was gibt's da zu flüstern? Wenn ihr was zu sagen habt, dann sagt's laut, ansonsten: Schnauze! Habe ich mich klar genug ausgedrückt?« Der Dicke, dessen Fülle ihm ein beachtliches Doppelkinn beschert hatte, fuchtelte mit der Uzi in der Luft herum, als wolle er so das Gewicht seiner Worte unterstreichen.

Inzwischen hatte der Wagen das unbewachte Nordtor passiert.
»Wieso verlassen wir das Gelände?«, fragte Huber, der rechts am Fenster saß. Schon vor einer Weile hatte ihn ein mehr als ungutes Gefühl beschlichen, Schweiß perlte von seiner Glatze auf die Stirn.
»Schnauze, Dicker!«, raunzte der Hagere ihn an. »Das werdet ihr noch früh genug erfahren!«
Huber riskierte über seine rechte Schulter einen Blick zurück. Was er sah, ließ seinen Puls höher schlagen: Auf der rückwärtigen Seite des Wachhäuschens saßen zwei an Beinen und Armen gefesselte Sicherheitskräfte auf dem Boden, die Rücken an die Holzwand gelehnt. Einer von ihnen hatte offensichtlich eine Kopfverletzung, denn sein Gesicht war blutüberströmt.
»Guck nach vorn!«, herrschte ihn der Dicke an. »Oder müssen wir dir die Augen verbinden?«
Huber wäre es fast lieber gewesen, denn es war ganz und gar kein gutes Zeichen, dass sie ihnen keine Augenbinden verpassten. Ihm und den anderen dämmerte es langsam. Das hier war kein Spiel mehr. Man hatte sie tatsächlich entführt!
Nach knapp zwanzig Kilometern bog der Fahrer nach

rechts auf einen holprigen, mit tiefen Spurrillen versehenen, nicht asphaltierten Weg, der zu einem verlassenen Bauernhof führte. Sie fuhren direkt in eine Scheune, deren brüchiges, mit zahllosen Astlöchern übersätes Tor anschließend sofort verriegelt wurde.

Im Inneren des Gebäudes warteten fünf weitere, ebenfalls maskierte Männer, zwei von ihnen trugen Latexhandschuhe. Einer der beiden war der Anführer, er ließ sich mit ›Boss‹ oder ›Arne‹ ansprechen, war etwa einen Meter fünfundachtzig groß und von extrem schlanker Statur. Das Gesicht verbarg er hinter einer Sturmhaube, wie sie Motorradfahrer zu tragen pflegen, nur seine stahlblauen Augen waren zu erkennen. Das Auftreten des Mannes strahlte Sicherheit und Entschlossenheit aus. Mit markanter Stimme erklärte er den Camp-Teilnehmern, was sie mittlerweile ohnehin wussten, doch vielleicht noch nicht hatten wahrhaben wollen: »Das hier ist keine simulierte, sondern eine echte Entführung! Wir werden von Ihren Konzernen für jeden von Ihnen Lösegeld in Höhe von zwei Millionen Euro fordern. Ihnen wird nichts geschehen, wenn Ihre Unternehmen unseren Forderungen nachkommen. Anderenfalls allerdings ist Ihr Leben keinen Pfifferling mehr wert. Bis zur Übergabe des Lösegeldes sind Sie unsere Gäste. Die Unannehmlichkeiten, die eine Entführung nun einmal mit sich bringt, bitte ich zu entschuldigen.«

Im Gegensatz zu seinen Leuten siezte Arne die Entführten, dennoch vermittelte er den Eindruck, keinen Widerspruch zu dulden. Sein ganzer Habitus ließ auf einen gebildeten Menschen schließen, der es gewohnt war, andere zu führen. Obgleich alle Geiseln über ausreichende Lebenserfahrung verfügten, um Personen in kürzester Zeit einschätzen

zu können, unterschieden sie sich doch in ihren Reaktionen auf diese zynischen Schlussworte.
Huber machte den angeschlagensten Eindruck. Er hatte sich auf einen Strohballen fallen lassen und atmete schwer. Der Stoff seines beigefarbenen Tarnanzuges hatte sich unter den Achseln und auf dem gewölbten Bauch dunkel eingefärbt. Schweiß rann von seiner Stirn und tropfte vor ihm auf den Boden. Die letzten Worte des Anführers waren nicht mehr in Hubers Bewusstsein gedrungen, seine Gedanken flogen nach Hause. Er sah Martina vor sich, wie sie ihm im Standesamt das Jawort gegeben hatte, ihre rehbraunen Augen, in die er immer so gerne versank, ihre vollen Lippen, ihr schönes Gesicht. Doch er sah auch, wie sich ihre Züge plötzlich versteinerten. Die Zartheit war einer bis dahin nicht gekannten Kälte gewichen. Er schlug die Hände vor das Gesicht und begann, hemmungslos zu weinen. »Ich werde sie nie mehr wiedersehen«, schluchzte er. »Martina, Martina! Sie werden uns alle ermorden!«, schrie er und fügte ganz leise hinzu: »Dann bist du endlich frei ...«
Gaffelhauser hatte als Erster reagiert, sich neben Huber niedergelassen und ihm wie einem Kind den Arm um die Schultern gelegt. »Das ist doch Unsinn. Du hast doch gehört, dass sie uns gegen Lösegeld freilassen werden.«
»Und wenn sie nicht zahlen?«
»Natürlich werden sie!«
Huber war noch weiter in sich zusammengesunken. Ab und zu hob und senkte sich sein Oberkörper, wenn er stoßweise tiefe Seufzer von sich gab. Gaffelhausers Nähe tat ihm gut. Aber nur ganz allmählich beruhigte er sich.
Der Anführer war unmittelbar nach seiner Ansprache quer durch die Scheune in die andere Ecke gegangen, wohin

sich auch seine Leute zurückgezogen hatten. Bergström und Feddersen hockten schweigend auf ihren Strohballen und grübelten. Feddersen hatte sich im Griff. Zunächst war es auch für ihn ein Schock gewesen, als aus der Übung plötzlich bitterer Ernst geworden war. Aber das sachliche Auftreten des Anführers hatte ihn eher beruhigt als in Panik versetzt. Er war immer schon der kühl denkende Intellektuelle, der ungewöhnliche Situationen messerscharf zu analysieren verstand. Seine Devise war, Grenzen auszuloten, aber nur das Machbare in Angriff zu nehmen. So saß er ganz ruhig, taxierte die Gegebenheiten in der Scheune, beobachtete einen der Entführer, der von innen das Scheunentor sicherte, sah die um die Stützen geschlungenen Eisenketten, die offensichtlich für ihre Fesselung während der Nacht bereitlagen, und wusste, dass eine Flucht unmöglich war. Natürlich dachte er auch an seine beiden Töchter und an seine Frau Edda, mit der ihn eine Art Seelenverwandtschaft verband. Sie waren aus demselben Holz geschnitzt, Zuversicht war ihre Stärke. Sie würde ihren Töchtern Jana und Svenja in den nächsten Tagen eine große Stütze sein und selbst nicht verzweifeln.
Auch Bergström war ein paar Minuten lang tief in Gedanken versunken. Furcht beschlich ihn. Obgleich er versuchte, sie mit aller Kraft zu verdrängen, gelang es ihm nicht. Er spürte, wie sich seine Nackenhaare kräuselten. Es war eine Angewohnheit von ihm, wenn er nicht so recht weiter wusste, seinen Kopf zur Seite zu legen und sich mit den Fingern der linken Hand durch die Haare am Hinterkopf zu fahren. Dann rieb er Mittelfinger und Daumen aneinander und fühlte, wie feucht sie waren. Er wollte sich nicht vorstellen, was passieren könnte, sondern nach vorn sehen und positiv denken! Das war es,

was Pia, seine Frau, ihm immer sagte, wenn er grübelte. Bei dem Gedanken an sie und seine drei Kinder musste er schlucken. Sein Blick trübte sich ein, aber er weinte nicht. Er stand auf und setzte sich neben Feddersen.

»Wie geht es dir?«

»Ging mir schon besser. Aber nicht so schlecht wie Huber. Und selbst?«

Er sagte ihm nichts von seinen Gefühlen, die ihn gerade ergriffen hatten, sondern flüchtete sich ins Allgemeine. »Mir kommt das alles so unwirklich vor, wie in einem bösen Traum. Ich friere und denke mit Grauen an die kommende Nacht!«

»Die werden uns schon nicht erfrieren lassen. Tote Geiseln lassen sich nicht so gut vermarkten«, floh Feddersen in Sarkasmus.

»Na, deinen Humor hast du ja nicht verloren!«

»Ich sehe das ganz realistisch. Die wollen das Geld und unsere Unternehmen wollen uns.«

»Sicher?«

»Todsicher!«

»Sicher reicht mir«, erwiderte Bergström etwas gequält. Dann deutete er mit einem Kopfnicken hinüber zu Huber. »Was machen wir mit ihm?« Feddersen zuckte mit den Schultern. »Lass ihn sich erst mal beruhigen. Im Moment redet ja Sigurd mit ihm. Und der kennt ihn sicherlich am besten von uns.«

»Dass mir mal so was passieren könnte, hätte ich nie gedacht. Eigentlich habe ich bei dem Survival-Training nur mitgemacht, weil ich Iversen schon so lange kenne und er mich mehrfach darauf angesprochen hatte. Ich mag ihn, er ist ein wirklich netter Kerl. Wenn er mir in der Vergangenheit öfter vorgeschlagen hatte, im Neubau der Elba aus

Sicherheitsgründen eine Personenschleuse einzubauen, habe ich immer nur gelacht. Eine solche Sicherung ist mir von einem Prozess beim BGH oder Besuchen in der Hauptverwaltung von Professor Reimer Schmidt in Aachen bekannt, aber ich habe das immer für Quatsch gehalten. Und jetzt das – ein Albtraum, ein echter Albtraum!«
Sie unterhielten sich noch eine Weile leise, dann setzten sie sich zu den beiden anderen und versuchten, sich gemeinsam abzulenken. Malte hatte ihnen inzwischen ein großes Tablett gebracht, auf dem sich vier Teller und vier Gläser sowie reichlich Brot, Wurst und Käse befanden, Besteck gab es nicht. Jeder erhielt außerdem eine Flasche Kölsch und Mineralwasser.
»Guten Hunger, und wenn's nicht genug ist, meldet euch«, forderte sie Malte auf, dessen Ton ihnen gegenüber nicht mehr ganz so schroff war. Offensichtlich hatte Arne seinen Leuten ordentlich die Leviten gelesen.

Polizeipräsidium Wuppertal
Samstag, 19. März, 11:59 Uhr

Polizeioberkommissar Krause versah an diesem Samstag seinen Dienst auf der Leitstelle. Der Morgen war bisher äußerst ruhig verlaufen. Gerade stellte Krause eine Kunststoffdose mit Kartoffelsalat und Würstchen vor sich auf den Schreibtisch, als das Telefon klingelte. »Einsatzleitstelle, Polizeioberkommissar Krause, nennen Sie zuerst Ihren Namen und den Grund Ihres Anrufs«, leierte er die übliche Floskel herunter, die ihm erst kürzlich wieder in einem Seminar zum Thema ›Bürgernähe‹ gepredigt worden war. Allerdings traf er jetzt nicht ganz den richtigen Ton. Er

fühlte sich gestört.
»Den Teufel werde ich tun! Verbinden Sie mich mit dem Leiter vom Dienst. Es handelt sich um eine Entführung«, erwiderte der Anrufer schroff.
»Verstanden ... ich ... ich leite Sie sofort an den Dienstgruppenleiter weiter«, stammelte Krause verwirrt und stellte die Verbindung her.
»Leitstelle, Polizeihauptkommissar Overbeck, worum handelt es sich?«
»Hören Sie gut zu! Ich sage es nur einmal.« Die Stimme am Telefon klang, als ob der Anrufer nicht zu Späßen aufgelegt war. »Wir haben vier Leiter großer Wirtschaftskonzerne als Geiseln genommen. Informieren Sie umgehend den Polizeipräsidenten Dr. Riewers oder, wenn Sie ihn nicht erreichen, den Direktionsleiter der Kriminalpolizei, Dr. Sauer. Er soll sich mit Harald Iversen, dem Veranstalter der Survival-Seminare, in Verbindung setzen!«
»Wie war noch mal der Name?«, fragte Overbeck, der den Ernst der Lage sofort begriffen hatte.
»Iversen, Veranstalter der Survival-Seminare, Hauptsitz in der Villa Braus auf dem Gelände der ehemaligen Generaloberst-Hoepner-Kaserne. Haben Sie das verstanden?«
»Ja, Iversen, Veranstalter der Survival-Seminare in der Villa Braus. Und die Telefonnummer?«
»Die werden Sie schon rausfinden. Wir melden uns exakt um vierzehn Uhr noch einmal. Nennen Sie mir die Durchwahl, über die wir mit Ihnen ungehindert ständigen Kontakt halten können!« Nachdem Overbeck die Nummer durchgegeben hatte, war die Leitung plötzlich tot. Offenbar hatte der Anrufer das Telefonat beendet.
Overbecks Gesicht war kreidebleich. Aber er hatte sich in der Gewalt und wusste, was zu tun war. Er ging nicht

davon aus, dass es sich hier um einen Scherz handelte. Mechanisch griff er in die Schublade und holte das in Folie eingeschweißte DIN-A4-Blatt mit der entsprechenden Dienstanweisung hervor. Vergeblich wählte er zunächst die Privatnummer des Polizeipräsidenten, anschließend die Nummer seines Handys. Die Mailbox sprang an. Schnell gab Overbeck alle Information durch, anschließend verständigte er den Direktionsleiter der Kriminalpolizei, den er zu Hause erreichte.

Nur knapp eine halbe Stunde später betrat Dr. Sauer das Polizeipräsidium. Auch Fassbinder, sein Stellvertreter Marc Haarmann und einige andere Mitarbeiter sowie die Polizeipsychologin Svea Großmann waren per Telefonkette verständigt worden und bereits eingetroffen.

Im großen Besprechungszimmer herrschte Betriebsamkeit, aber alle waren bemüht, keine Hektik aufkommen zu lassen, obwohl es einen Fall von Geiselnahme dieses Ausmaßes bisher in Wuppertal noch nicht gegeben hatte. Dr. Sauer war ein besonnener Mann, seine Ruhe strahlte auf seine Mitarbeiter aus.

Er bat Fassbinder kurz vor die Tür, der schon ahnte, was sein Chef ihm sagen wollte.

»Ich weiß, dass ich das eigentlich nicht von Ihnen verlangen kann. Aber besondere Situationen verlangen besondere Maßnahmen.« Dr. Sauer zögerte, bevor er fortfuhr: »Also kann ich davon ausgehen, dass das Gespräch gestern zwischen uns nicht stattgefunden hat?«

»Doch, es hat!«

»Mensch, Fassbinder, seien Sie doch nicht so stur! Sie sind mein bester Mann. Haarmann wäre mit diesem Fall hoffnungslos überfordert. Geiselnahme – das hat er doch in seiner Praxis überhaupt noch nicht erlebt!«

»Ich auch nicht!«
»Aber Sie haben die notwendige Erfahrung!«
»Hab ich nicht!«
»Fassbinder, ich brauche Sie! Wenn das hier schief geht, fällt die gesamte Presse über mich her und zerreißt mich in Stücke! Ich sehe schon die Schlagzeile: ›Leiter der Kripo übergibt unerfahrenem Kommissar Fall einer Geiselnahme!‹«
»Hauptkommissar!«
»Nun legen Sie doch nicht jedes Wort auf die Goldwaage! Ich flehe Sie an! Ich war immer fair zu Ihnen und habe Sie gestern nicht zu überreden versucht, Ihre Entscheidung zu revidieren. Aber jetzt muss ich Sie inständig bitten, den Fall zu übernehmen und noch so lange an Bord zu bleiben, bis er aufgeklärt ist. Vielleicht können Sie ja dann trotzdem zur Jahresmitte gehen.«
In Fassbinder regte sich Mitgefühl für seinen Chef. Er, der sonst immer so souverän war, wirkte jetzt wie ein Häuflein Elend, stand bittend und flehend vor ihm.
Fassbinder kämpfte mit sich. Er war es nicht gewohnt, einmal getroffene Entscheidungen zurückzunehmen. Doch dann sagte er leise: »Okay, Sie haben mir, wenn etwas schief gegangen ist, immer Rückendeckung gegeben. Also ziehen wir die Sache gemeinsam durch. Auch wenn es mir schwerfällt, meinen gefassten Beschluss umzustoßen.«
»Danke, Fassbinder, vielen, vielen Dank! Sie werden sehen, es wird Ihr größter Erfolg, mit dem wir Sie dann in Ihren wohlverdienten Ruhestand verabschieden können.«
»Wollen wir's hoffen!«

Villa Braus, Wuppertal
Samstag, 19. März, 12:06 Uhr

»Guten Tag, Harald Iversen, was kann ich für Sie tun?«, meldete sich Iversen wie gewohnt an seinem Bürotelefon.
»Eine ganze Menge, vor allem Ruhe bewahren.«
»Das ist meine Art«, reagierte Iversen gelassen. »Nennen Sie mir doch Ihren Namen und sagen Sie mir bitte, worum es geht.«
»Gut, kommen wir zur Sache. Wir haben Ihre vier Wirtschaftsbosse entführt und hätten im Austausch gerne für jeden Einzelnen zwei Millionen Euro.«
Iversen schwieg. Er fühlte, wie das Blut in die Beine sackte. Sein Mund war staubtrocken. Er zwang sich zur Ruhe, gleichzeitig schossen tausend Gedanken durch seinen Kopf. Das war der absolute Super-GAU, den er sich oft vorgestellt, aber mit dessen Eintritt er niemals gerechnet hatte. Nur langsam fand er seine Stimme wieder. »Und wer sagt mir, dass es sich nicht nur um einen dummen Scherz handelt?« Jetzt galt es, Zeit zu gewinnen. Schnell schaltete er das Zusatzgerät ein, um das Gespräch aufzuzeichnen.
»Versuchen Sie, Ihre Leute in Halver anzurufen. Falls Sie keinen telefonischen Kontakt bekommen, liegt das wohl an uns. Sobald Sie sich überzeugt haben, dass wir nicht scherzen, sollten Sie sich mit Dr. Riewers oder Dr. Sauer in Verbindung setzen, die schon auf dem Weg ins Präsidium sein dürften.«
»Ich habe verstanden«, antwortete Iversen resigniert. »Wie sehen Ihre weiteren Anweisungen aus?«
»Na, das klingt doch schon sehr vernünftig. So habe ich Sie eigentlich auch eingeschätzt.«
»Kennen wir uns?«

»Was soll die Frage? Darauf werde ich Ihnen wohl kaum antworten. Und Ihren Mitschnitt, den Sie als Sicherheitsfachmann bestimmt schon laufen haben, können Sie getrost vergessen. Sie kriegen uns nicht. Auch eine Ortung unserer Handys bei den künftigen Telefonaten wäre zwecklos. Wir benutzen nicht registrierte Prepaid-Karten, die wir außerdem nach jedem Gespräch vernichten.«
Iversen hatte es also mit Profis zu tun, dessen war er sich spätestens jetzt sicher. »In Ordnung. Das heißt, Sie melden sich wieder?«
»Ja, in etwa zwei Stunden im Präsidium.« Die Leitung wurde unterbrochen.

Polizeipräsidium Wuppertal
Samstag, 19. März, 12:36 Uhr

Gemeinsam mit Fassbinder betrat Dr. Sauer das Besprechungszimmer, nachdem er erfahren hatte, dass der Polizeipräsident sich über das Wochenende wegen einer Familienfeier im Harz aufhielt.
»Guten Tag, Frau Großmann, meine Herren«, eröffnete der Direktionsleiter mit ernster Miene die Sitzung. »Der Grund für diese ungewöhnliche Zusammenkunft dürfte sich ja herumgesprochen haben. Ich fasse kurz zusammen: Vier Wirtschaftsbosse, deren Unternehmen alle unter den deutschen TOP 100 rangieren, sind – so paradox es auch klingen mag – bei einem Survival-Training entführt worden. Die Lage ist ernst, die Zeit drängt. Wir haben es offensichtlich mit Profis zu tun. In knapp eineinhalb Stunden bekommen wir erste Anweisungen per Telefon. Unsere Techniker sind bereits damit beschäftigt, eine Fangschaltung einzurichten. Der Innenminister wurde verständigt und hat angeordnet,

dass das LKA NRW eingeschaltet werden soll. Wir erwarten das Team von der Außenstelle in Düsseldorf am frühen Nachmittag hier im Präsidium, wo wir ihnen zwei Räume mit der erforderlichen Ausstattung zur Verfügung stellen.«

»Na super! LKA – wofür steht das noch mal? Jetzt fällt's mir wieder ein: ›Leider keine Ahnung‹!«, zischte Marc leise in Richtung seines Nachbarn, der Dr. Sauers Ankündigung noch etwas drastischer kommentierte. »Nee, LKA steht für ›lauter kleine Arschlöcher‹!«

»Das heißt, wir dürfen wieder die Laufarbeit machen und die Hauptstadt-Typen heimsen die Meriten ein!«, rief Marc deutlich lauter dazwischen.

»Nein, ganz und gar nicht. Der Einsatzstab wird vom Leiter Gefahrenabwehr/Einsatz des LKA gebildet, der auch die Führung übernimmt. Das bedeutet, die Weisungskompetenz liegt formal zwar beim Leiter GE, wir werden aber sowohl im Führungsstab als auch in der Verhandlungsgruppe vertreten sein. Der Innenminister hat ausdrücklich betont, dass hier Teamarbeit gefordert ist.«

»Prima! Wenn's schief geht, hat es dann natürlich wieder an unserer unprofessionellen Arbeitsweise gelegen«, setzte Marc noch einen obendrauf.

»Dass das nicht passiert, dafür werde ich schon sorgen. Und außerdem bin ich mir sicher, dass wir diese Typen kriegen, und dann schneiden wir uns auch ein großes Stück vom Erfolgskuchen ab!«

In Vorbereitung auf das für vierzehn Uhr angekündigte Telefonat verteilte Dr. Sauer noch einige Aufgaben an Fassbinders Mitarbeiter.

»Nach dem bisherigen, äußerst professionellen Vorgehen müssen wir davon ausgehen, dass die Entführer einen sehr präzisen Plan haben, der uns nicht viel Spielraum lassen wird. Dennoch werden wir natürlich versuchen – und das dürfte dann in erster Linie Ihr Part sein, Frau Großmann –, die Entführer hinzuhalten, um Zeit zu gewinnen. Und wir wissen ja aus Erfahrung, dass Täter vor allem dann Fehler machen, wenn sie unter zeitlichen oder psychischen Druck geraten.«

»Aber wir wissen auch, dass sie dann häufig unüberlegt handeln, die Situation könnte also auch eskalieren«, wandte die Polizeipsychologin ein.

»Das ist eben die Kunst der Abwägung: Druck ausüben, hinhalten, Gründe für scheinbar unvorhersehbare Verzögerungen nennen, aber den Bogen nicht überspannen.«

»Wenn's weiter nichts ist! Im Prinzip kinderleicht«, warf Marc ironisch ein, was Svea Großmann ein leichtes Schmunzeln entlockte, denn sie hatte Ähnliches gedacht. Doch bei Dr. Sauer verursachte dieser erneute Zwischenruf eine kleine Zornesfalte auf seiner Stirn.

»Ich bitte Sie, bleiben Sie sachlich! Wir alle wissen um die Schwere der Aufgabe, die da auf uns zukommt. Hier ist Teamarbeit gefordert und ich weiß, dass ich mich auf jeden Einzelnen von Ihnen verlassen kann. Bis zum Eintreffen des LKA liegt die alleinige Verantwortung bei uns. Also an die Arbeit! Bis zum angekündigten Telefonat bleibt nicht mehr viel Zeit.«

Der Direktionsleiter stand auf, winkte Fassbinder zu sich heran und verließ mit ihm das Besprechungszimmer.

Polizeipräsidium Wuppertal
Samstag, 19. März, 12:47 Uhr

Svea Großmann war Marc in dessen Büro gefolgt. »Was ist bloß los mit dir? So kenne ich dich gar nicht! Du sollst deine

Kollegen motivieren und sie nicht mit deiner schlechten Laune anstecken.«

»Nun fang du auch noch an«, erwiderte Marc. »Eine Moralpredigt ist jetzt genau das, was ich brauche.«

»Hast du zu Hause Probleme?«

»Nein, mit Esther und den Kids ist alles okay.«

»Aber irgendwas hast du doch! Fühlst du dich mit dem, was da auf dich zukommt, überfordert?«

Marc zögerte, dann brach es förmlich aus ihm heraus: »Auf *mich* zukommt? Genau das ist es: Es kommt eben *nicht* auf mich zu. Wieder ist es Fassbinders Fall. Ich habe Anfang des Jahres, als er plötzlich regelmäßig erst nach neun Uhr hier im Präsidium auftauchte, geglaubt, dass das eine Art der Übergabe seines Kommissariats an mich sei und er in Kürze seinen Dienst quittieren würde.«

»Und jetzt hast du Zweifel?«

»Zweifel ist gut! Du weißt doch, was los ist. Der Sauer traut mir so eine große Sache nicht zu und da greift er eben wieder auf den Riecher zurück.«

»Das siehst du völlig falsch. Fassbinder bereitet sich auf seinen Abschied vor. Du merkst doch selbst, dass er dir nach und nach alles überträgt, sich aus dem operativen Geschäft völlig zurückzieht und dich machen lässt.«

»Und warum jetzt plötzlich wieder: Kehrt Marsch?«

»Das ist keine Kehrtwendung! Er wird dich weiter agieren lassen und selbst im Hintergrund bleiben. Dass er jetzt wieder ins Rampenlicht geschoben wird, ist nicht seine Entscheidung. Sauer drängt ihn aufgrund eigener Versagensängste. Sollte die Sache scheitern, könnte er Fassbinder zum Bauernopfer machen. Geht sie aber unter deiner Leitung schief, dann fällt die Presse über ihn her – und zwar nicht wegen eines möglichen Misserfolgs, sondern weil er

dir den Fall übertragen hat.«
Marc schwieg und dachte nach. »Hm, du hast recht. Also eine rein politische Entscheidung.«
»Ja, das ist es: eine rein politische Entscheidung!«

Zur gleichen Zeit saß Fassbinder seinem Chef in dessen Büro gegenüber.
»Was ist bloß mit dem Haarmann los?«, raunzte Dr. Sauer, noch bevor er richtig Platz genommen hatte. »Hoffentlich haben wir da die richtige Entscheidung getroffen, ihn zu Ihrem Stellvertreter und damit auch zum potenziellen Nachfolger gemacht zu haben.«
»Da bin ich mir ganz sicher«, entgegnete Fassbinder ruhig, denn er hatte schon seit einigen Minuten mit einer solchen Reaktion seines Chefs gerechnet. »Er ist mein bester Mann – fleißig, intelligent und äußerst loyal.«
»Davon war eben aber nicht wirklich viel zu spüren. Holzt dazwischen wie die Axt im Walde! Was hat der denn plötzlich? Familiäre Probleme?«
»Nein, ich kenne die familiären Verhältnisse ganz gut. Seine Frau Esther war ja selbst einmal bei mir im Kommissariat und zeigt viel Verständnis, wenn unsere Arbeit nur wenig Zeit für das Privatleben lässt.«
»Und was reitet ihn dann?«
»Die augenblickliche Situation. Seit Jahresbeginn habe ich ihm mehr und mehr Verantwortung übertragen, bin später ins Büro gekommen und früher gegangen. Auch daran sollte er erkannt haben, dass ich einen – wie soll ich es nennen? – fließenden Übergang beabsichtige. Er konnte mit meinem bevorstehenden beruflichen Abschied rechnen, denn ich selbst habe ihm berechtigte Hoffnung gemacht.«
»Verstehe, und ich werfe das jetzt alles über den Haufen,

indem ich Ihnen, soweit das LKA uns einbindet, diesen Fall übertrage!«
»Exakt!«
»Aber es geht nicht anders.«
»Ist mir bewusst. Aber ich werde mit ihm reden und die Karten offen auf den Tisch legen. Voraussetzung ist, dass es bei unserer Verabredung bleibt – und damit meine ich nicht nur den Zeitpunkt meines Ausscheidens, sondern auch die Regelung mit Marc Haarmann als meinem Nachfolger.«
»Das ist Erpressung!«
»Weiß ich!«
»Okay«, erwiderte Dr. Sauer zögernd, aber unmissverständlich, »ich bin einverstanden!«
Fassbinder stand auf und ergriff die Hand, die ihm sein Chef zur Bekräftigung der Vereinbarung entgegengestreckt hatte.

Villa Braus, Wuppertal
Samstag, 19. März, 13:32 Uhr

Iversen hatte sich unmittelbar nach dem Anruf des Entführers mit dem Polizeipräsidium in Verbindung gesetzt. In seinem Rückruf bestätigte ihm Dr. Sauer die Nachricht über die Entführung.
»Nein, ich werde nicht nach Halver fahren, sondern hier in der Einsatzleitstelle weitere Maßnahmen einleiten, bis das LKA eintrifft. Vor Ort in Halver werden Sie Hauptkommissar Fassbinder antreffen, der die hiesigen Ermittlungen leitet.«
»Okay. Bitte halten Sie mich auf dem Laufenden!«
»Darauf können Sie sich verlassen, zumal wir uns auch

gerade von Ihnen wichtige Hinweise erhoffen!«

Nach dem Telefonat fuhr Iversen mit seinem 7er BMW in zügigem Tempo ins Camp nach Halver, wo er zehn Minuten nach dem Einsatzteam eintraf. Die gefesselten Sicherheitskräfte, die man inzwischen befreit hatte, bestätigten, dass der Überfall äußerst professionell abgelaufen war.

Fassbinder und Iversen machten sich miteinander bekannt.

»Das Ganze lässt auf einen minutiös ausgefeilten Plan schließen, bei dem nichts dem Zufall überlassen wurde. Meines Erachtens dürfte die Vorbereitung mehrere Monate in Anspruch genommen haben«, gab Fassbinder eine erste Einschätzung der Lage.

»Von wie vielen Personen gehen Sie aus?«, hakte Iversen nach.

»Hier waren es insgesamt vier, wie mir Ihre Leute berichtet haben, und dann denke ich, etwa noch mal so viele in der Zentrale der Entführer, denn der ganze logistische Aufwand muss erheblich sein.«

In der folgenden Viertelstunde informierte Iversen den Hauptkommissar und einige seiner Mitarbeiter – Marc war auf Wunsch Dr. Sauers im Präsidium in Wuppertal geblieben – über Einzelheiten des Seminars, den geplanten Verlauf und die Örtlichkeiten. Er übergab ihnen sämtliche relevanten Unterlagen und das Kartenmaterial des Geländes in Halver.

Parallel hierzu sperrte die soeben eingetroffene Mannschaft der Spurensicherung schon die Tatorte der Überfälle auf die Wachen und den G-Guard provisorisch mit einem rot-weißen Plastikband ab, dann begannen die Fachleute mit ihrer Arbeit und nahmen Gipsabdrücke von den Reifenspuren des Entführungsfahrzeugs.

Polizeipräsidium Wuppertal
Samstag, 19. März, 14:00 Uhr

Exakt um vierzehn Uhr klingelte im Büro des Führungsstabs das Telefon, auf das die Techniker inzwischen die Leitung umgelegt hatten. Der Direktionsleiter nahm den Anruf entgegen und meldete sich mit seinem Namen.

»Sie sehen, Herr Dr. Sauer, wir halten unsere Zusagen ein.« Es war derselbe Anrufer wie zwei Stunden zuvor. »Diese Professionalität erwarten wir auch von Ihnen. Sollten Sie oder Ihre Leute auch nur einen Deut von unseren Vereinbarungen abweichen, stirbt die erste Geisel! Haben wir uns verstanden?«

»Ja. Nennen Sie uns Ihre Forderungen!«

»Für jede Geisel verlangen wir zwei Millionen Euro. Wir wissen, dass acht Millionen über das Wochenende nur schwer aufzubringen sind. Deshalb werden wir jeden Tag eine Geisel gegen zwei Millionen austauschen. Erster Termin: Montag, 21. März, sechzehn Uhr. Ausgetauscht wird zunächst Professor Huber. Nähere Anweisungen demnächst. Halten Sie diese Leitung frei.«

Dr. Sauer wollte noch einige Details erfragen, aber die Leitung wurde bereits unterbrochen.

Schon vor dem Telefonat waren die jeweiligen Stellvertreter der Wirtschaftsbosse über deren Entführung informiert worden und bereits in Wuppertal eingetroffen. Es handelte sich um Dr. Ernst von Borsody vom Sprengelmann-Konzern, Bodo Caspari von der Elba-Versicherung, Hans-Ludwig Sträter von der Westfalen-Strom und Dr. Julius Zappa von der Nordrhein-Bank.

Nachdem nun bekannt war, dass Professor Huber als Erster ausgetauscht werden sollte, führte Marc zunächst ein

Gespräch mit Dr. von Borsody.
»Mein Name ist Marc Haarmann. Ich bin der Stellvertreter von Hauptkommissar Fassbinder, der sich zurzeit in Halver am Ort der Entführung aufhält«, stellte er sich seinem Gegenüber ohne Nennung seines eigenen Titels vor. »Ihr Chef soll am Montagabend als erste Geisel ausgetauscht werden. Die Entführer verlangen für ihn zwei Millionen Euro.«
»Das ist eine Menge Holz«, entfuhr es Dr. von Borsody.
»Können Sie diese Summe bis Montagmittag von Ihrer Hausbank beschaffen?«
»Das wird schwierig, denn wir werden auch die Landeszentralbank einschalten müssen, aber ich denke, wir schaffen das.«
»Sie werden es schaffen *müssen*, schließlich hängt das Leben Ihres Chefs davon ab! Wenn Sie Zweifel haben, das Geld rechtzeitig besorgen zu können, müssen wir nach einer Alternative suchen. Mit der Gegenseite ist nicht zu spaßen. Wir haben es mit Vollprofis zu tun.«
»Ist mir bewusst. Ich setze mich gleich mit den Banken und meinen Vorstandskollegen in Verbindung, damit wir keine Zeit verlieren. Es wird schon klappen.«
»Und informieren Sie mich bitte umgehend, sobald sich hinsichtlich der Geldbeschaffung etwas Konkretes ergibt.«
»Wie kann ich mit Ihnen Kontakt halten?«
Marc gab ihm die Durchwahl seines Festnetzanschlusses sowie eine Handynummer und verabschiedete sich. »Das war's fürs Erste – viel Glück!«
»Das werde ich brauchen. Wiedersehen!«

Inzwischen war Fassbinder, nachdem er alle notwendigen Maßnahmen im Camp in Halver eingeleitet und koordiniert hatte, zum Polizeipräsidium zurückgekehrt. Er wollte

vor Ort in Wuppertal sein, wenn das LKA anrückte. Nur zu gut erinnerte er sich an die letzte Zusammenarbeit mit Hauptkommissar Otto Oltrogge, dem LKA-Beamten und anlässlich des sechs Jahre zuvor stattgefundenen Ausbruchs mehrerer bewaffneter Jugendlicher aus der Haftanstalt Simonshöfchen eingesetzten Leiter des Führungsstabes. Seine Selbstherrlichkeit und Arroganz waren nicht zu überbieten gewesen. Folglich hatte es zwischen ihm und Fassbinder ordentlich gekracht – mit dem für Oltrogge unglücklichen Ende, dass seine Strategie zu einer unnötigen Eskalation der ganzen Aktion und zwei schwerverletzten Kripobeamten geführt hatte.
Fassbinder hoffte inständig, dass man Oltrogge, der nur wenige Jahre jünger war als er selbst, inzwischen auf einen anderen Posten gesetzt oder hochgelobt hätte und er nicht wieder Leiter des LKA-Teams sein würde.
Doch sein Wunsch erfüllte sich nicht. Kaum war er zehn Minuten im Präsidium, kam auch schon die gesamte Crew des LKA angerauscht. An ihrer Spitze: Otto Oltrogge, das ›Doppel-O‹, wie die Wuppertaler ihn damals scherzhaft nannten, denn seine Körperfülle erinnerte stark an die vor etlicher Zeit in den Medien erschienene Werbung, in der zwei Öltanks eine nicht unwesentliche Rolle spielten. Auch der runde Kopf mit der polierten Glatze sowie seine kleine Statur von nur einem Meter siebenundsechzig rundeten dieses Bild vollständig ab. Majestätisch an ihm war lediglich sein an Kaiser Wilhelm erinnernder, grau melierter Schnäuzer.

»Herzlich willkommen in Wuppertal!«, begrüßte Dr. Sauer, der damals eine andere Funktion in Köln bekleidete und Oltrogge daher noch nicht kannte, den Leiter des LKA-

Teams. »Auch wenn der Anlass mehr als beunruhigend ist«, fügte er hinzu. »Momentan müssen Sie mit mir vorlieb nehmen, weil Dr. Riewers, den wir inzwischen telefonisch informiert haben, sich noch auf der Rückkehr aus dem Harz befindet, wo heute Abend eigentlich eine private Familienfeier angestanden hätte.«

Anschließend stellte Dr. Sauer jeden Einzelnen seiner Leute vor. »Übernachten werden Sie und Ihre Mannschaft in der Polizeikaserne oben auf Lichtscheid, entsprechende Schlafräume sind bereits geordert. Von dort haben Sie kurze Wege hierher zum Präsidium und auch zur ehemaligen Generaloberst-Hoepner-Kaserne, der Zentrale von Iversens Survival-Unternehmen.«

»Vielen Dank für den netten Empfang! Wie ich gehört habe, sind auch hier im Präsidium die Räume für uns schon eingerichtet«, bemühte sich Oltrogge, die damaligen atmosphärischen Störungen vergessen zu machen, und stellte sein Team ebenfalls vor. Die Begrüßung verlief dennoch etwas frostig, insbesondere zwischen Fassbinder und ihm.

»Da die Zeit drängt, sollten wir uns gleich an die Arbeit machen«, ergriff Dr. Sauer erneut das Wort. Dann wandte er sich an Fassbinder und Marc. »Ich darf Sie nun bitten, noch einen kurzen Überblick über das bisherige Geschehen und den augenblicklichen Stand der Dinge zu geben.«

Bewusst überließ Fassbinder es seinem Stellvertreter, die derzeitige Lage zu schildern. Einerseits setzte er damit ein Zeichen, das sein Chef verstehen würde, andererseits demonstrierte er Oltrogge, was er unter Teamarbeit verstand. Man kam anschließend noch überein, sich wieder an selber Stelle zu versammeln, sobald Dr. Riewers eingetroffen sein würde, um dann endgültig die Zusammensetzung des

Führungsstabes und die damit zusammenhängende Aufgabenverteilung bekannt zu geben.

Scheune in Lüdorf
Samstag, 19. März, 15:25 Uhr

In einer Ecke der etwa zwanzig Meter langen, schon seit Jahren leer stehenden Scheune, durch deren teilweise lose Dachschindeln der Wind pfiff, saßen die vier Geiseln, an Händen und Füßen gefesselt, auf Feldbetten, bewacht von dem Entführer, den alle Malte nannten.
Die anderen fünf aus der Gruppe, neben dem Anführer Arne handelte es sich um Holger, Knut, Lars, Mats und Ole – zumindest sprachen sie sich mit diesen nordischen Vornamen an, obwohl alle außer Ole mit unverkennbar osteuropäischem Akzent sprachen –, hatten sich am anderen Ende der Scheune um einen Gartentisch versammelt, auf dem mehrere Straßen- und Wanderkarten kleinen Maßstabs lagen.
Arne, der als Einziger hochdeutsch sprach, hatte mit Bedacht diese verlassene Scheune in der Nähe von Bergisch Born gewählt, weil sie ausreichend weit entfernt vom ehemaligen Munitionsdepot in Halver, aber zugleich auch strategisch günstig zur B 51 und A 1 lag. Darüber hinaus bot das umfangreiche Waldgebiet in dem bergischen Städtedreieck Remscheid-Radevormwald-Hückeswagen zwischen den Bundesstraßen B 229, B 237 und B 483 vielerlei Möglichkeiten einer Geldübergabe. Vor allem aber ging es ihm darum, kontrollieren zu können, ob sich die Polizei an seine geplante Forderung, auf jeglichen Einsatz zu verzichten, halten würde. Doch auch die Gegend um die Bevertal-

sperre sollte in seinen Überlegungen eine Rolle spielen.
Als Ort der ersten Übergabe hatte er ein kleines, teilweise mit dichtem Unterholz versehenes Waldstück in der Nähe von Ispingrade ausgewählt, zu dem nur ein einziger Feldweg führte, der von der Landstraße zwischen Radevormwald und der Wupper abbog. Arne zeigte seinen Leuten den mit einem Kreuz markierten Ort auf der Wanderkarte.
»Aber, Boss, da schnappen die Bullen uns doch sofort nach der Übergabe«, protestierte Mats. Auch die anderen – mit Ausnahme von Ole – meldeten ihre Bedenken an.
»Ihr haltet mich wohl für blöd! Natürlich nehmen wir nicht den Waldweg zurück. Ole wird mit seiner Geländemaschine durch den Wald zur B 483 fahren, wo Lars und ich mit unserem Baufahrzeug an der Stelle auf ihn warten, an der er aus dem Wald kommt. Wir sind die Strecke schon zweimal abgefahren. Es funktioniert bombensicher. Voraussetzung ist natürlich, dass die Polizei sich raushält.«
»Und wenn nicht?«, fragte Lars.
»Dann blasen wir die Übergabe sofort ab.«
»Und wenn die Bullen sich das nächste Mal wieder nicht an die Vereinbarung halten?«, bohrte Lars nach.
Arne senkte seine Stimme. »Das wird nicht geschehen. Denn wenn die Polizei unsere Spielregeln ignoriert, stirbt die erste Geisel. Und ihr könnt ganz sicher sein, dass die nächste Übergabe dann reibungslos klappt.«
Arnes Leute schienen wenig beeindruckt. Offensichtlich hatte er sie bei der Planung zu keinem Zeitpunkt darüber im Unklaren gelassen, dass es notfalls auch Todesopfer geben könnte. Schließlich ging es um unvorstellbar viel Geld. Jeder von ihnen sollte einen sechsstelligen Betrag kassieren.
Sie sprachen die Aufgaben im Detail durch, alles war

generalstabsmäßig geplant, nichts wurde dem Zufall überlassen.
»Ihr prägt euch bis morgen genau ein, was ihr zu tun habt. Merkt euch vor allem die genauen Uhrzeiten der einzelnen Schritte. Morgen Nachmittag spielen wir noch einmal alles durch. Gibt es irgendwelche Fragen?«
Als sich niemand meldete, ging Arne zu den Gefangenen, befahl Malte, ihnen die Handschellen abzunehmen, und ließ den Geiseln Essen und Wasser bringen. An den Füßen blieben sie mit Kabelbindern gefesselt.
»Dass mit uns nicht zu spaßen ist, sollte Ihnen bewusst geworden sein«, wandte er sich ihnen zu. »Also seien Sie vernünftig, dann sind Sie, wenn die Geldübergaben reibungslos verlaufen, spätestens Ende der Woche wieder bei Ihren Familien. Betrachten Sie sich so lange als unsere – wenn auch unfreiwilligen – Gäste.« Bei diesen Worten konnte Arne sich ein ironisches Lächeln nicht verkneifen. »Und damit es Ihnen nicht allzu langweilig wird, lasse ich Ihnen noch ein Skatblatt, eine Spielesammlung und ein paar Bücher bringen. Also dann: Vertreiben Sie sich die Zeit, so gut es geht.« Augenblicklich drehte er sich auf dem Absatz um und ging zu den anderen zurück.

Polizeipräsidium Wuppertal
Samstag, 19. März, 18:20 Uhr

Der Polizeipräsident war seit einer knappen halben Stunde im Präsidium. Dr. Sauer saß ihm gegenüber und informierte ihn kurz über die letzten Neuigkeiten. Danach veranlasste Dr. Riewers, dass sich seine Beamten und die des LKA umgehend in dem Konferenzraum trafen, der seinem Büro

angeschlossenen war.
Nach einer kurzen Begrüßung der Anwesenden bat er Oltrogge, bekannt zu geben, wer von den Wuppertaler Kriminalbeamten den Führungsstab ergänzen sollte. Dass er selbst von einer Beteiligung Fassbinders, Haarmanns sowie der Polizeipsychologin Großmann ausging, machte er bereits zu diesem Zeitpunkt unmissverständlich deutlich.
Oltrogge, der inzwischen auch die Personalakten einer flüchtigen Prüfung unterzogen hatte, stimmte ihm zu: »Das sehe ich genauso. Frau Großmann wird aber aus nahe liegenden Gründen primär in der Verhandlungsgruppe eingesetzt werden und ist außerdem auch für die Betreuung der Angehörigen vorgesehen. Von Ihren Leuten möchte ich außer den von Ihnen Genannten noch Ralph Seidel, Phillip Kohlund und Cora Behrens in der Ermittlungskommission einsetzen. Sind Sie damit einverstanden?«
»Sicher. Von morgen abgesehen, halte ich die Vereinbarung fester Besprechungstermine für unsinnig, sie würden sowieso ständig durch aktuelle Ereignisse geändert werden müssen. Sie, Fassbinder und ich sollten uns permanent auf dem Laufenden halten und Besprechungen kurzfristig einberufen. Da wir uns noch nicht kennen, vielleicht noch eins: Ich hasse Alleingänge!«
»Ich gehe davon aus, dass Sie das nicht auf meine Person beziehen, sondern allgemein meinen.«
»Sie haben mich schon richtig verstanden!«
Fassbinder musste bei dieser letzten Bemerkung ein Grinsen unterdrücken. Nicht nur für ihn, sondern auch für einige seiner langjährigen Mitarbeiter war es offensichtlich, dass der Polizeipräsident mit seinem Hinweis die Vorfälle vor sechs Jahren in Oltrogges Gedächtnis zurückrufen wollte.

Die Beteiligten verständigten sich noch darauf, am Sonntag um achtzehn Uhr erneut zusammenzukommen, um die bis dahin in die Wege geleiteten logistischen Maßnahme – auch den Einsatz der Spezialeinsatzkommandos betreffend – und die Frage nach der Geldbeschaffung zu erörtern.
»Frau Großmann, Sie würde ich bitten«, sprach Oltrogge abschließend noch die Polizeipsychologin an, »sich morgen um spätestens halb elf im Hotel Mercure einzufinden, um die Ehefrauen der Entführungsopfer psychologisch zu betreuen. In Absprache mit Ihrem Chef habe ich veranlasst, dass die Frauen für die Dauer der Entführung dort untergebracht werden.«
»Okay, geht in Ordnung. Betrifft das auch Frau Pia Bergström, die ja ganz in der Nähe im Briller Viertel wohnt?«
»Ja, sie selbst hat den Wunsch geäußert, mit den anderen Ehefrauen zusammen im Hotel zu wohnen. Ich halte das für sinnvoll. Vielleicht führt das ja zu einer Art Solidarisierungseffekt. Das ist wohl nicht der korrekte Begriff, aber Sie verstehen sicherlich, was ich meine.«
»Auch ich befürworte dieses Vorgehen. Banal gesprochen, gilt auch hier: Geteiltes Leid ist halbes Leid.«
»Wollen wir hoffen, dass es sich nur um eine kurze Leidenszeit handelt.«

Wuppertal, Lortzingstraße 7
Sonntag, 20. März, 5:28 Uhr

Seine Tiefschlafphase war schon seit einigen Minuten vorbei. Kurz vor dem Erwachen befand sich Fassbinder – wie so häufig in letzter Zeit – in einer Art Wachtraum. Simone war ihm erneut erschienen, als er sich im Bett hin und her gewälzt hatte, weil ihn wieder Zweifel quälten. Zweifel, ob es die richtige Entscheidung war, diesen letzten Fall wieder selbst zu übernehmen. Zweifel, ob er sich der erneuten Auseinandersetzung mit Oltrogge, die es zwangsläufig geben würde, stellen sollte.

»Du kämpfst schon wieder mit dir, Liebster«, begann Simone und fuhr nach kurzer Pause mit sanfter Stimme fort, »und ich kann dich verstehen. Aber es ist, wie du selbst sagst: *dein* letzter Fall! Wenn du anderer Meinung bist als er, setze dich durch und du wirst wieder Erfolg haben. Vergiss nicht: Ich glaube an dich!«

Dieses Mal war es kein Dialog gewesen, den er im Traum mit Simone geführt hatte. Es war eine Botschaft.

Fassbinder blieb noch eine Weile wach im Bett liegen. In Gedanken ging er durch, was die nächsten beiden Tage bringen würden. Er wusste, es würde ein zähes Ringen werden, aber er war nun entschlossen, die Sache zu Ende zu führen. Zu einem guten Ende. Er hatte seine Entschlusskraft wiedergefunden. Und dafür war er Simone dankbar.

Hotel Mercure, Wuppertal
Sonntag, 20. März, 10:46 Uhr

Schon etliche Minuten vor dem Termin war Pia Bergström im Hotel eingetroffen. Svea Großmann nahm sie in Empfang und geleitete sie in einen kleinen Konferenzraum, der etwa zehn Personen Platz bot. Nacheinander trafen auch die anderen drei Frauen ein.

Die Polizeipsychologin, die mit einer Größe von einem Meter neunundsiebzig ihre Gesprächspartnerinnen deutlich überragte, ergriff das Wort: »Guten Tag, meine Damen, bitte nehmen Sie Platz! Pardon, schon falsch, es ist natürlich alles andere als ein guter Tag. Aber wir müssen den Tatsachen ins Auge schauen und ich bin hier, um Ihnen Ihre Ängste zu nehmen und Ihnen zu helfen, soweit das in meiner Macht steht. Ich heiße Svea Großmann, bin einundvierzig Jahre alt, ledig und von Beruf Psychologin, seit zwölf Jahren bei der Polizei und nach einem zweijährigen Aufenthalt in den USA hauptsächlich als Profilerin tätig, das heißt, auf operative Fallanalysen spezialisiert. Ich schlage vor, dass Sie sich, bevor ich Sie auf den augenblicklichen Stand der Ermittlungen bringe, ebenfalls vorstellen. Das erleichtert das Miteinander. Bitte fangen Sie doch gleich an«, wandte sie sich an ihre Nachbarin zur Linken.

»Mein Name ist Gabriele Gaffelhauser. Ich bin zweiundfünfzig, seit fünfundzwanzig Jahren glücklich verheiratet und Mutter einer liebenswerten, vierundzwanzigjährigen Tochter, die gerade ihr Studium beendet hat«, begann Frau Gaffelhauser, die ein dunkelgrünes Lodenkostüm trug und trotz der augenblicklich für alle bedrückenden Situation den Eindruck einer ansonsten sehr lebensfrohen Frau vermittelte, wie auch ihre kleinen Lachfalten am Mund verrieten. Sie hatte eine zierliche Nase, war ein wenig pummelig und mit knapp einem Meter sechzig die Kleinste in der Runde. Als Schmuck trug sie außer ihrem Ehering lediglich eine Brosche aus Seeopal mit einer bläulich schimmernden Perle.

»Ich bin ebenfalls zweiundfünfzig Jahre alt und heiße Pia Bergström. Verheiratet bin ich seit siebenundzwanzig Jahren, ich habe einen Sohn und zwei Töchter, von denen die jüngste noch bei uns zu Hause wohnt. Seit einem Jahr bin ich übrigens stolze Großmama«, schloss Frau Bergström, die zuvor sehr ernst und traurig gewirkt hatte, ihre kurze Vorstellung mit einem etwas gequälten Lächeln ab. Offensichtlich setzte ihr die Situation noch stärker zu als den anderen Frauen. In ihrem schwarzen, mit einem grauen Kragen abgesetzten Kostüm und der schlichten weißen Bluse wirkte sie, als ob sie sich auf eine Trauerfeier vorbereitet hätte.

Dann war die Reihe an Frau Feddersen. »Mein Name ist Edda Feddersen. Ich bin achtunddreißig und meine beiden Töchter sind im sogenannten schwierigen Alter. Wohl deshalb macht mein Mann auch keinen Hehl daraus, dass er die üblichen Überstunden zurzeit gelegentlich genießt.« Und nach einer kleinen Pause fuhr sie nachdenklich fort: »Wie schön wäre es, wenn ich jetzt wegen dieser Überstunden auf ihn warten könnte.«

Svea Großmann war sofort klar, dass ihr diese schlanke, selbstbewusste Frau, die einen beigefarbenen, figurbetonten Hosenanzug trug, bei den bevorstehenden Aufgaben eine große Stütze sein würde. Alles wirkte echt an dieser Frau: Sie hatte ein sehr dezent geschminktes, hübsches Gesicht, das von einer mittelbraunen Kurzhaarfrisur umrahmt wurde.

»Ich heiße Martina Huber, bin vierunddreißig und seit vier Jahren verheiratet. Mein Mann ist Vater von zwei erwachsenen Söhnen aus erster Ehe, gemeinsam haben wir keine Kinder«, stellte sich Frau Huber als Letzte vor.

Es war merkwürdig: So sehr sie bei allen Frauen zuvor eine mehr oder weniger ausgeprägte Sympathie empfunden hatte, so stark wurde Svea Großmann bewusst, dass sie Martina Huber gegenüber sofort starke Vorbehalte spürte. Und sie hatte sich in ihrer beruflichen Vergangenheit bei derartigen Einschätzungen nur äußerst selten geirrt. Die junge Frau erschien ihr aufgesetzt und geziert. Das mausgraue Kostüm und die Schuhe mit dem kleinen Blockabsatz passten ebenso wenig zu ihr wie das ungeschminkte Gesicht und das zu einem Knoten gebundene, blonde Haar. Das war nicht sie. Die Art, wie sie die wenigen Sätze gesagt hatte, erweckte bei der Psychologin den Eindruck, es mit einer berechnenden, egoistischen Person zu tun zu haben. Im Gegensatz zu den anderen Frauen hatte sie nicht wirklich Persönliches preisgegeben, ihren Mann wie ein Schutzschild vor sich gestellt, um dahinter fast unsichtbar zu werden.

»Vielen Dank, meine Damen! Es ist, wie gesagt, kein schöner Tag. Aber das von den Entführern vorgeschlagene Prozedere, ab morgen täglich einen Ihrer Ehemänner gegen Zahlung eines Lösegeldes freizulassen, weckt doch Hoffnung auf einen friedlichen Ausgang.«

Nach einer kurzen Stille fragte Frau Feddersen: »Wie hoch soll das Lösegeld sein?«

»Zwei Millionen Euro für jede Geisel. Aber das ist bisher noch nicht allgemein bekannt. Behalten Sie das daher bitte noch für sich, denn es wurde eine Nachrichtensperre verhängt.«

»Und wie soll das Lösegeld bis morgen beschafft werden?«

»Wie ich hörte, dürfte das ab Dienstag auf jeden Fall unproblematisch sein. Für morgen müssen noch ein paar Weichen gestellt werden. Aber bis sechzehn Uhr, das ist der geplante Zeitpunkt der Übergabe, wird das Lösegeld bereitliegen.«

»Und wenn nicht?«, ließ Frau Feddersen nicht locker.

»Sie sollten sich darüber jetzt wirklich keine Gedanken machen. Vertrauen Sie uns, es wird alles Menschenmögliche getan.«

Jetzt meldete sich Frau Gaffelhauser zu Wort. »Weiß man schon, wer als Erster ausgetauscht werden soll?«
»Ja, Professor Huber.« Bei ihrer Antwort drehte sich Svea Großmann auf ihrem Stuhl zu Martina Huber herüber, weil sie wusste, dass die Körpersprache oft mehr verriet als viele Sätze. Aber die Frau saß nur still da und sagte: »Es beruhigt mich, dass mein Mann zuerst freikommen soll.« Die Worte klangen monoton, beinahe auswendig gelernt. Ihre Reaktion unterschied sich in nichts von der Art, wie sie sich bereits zuvor präsentiert hatte.
So emotionslos, wie Martina Huber die Nachricht zur Kenntnis genommen hatte, so vehement reagierten die anderen Frauen. Viele Fragen schwirrten durcheinander.
»Wann kommt mein Mann frei?«
»Ist eine bestimmte Reihenfolge vorgesehen?«
»An welchem Tag wird Peter freigelassen?«
»Ist es auch wirklich sicher, dass das Lösegeld bereitsteht?«
»Wann wird Sven-Eric ausgetauscht?«

Svea Großmann konnte verstehen, dass alle sofort wissen wollten, wie es weitergehen würde. Trotzdem wartete sie einen Moment, bevor sie antwortete: »Das kann ich Ihnen leider noch nicht sagen. Sobald ich mehr weiß, erfahren Sie es sofort. Gibt es im Augenblick sonst noch Fragen?« Da sich niemand zu Wort meldete, fuhr sie fort: »Dann möchte ich Sie bitten, die nächsten Tage hier im Hotel zu bleiben. Und wenn Sie das Haus aus irgendeinem Grund verlassen, geben Sie mir bitte Bescheid. Erst einmal vielen Dank. Ich bin natürlich jederzeit für Sie zu sprechen! Sollte ich nicht hier sein, bin ich im Präsidium. Das ist praktisch gleich um die Ecke, sodass ich sehr schnell hier sein kann.«

Polizeipräsidium Wuppertal
Sonntag, 20. März, 18:00 Uhr

Die gesamte Ermittlungskommission und die übrigen Personen aus der Besprechung des Vortages hatten sich pünktlich im Konferenzraum versammelt. Außerdem waren die stellvertretenden Leiter der von der Entführung betroffenen Wirtschaftsunternehmen sowie Rolf Dreyer von der Essener Niederlassung der Fortune Consumer Finance anwesend. Der Chef der Landeszentralbank NRW ließ sich entschuldigen, hatte aber bereits alle wesentlichen Schritte für die Geldbeschaffung mit dem Direktor der Essener Bank in die Wege geleitet.

Dr. Riewers begrüßte die Anwesenden, bat um Verständnis für den ungewöhnlichen Zeitpunkt des Zusammentreffens und erteilte Oltrogge als Ermittlungsführer das Wort.

»Guten Abend, meine Damen und Herren. Herr Dreyer, darf ich Sie bitten, die Details zum Thema Geldbeschaffung zu nennen?«

»Danke. Also, ich kann Ihnen mitteilen, dass alles in trockenen Tüchern ist. Sämtliche Beteiligten waren sehr kooperativ. Die erforderlichen zwei Millionen stehen morgen ab elf Uhr zur Verfügung und werden spätestens um dreizehn Uhr hier im Präsidium sein. Aus verständlichen Gründen ist die geplante Route für den Transport nur drei Personen bekannt. Die Fahrer des Geldtransporters wissen weder um den Inhalt, noch kennen sie derzeit die Streckenführung.«

»Gut. Dann können wir das abhaken. Wie sieht es mit dem Geld für die folgenden Tage aus?«, wandte Oltrogge sich an die drei anderen stellvertretenden Leiter, die sich auch bereits mit ihren Hausbanken in Verbindung gesetzt hatten. Erwartungsgemäß war auch hier alles problemlos verlaufen.

Nun wurden Telefon- und Faxnummern ausgetauscht. Die Wirtschaftsbosse erhielten noch einige Informationen, bevor sie schließlich zum Hotel Mercure fuhren, wo sie mit den Ehefrauen ihrer entführten Kollegen sprechen wollten.

Die Ermittlungskommission wandte sich anschließend den logistischen Fragen zu. »Im Wesentlichen hängt ein schneller Erfolg in diesem spektakulären Entführungsfall von drei Prämissen ab. Zum einen von der Annahme, dass sich der Übergabeort des Geldes innerhalb des Städtedreiecks Remscheid-Radevormwald-Hückeswagen zwischen den Bundesstraßen B 229, B 237 und B 483 befindet …«
An dieser Stelle unterbrach Fassbinder Oltrogges Ausführungen. »Was macht Sie da so sicher?«
»Sicher ist das nicht, aber unsere empirischen Erfahrungen …«
»Soso, Ihre empirischen Erfahrungen. Das heißt, Sie hatten schon mit einer Vielzahl von Entführungsfällen zu tun?«
Dr. Sauer konnte sich ein Lächeln nicht verkneifen, wusste er doch nur zu gut, was Fassbinder bezweckte: Er wollte Oltrogge so schnell wie möglich klarmachen, dass er nicht alles vonseiten des LKA widerspruchslos hinnehmen würde.
»Nein, das natürlich nicht, aber es ist doch hinlänglich bekannt, dass …«
»Ach ja? Hinlänglich bekannt? Also, mir nicht!«
»Kann ich nun endlich fortfahren?«, schnaubte Oltrogge gereizt. »Für diese Annahme spricht auch, dass es sich um überwiegend schwer zugängliches Gelände handelt, das die Entführer sich vorher genau angesehen haben dürften. Außerdem – und damit komme ich zur zweiten Annahme – werden die Geiseln maximal zehn bis zwanzig Kilo-

meter vom Entführungsort entfernt untergebracht worden sein, denn es würde ein zu hohes Risiko darstellen, mit den Entführten länger als nötig auf größeren Straßen zu fahren. Und die dritte Prämisse ist, dass sich die Geiseln zusammen mit den Entführern am selben Ort befinden. Nur so könnten wir alle Gefangenen in einer Aktion befreien und die Täter überwältigen.«

»Ein bisschen viel Unsicherheiten«, ließ sich jetzt auch Dr. Sauer vernehmen. »Wenn ich Sie richtig verstanden habe, konzentrieren Sie sich bei der ersten Geldübergabe voll auf dieses Gebiet und lassen andere Möglichkeiten außer Acht?«

»Ja, ansonsten würden wir uns verzetteln. Sollten wir uns dennoch irren, bleiben noch die weiteren Geldübergaben. Morgen früh ab sieben Uhr beginnen wir sukzessive damit, diverse Polizeieinheiten in Zivil an strategischen Punkten einzusetzen. Darüber hinaus sind mehrere SEK-Trupps aus Köln und Düsseldorf angefordert und – über das ganze Gebiet verteilt – abrufbar. Einige unserer Leute werden sich, als Holzfäller getarnt, zusätzlich in der Nähe von Weggabelungen im Wald befinden.«

Nach und nach ebbte die Diskussion um die richtige Vorgehensweise ab. Oltrogge gab seinen Leuten noch genaue Instruktionen und vereinbarte mit den Mitgliedern der Ermittlungskommission einen Termin für den Vormittag des folgenden Tages. Man ging davon aus, dass sich die Entführer frühestens zwei Stunden vor dem Übergabetermin melden würden, um den Ermittlern möglichst wenig Zeit zur Vorbereitung zu geben.

B 483, Herweg
Montag, 21. März, 13:25 Uhr

Südlich von Radevormwald stand auf der an einem Waldstück vorbeiführenden B 483 ein Baufahrzeug der Marke Mercedes Sprinter mit dem städtischen Kennzeichen GM–154, auf der Ladefläche die üblichen Utensilien für Straßenreparaturarbeiten. Es hatte den Anschein, als ob die vom Frost des harten Winters stark in Mitleidenschaft gezogene Straßendecke ausgebessert werden sollte.
Doch im vorderen Bereich des Wagens, der in zwei Reihen Platz für sechs Personen bot, saßen Arne und Lars. Seit etwa zwei Stunden beobachteten sie, während sie scheinbar gerade Mittagspause machten, den Verkehr.
Um zwölf Uhr hatte Arne ein nur wenige Sekunden dauerndes Telefonat mit dem Ermittlungsführer Oltrogge geführt, in dem er diesem unmissverständlich mitteilte, dass die Übergabe sofort abgebrochen würde, wenn sich im Umkreis von zehn Kilometern Polizisten aufhalten sollten. In diesem Fall werde sofort eine Geisel erschossen. Die Informationen für die Übergabe würden telefonisch um vierzehn Uhr erfolgen, und zwar nicht durch ihn selbst, sondern durch einen seiner Gefolgsleute namens Knut.

Arne schien beruhigt, denn seit fast neunzig Minuten saßen sie nun schon im Wagen, ohne dass irgendetwas Auffälliges geschehen war. Auch von Holger und Mats, die er bei der Kreuzung Kölner Straße/Elberfelder Straße an der B 229 postiert hatte, war kurz zuvor telefonisch Entwarnung gegeben worden. Die Aktion konnte beginnen.

Polizeipräsidium Wuppertal
Montag, 21. März, 13:40 Uhr

Im Raum der Ermittlungskommission herrschte dicke Luft. Nach dem Telefonat mit dem Anführer war es zu einer heftigen Auseinandersetzung zwischen Oltrogge und Fassbinder gekommen.

»Wollen Sie es etwa verantworten, wenn die Entführer Ernst machen, die Übergabe abbrechen und eine der Geiseln töten?«, fuhr Fassbinder seinen ihm für diesen Fall vom Innenminister vor die Nase gesetzten LKA-Kollegen an.

»Das ist doch nur das übliche Säbelrasseln! Denen geht es doch nur um die Kohle. Und bei dieser Summe werden sie es kaum riskieren, eine Geisel umzubringen!«

»Falsch! Warum glauben Sie wohl, sind vier Geldübergaben geplant? Wenn eine der Geiseln stirbt, haben die immer noch drei in der Hinterhand – und damit könnten die uns richtig Druck machen!«

»Sie übersehen dabei nur die Kleinigkeit, dass es sich dann um Mord handeln würde – und das hieße: lebenslänglich.«

»Dafür müssten wir die erst mal schnappen. Und wie ich das Ganze sehe, sind da absolute Profis am Werk. Sie mögen mit dem vermuteten Gebiet für die Übergabe recht haben, aber gerade das bestärkt mich darin, dass dahinter ein ganz ausgetüftelter Plan steckt. Unsere Leute können sich nicht in Luft auflösen. Also sind wir gerade in einem unwegsamen Gelände ganz klar im Nachteil. Die Entführer könnten überall Posten aufgestellt haben, die beim geringsten Anzeichen eines Polizeieinsatzes die Aktion abbrechen. Und dann?«

»Mein lieber Fassbinder ...«
»Ich bin nicht Ihr lieber Fassbinder!«
»Nun seien Sie doch nicht so empfindlich!«
»Das hat nichts mit Empfindlichkeit zu tun. Ich will Sie nur vor einem großen Fehler bewahren!« Obwohl es ihm auf der Zunge lag, vermied es Fassbinder, ihn an den Fall vor sechs Jahren zu erinnern, als Oltrogge schon einmal seine Warnung in den Wind geschlagen hatte und die Situation daraufhin unnötigerweise eskaliert war.
»Vielen Dank«, meinte Oltrogge ironisch. »Aber das ist schließlich meine Entscheidung und dafür trage allein ich die Verantwortung!«
»Sie sagen es«, konnte Fassbinder sich das letzte Wort nicht verkneifen. »Warten wir es ab. Hinten wird die Ente fett!«

Kurz darauf – um genau vierzehn Uhr – klingelte das Telefon. Wie angekündigt, meldete sich dieses Mal Knut. Dieser saß in einem schwarzen Astra, schräg gegenüber dem Polizeipräsidium am Rand des Parkplatzes von Opel-Aurego, und beobachtete die Szene. In der Hofeinfahrt des Präsidiums stand ein Geldtransporter, dahinter ein ziviler 5er BMW, mit dem offensichtlich der Millionenbetrag zum Übergabeort gebracht werden sollte.
»Hören Sie genau zu, ich wiederhole mich nicht.« Knut las die Informationen von einem vorbereiteten Zettel ab und nannte genauen Ort und Zeitpunkt der Übergabe. »Fünfzehn Uhr – wir haben den Zeitpunkt vorverlegt.«
Noch bevor Oltrogge etwas erwidern konnte, war das Gespräch beendet worden. Knut hatte sich exakt an den Wortlaut und die ihm von Arne eingeprägte Zeitvorgabe für das Telefonat gehalten.
»Ziemlich professionell – oder wie sehen Sie das?«, wandte

sich Fassbinder anschließend an Oltrogge, denn die Angaben, die der Mann innerhalb kürzester Zeit durchgegeben hatte, waren sehr präzise gewesen.

»In der Tat. Die Entführer verwenden übrigens tatsächlich, wie angekündigt, nicht registrierte Prepaid-Karten, deren Nummern wir bisher keinem Besitzer zuordnen konnten – wahrscheinlich auf dem Schwarzmarkt erworbene Hehlerware. Es ist zum Verrücktwerden! Aber die Vorverlegung des Übergabezeitpunktes ist nicht tragisch, also bleibt alles wie besprochen.« Und mit Blick auf die vor ihm ausgebreitete Straßenkarte meinte Oltrogge leicht triumphierend: »Der ausgewählte Ort in der Nähe von Ispingrade liegt exakt im vermuteten Gelände. Sämtliche verfügbaren Polizisten sind auf ihrem Posten. An der L 81 in Honsberg haben wir einen Kleinbus mit einem acht Mann starken Einsatzkommando stationiert, das wir über die B 229 zum Übergabeort umleiten werden. Der 5er BMW mit dem Lösegeld wird nur bis zur Autobahnausfahrt Remscheid begleitet, falls er von den Entführern, was nahe liegt, beobachtet werden sollte.«

Jeder im Raum wusste, was zu tun war, denn alle denkbaren Eventualitäten waren zuvor durchgespielt worden. Die Ermittler machten sich an die Arbeit und gaben sämtliche erforderlichen Instruktionen telefonisch an die Leiter der Einsatztrupps, den Fahrer des 5er BMWs und die beiden Polizeibeamten im Begleitfahrzeug durch.

Kreuzung L 412/B 229
Montag, 21. März, 14:18 Uhr

Holger und Mats hatten es sich am Waldrand auf einer kleinen Erhöhung, von wo aus sie die Einbiegung der Landstraße in die Bundesstraße gut im Blick hatten, bequem gemacht. Mit fortschreitender Zeit wurden sie immer unruhiger, denn sie wussten, dass um fünfzehn Uhr die Übergabe des Lösegeldes ganz in ihrer Nähe stattfinden sollte. Noch eine knappe Dreiviertelstunde!

Aufmerksam spähten sie auf die zurzeit nur wenig befahrene Landstraße. Es näherte sich ein Kleinbus, der rechts blinkte, als wolle er in die Kölner Straße einbiegen. Doch unmittelbar vor der Kreuzung hielt er an. Holger und Mats hatten – auch weil die Sonne günstig stand – gute Sicht in das Innere des Fahrzeugs. Fahrer und Beifahrer blickten auf eine vor ihnen ausgebreitete Karte. Offensichtlich diskutierten sie miteinander, ob in die Landstraße eingebogen werden solle oder die Fahrt geradeaus fortzusetzen sei.

»Schau mal, Mats! Ist das da ganz rechts auf dem Armaturenbrett neben der Landkarte nicht ein mobiles Martinshorn?«

»Mensch, Holger, das ist ja 'n Hammer! Und hinter den beiden hängt ein Pistolenhalfter mit 'ner Waffe an der Trennwand«, ergänzte Mats, der die ganze Szene inzwischen durch sein Fernglas betrachtete.

»Scheiße! Von wegen keine Polizei! Ruf bloß schnell den Boss an, damit er die Aktion abbricht!«

Mats hatte schon sein Handy aufgeklappt und die Kurzwahltaste gedrückt. »Hallo, Boss! Hier ist Mats. Die Bullen rücken an!«

»Seid ihr ganz sicher?«

»Und ob! Keine vierzig Meter vor uns steht ein Kleinbus für acht bis zehn Mann. Die überlegen offensichtlich, ob sie hier abbiegen müssen.«
»Und woran habt ihr sie erkannt? Tragen die Uniform?«
»Nee, das nicht, sind in Zivil. Aber die haben 'ne mobile Polizeisirene und an der Trennwand nach hinten hängt ein Pistolenhalfter mit 'ner Waffe.«
»Okay, dann blasen wir zum Rückzug. Ich gebe Ole Bescheid. Brecht die Zelte ab, wir sehen uns nachher in Lüdorf.«
»Geht klar, Boss. Bis dann.«
Arne beendete das Gespräch und drückte nun seinerseits eine Kurzwahltaste. Ole meldete sich sofort.
»Ich bin's. Sofortiger Abbruch! Schwing dich auf deine Maschine! Ich denke, in etwa fünf Minuten kannst du hier sein. Wir warten auf dich.«
»Verdammte Scheiße. Okay, ich mach mich auf die Socken. Bin gleich bei euch.«
Schon vier Minuten später tauchte Ole am Waldrand auf. Arne hatte den Wagen rückwärts so in den Waldweg gefahren, als ob er das Baufahrzeug wenden wollte. Es war eine reine Vorsichtsmaßnahme, die sich aber als unnötig erwies, denn nur ein Traktor passierte während dieser Zeit die Stelle. Schnell hievten sie gemeinsam die Geländemaschine auf die Ladefläche und verdeckten sie mit einer Zeltplane. Dann ging es in Richtung Bergisch Born.

Polizeipräsidium Wuppertal
Montag, 21. März, 14:59 Uhr

Eine Minute vor dem vereinbarten Übergabetermin klingelte im Präsidium das Telefon. Sehr bewusst hatte Arne sich mit dem Anruf bis dahin Zeit gelassen.
»Das war wohl ein Satz mit X, Herr Oltrogge. Sie können Ihre Jungs jetzt zurückpfeifen. Ab jetzt gelten andere Spielregeln. Wir teilen Ihnen in Kürze den Ort mit, wo Sie die Leiche der ersten Geisel finden können.«
Schon um Informationsverluste zu vermeiden, hörten die Ermittler die eingehenden Anrufe auf dem Apparat im Zimmer des Führungsstabes grundsätzlich über Lautsprecher mit. Es herrschte Totenstille, nachdem der Anführer das Telefonat abrupt beendet hatte, noch bevor es Oltrogge möglich war, etwas zu erwidern. Zusammengekauert und leichenblass saß er in seinem Bürosessel. Er konnte und wollte nicht glauben, was er da eben gehört hatte.
Fassbinder verspürte kein Gefühl des Triumphs, dafür war er zu sehr Polizist. Er dachte an das potenzielle Opfer. Wer würde es sein? Huber? Zufällig Huber, nur weil er als Erster ausgetauscht werden sollte? Fragen über Fragen drängten sich ihm auf. Sicherlich hatten sie noch keine Geisel getötet, aber alles deutete darauf hin, dass sie es ernst meinten. Die ganze bisher gezeigte Professionalität ließ keinen anderen Schluss zu: Die erste Geisel war so gut wie tot.
Oltrogge tat ihm leid. Er sah elend aus. Nichts war mehr von seiner überheblichen Art, seiner Arroganz und Selbstgefälligkeit geblieben. Ihre Blicke trafen sich. Fassbinder senkte den Kopf und nickte. Mitgefühl sprach aus seinen Augen. Und so, wie Oltrogge reagierte, resignierend und sein Gegenüber fast mit flehendem Blick stumm um Verzeihung

bittend, wusste Fassbinder, dass es nun wirklich sein Fall geworden war. Gemeinsam würden sie ihn zu Ende bringen, aber alle jetzt zu treffenden Entscheidungen lagen in seiner Hand.

Scheune in Lüdorf
Montag, 21. März, 15:20 Uhr

Arne und seine Leute waren inzwischen eingetroffen. Das Baufahrzeug und der Golf von Holger und Mats standen in der Scheune hinter dem Nissan.

Die Entführten waren während der vergangenen drei Stunden nicht in der Lage gewesen, sich durch Kartenspiele abzulenken. Allzu sehr setzte ihnen die Situation zu. Jeder verarbeitete sie auf seine Art. Bergström war meist in Gedanken versunken. Ab und zu sprach er mit Feddersen über die Entführung, den weiteren Verlauf und darüber, ob sie dem Anführer Arne glauben sollten, dass sie freikämen und ihnen nichts geschähe, wenn die Lösegeldübergabe reibungslos verliefe.

Die Entführer hatten sich nach ihrem Eintreffen um einen Tisch versammelt. Auch Malte, der eigentlich für die permanente Bewachung der Geiseln zuständig war, wurde von Arne hinzugerufen.

Sofort unterbrachen die Entführten ihre Gespräche. Sie lauschten, konnten jedoch nicht verstehen, um was es ging. Zu groß war die Entfernung zwischen dem einen und dem anderen Ende der Scheune. Lediglich die Reaktionen von Arnes Leuten ließen vermuten, dass irgendetwas schief gegangen war. Eine seltsame Stimmung machte sich breit, die Spannung war fast physisch spürbar und vergrößerte sich

noch, als Arne und Ole quer durch die Scheune auf die Geiseln zuschritten.
Arne zeigte auf Huber. »Mitkommen!«, war sein einziges Wort. Huber, dessen Hände mit Kabelbindern gefesselt waren, erhob sich mühsam und zitterte. Er schwieg, doch seine Gesichtszüge verrieten, dass er Angst hatte. Fürchterliche Angst. Seine Stirn war schweißnass.
Gemeinsam gingen sie zum Wagen und Ole setzte sich ans Steuer. »Hinten einsteigen!«, befahl Arne und nahm neben Huber Platz. Malte öffnete das Tor und der Golf setzte sich in Bewegung.

Polizeipräsidium Wuppertal
Montag, 21. März, 16:19 Uhr

»Hauptkommissar Haarmann am Apparat.«
»Hier ist Arne. Wo ist Oltrogge?«
»Momentan verhindert.«
»Okay. Dann richten Sie ihm aus, dass Huber an der L 80 im Waldstück zwischen Bergisch Born und Dreibäumen an einen Baum gelehnt sitzt – mit einem kleinen Loch im Kopf. Und noch ein Wort zu den neuen Spielregeln: Informationen für die Übergabe der jetzt vier Millionen Euro werden wir morgen früh um neun Uhr telefonisch dem Leiter des Survival-Camps, Herrn Iversen, mitteilen, der ab jetzt unser einziger Ansprechpartner ist. Wir rufen ihn in seinem Büro an und wünschen, dass diese Leitung morgen ständig frei ist.«
Wieder wurde die Verbindung sofort nach der Nachricht unterbrochen, noch bevor Marc etwas erwidern konnte.
Auch dieses Mal hatte die gesamte Ermittlungskommission

das Gespräch mitangehört – auch Fassbinder und Oltrogge, der sich nicht imstande sah, das Telefonat entgegenzunehmen. Schweigen beherrschte den Raum. Jetzt war tatsächlich eingetreten, was alle befürchtet hatten: Die erste Geisel war tot!

Fassbinder räusperte sich. »Ein tragischer Wendepunkt. Aber es bleibt uns nicht die Zeit, über das Wenn und Aber nachzudenken. Wir müssen nach vorne schauen. Es gilt, das Leben der anderen Geiseln zu retten!«

Es klang wenig mitfühlend, was sein Chef da von sich gab, aber Marc kannte ihn gut genug, um zu wissen, wie es in ihm aussah: außen harte Schale, innen weicher Kern. Seine Reaktion war reiner Selbstschutz.

»Svea, es tut mir leid, aber du wirst es Frau Huber mitteilen müssen, sobald wir Gewissheit haben«, wandte sich Fassbinder an die Polizeipsychologin, die er – wie alle seine Mitarbeiter – duzte.

»Das sind die Augenblicke, in denen ich meinen Beruf hasse. Und mich, weil ich die Überbringerin solcher Nachrichten bin.«

»Es wird dir kein Trost sein, aber du bist die Einzige, die die richtigen Worte findet.«

»Jaja! Auch das weiß ich. Aber du hast recht: Es tröstet mich nicht wirklich!«

Fassbinder blickte Svea stumm an und nickte ihr zu. Sein Blick war voller Verständnis und das tat ihr gut.

»Welche Ihrer Leute sollen zur Spurensicherung mit zum Fundort fahren?«, wandte er sich dann an Oltrogge, der immer noch geistesabwesend wirkte. »Von meiner Truppe würde ich gerne Phillip Kohlund mitschicken.«

Oltrogge nickte zustimmend und benannte drei seiner Mitarbeiter, die schon häufiger bei derartigen Aktionen eingesetzt worden waren. Dann machten sie sich gemeinsam auf den Weg.

Maisdörpe, L 80
Montag, 21. März, 17:14 Uhr

Es war nur ein kleines Waldstück, das als Fundort an der L 80 infrage kam. Kurz vor der Abzweigung nach Bornbach, kaum zehn Meter vom Waldrand entfernt, fanden die Männer der Ermittlungskommission Hubers Leiche. Er lehnte mit dem Rücken am Fuß einer Buche, beinahe hätte man denken können, er ruhe sich nur aus. Seine Gesichtszüge wirkten seltsam entspannt, als habe er überhaupt nicht damit gerechnet, tatsächlich erschossen zu werden. Dem Einschussloch in der Stirnmitte nach zu urteilen, handelte es sich um einen aufgesetzten Schuss. Phillip informierte per Handy seinen Chef.

»Danke dir. Wenn du da nicht mehr gebraucht wirst, komm bitte so schnell wie möglich zurück. Die Zeit drängt. Wir haben Iversen verständigt und uns mit ihm in der Villa Braus für achtzehn Uhr verabredet.«

»Warum nicht im Präsidium?«

»Weil Iversen uns dort am besten über die Örtlichkeiten instruieren kann. Du hast ja gehört, dass die Entführer uns jetzt ein neues – wie soll ich es nennen? – Hauptquartier auf's Auge gedrückt haben.«

»Ganz schön clever, die wissen genau, dass wir Schwierigkeiten haben werden, das ganze Equipment in so kurzer Zeit dorthin zu schaffen und die technischen Vorbereitungen zu treffen.«

»Du sagst es. Profis eben!«

»Okay, ich beeile mich. Bin spätestens kurz nach sechs bei euch. Vielleicht schon früher.«
»Gut, dann bis gleich.«

Villa Braus, Wuppertal
Montag, 21. März, 17:52 Uhr

Die gesamte Ermittlungskommission rückte mit zwei Polizeifahrzeugen und einem Mannschaftswagen an. Iversen war schon vor Ort und begleitete die Truppe in den Besprechungsraum, in dem sonst der Theorieunterricht stattfand.
»Haben Sie eine Ahnung, warum die plötzlich mich als Verbindungsmann wollen?«, fragte er nach der Begrüßung Fassbinder, der ihm gleich beim ersten Kontakt im Camp durch seine ruhige, sachliche Art positiv aufgefallen war.
»Das dürfte mit Ihrer Z-12-Vergangenheit und Ihrer jetzigen Tätigkeit zusammenhängen.«
»Wie meinen Sie das?«
»Die Jungs sind militärisch organisiert. Alles ist durchgeplant, nichts wird dem Zufall überlassen. Nachdem das mit der ersten Lösegeldübergabe schief gegangen ist, wollen die als Vermittler jemanden haben, der den Deal ordentlich zu Ende bringt. Der weiß, wie man einen Befehl ausführt. Und der keine Rücksicht auf politische Befindlichkeiten nehmen muss.«
»Verstehe!«
»Dass die Huber erschossen haben, war auf ihre Weise konsequent.«
Oltrogge reckte sich, als wollte er etwas dazu sagen, doch Fassbinder fuhr unbeirrt fort.
»Ich weiß, es klingt brutal, aber ich schildere nur die

Sichtweise der Entführer. Das war ihr Plan B. Die Polizei hat sich nicht an die Spielregeln gehalten, also wurde Druck gemacht. Und das hieß: Tod der ersten Geisel!«

»Meinen Sie denn«, meldete sich Oltrogge nun doch zu Wort, »dass die Ermordung von vornherein eingeplant war?«

»Ja, aber wie gesagt, nur als Alternative. Wäre die Übergabe reibungslos verlaufen, hätte man Huber nicht erschossen!«

Oltrogge sackte förmlich in sich zusammen. Seine Leute vermieden es, in seine Richtung zu schauen. Sie wussten alle, dass Fassbinder recht hatte. Ihr Chef tat ihnen leid, obwohl seine selbstgefällige Art den meisten ein Dorn im Auge war.

»Wenn Sie einverstanden sind«, sagte Fassbinder, indem er sich Oltrogge zuwandte, »sollten wir jetzt gemeinsam überlegen, welche Möglichkeiten uns morgen bleiben.«

Oltrogge war lange genug im Geschäft, um zu wissen, wann man den Rückzug antreten musste – und sei es nur zum Schein. Wenigstens für den Moment hatte Fassbinder das Zepter in die Hand genommen, doch Oltrogge wollte ihm nicht kampflos das Feld überlassen. Er würde ihm weiter Paroli bieten.

»Okay, dann schießen Sie los!«

Fassbinder kam dieser Aufforderung nicht sofort nach. Bewusst schwieg er einen Moment, als ob er überlegen müsste. »Wir haben kaum Alternativen – zumindest morgen nicht. Die Entführer werden uns unmissverständlich klar machen, dass bei der Übergabe weit und breit nicht ein einziger Polizist auftauchen darf. Sind wir uns da einig?«

Alle nickten. »Das heißt aber im Klartext«, meldete sich Phillip, der pünktlich vom Fundort der Leiche zurückge-

kehrt war, »dass wir die vier Millionen abschreiben können.«
»Ja, zumindest zunächst einmal«, erwiderte sein Chef.
»Zunächst einmal?« Oltrogge räusperte sich. Er wusste, dass Fassbinder und er letztlich das gemeinsame Ziel verfolgten, die Entführer zur Strecke zu bringen.
»Damit meine ich, dass wir morgen keine andere Wahl haben. Wir müssen uns in allem nach den Entführern richten. Geht die Übergabe gut und die zweite Geisel wird freigelassen, können wir uns bei der folgenden Übergabe am Mittwoch einen neuen Plan zurechtlegen.«
»Mit mir als Köder?«, warf nun Iversen dazwischen.
»Nun mal langsam«, mischte sich Oltrogge ein. »Was wir noch gar nicht wissen: Sollen Sie nur als Verbindungsmann fungieren oder auch das Lösegeld überbringen?«
»Hat mich eigentlich schon mal jemand gefragt, ob ich dazu bereit wäre?«
»Und? Sind Sie's?«
»Na, wenn Sie mich so lieb darum bitten«, konnte Iversen sich eine ironische Bemerkung nicht verkneifen. »Nein, im Ernst: Natürlich bin ich dazu bereit, zumal Peter Bergström ein guter, alter Freund von mir ist.«
»Das wusste ich ja gar nicht«, erwiderte Oltrogge und sah Fassbinder dabei fragend an. Der schüttelte den Kopf. »Nein, ich auch nicht. Könnte das der Grund sein, weshalb die Entführer gerade Sie ausgewählt haben?«
»Schwer zu sagen, die sind ja verdammt gut vorbereitet und bestens informiert. Also, Peter hat ihnen das bestimmt nicht gesteckt. Ich glaube eher, dass das, was Sie vorhin über meine Z-12-Vergangenheit gesagt haben, die schlüssige Erklärung für die Entscheidung der Gangster ist.«
Während die Techniker die nötigen Vorkehrungen zur

Überwachung der Telefonate in der Villa trafen, beantwortete Iversen noch diverse Fragen der Ermittler. Auch informierte er auf Oltrogges explizite Nachfrage hin detailliert über Lage und Zufahrtswege des Areals bei Halver.

»Wieso interessiert Sie das?«, wollte Fassbinder von Oltrogge wissen.

»Weil nicht auszuschließen ist, dass dort die Übergabe stattfindet.«

»Haben wir nicht eben gerade gemeinsam festgelegt, dass wir die Forderungen der Entführer eins zu eins umsetzen werden?«

»Jaja, ist ja schon gut. Aber wir müssen schließlich auch an Mittwoch denken.«

»Okay, ich verstehe, was Sie meinen. Aber jetzt sollten wir uns erst einmal auf morgen konzentrieren.«

Die Besprechung dauerte noch bis zehn vor acht, dann beendete Oltrogge die Sitzung. Das Treffen am folgenden Tag wurde auf sieben Uhr dreißig angesetzt.

Scheune in Lüdorf
Montag, 21. März, 22:35 Uhr

Der Abend zog sich endlos hin. Mehr als sieben Stunden waren schon vergangen, seit Huber von den Entführern fortgebracht worden war. Die Geiseln lagen dicht nebeneinander in ihren Schlafsäcken, an den Handgelenken durch eine massive Gliederkette verbunden, die zur Sicherung um einen der vertikalen Träger geschlungen war. Die Ungewissheit furchte sich schleichend in ihre Köpfe.

»Das ist nicht zum Aushalten! Keiner der Typen sagt was, nicht mal Arne«, schnitt Gaffelhauser zum wiederholten

Male das Thema an, das alle daran hinderte, auch nur einen Augenblick an Schlaf zu denken. »Der reinste Psychoterror! Vielleicht sollten wir sie doch mal fragen.«
»Zwecklos«, meinte Bergström, »die Ungewissheit ist ihre Trumpfkarte. Die spielen sie noch nicht aus.«
»Aber was macht das für einen Sinn? Wir sind doch momentan gar nicht am Zug. Draußen spielt die Musik. Wenn die jemandem Druck machen wollen, dann doch nur denen, die das Geld besorgen sollen«, erwiderte Gaffelhauser leise.
»Stimmt. Das spricht dann aber dafür, dass da was schief gelaufen ist und sie Karl deswegen tatsächlich umgebracht haben. Mehr Druck geht nicht.«
»Daran mag ich gar nicht denken«, mischte sich jetzt auch Feddersen ein. »Wenn Karl wirklich ermordet wurde, hieße das nämlich, dass sein Tod unsere Chancen steigen ließe, hier mit heiler Haut davonzukommen.«
Trotz des gefütterten Schlafsacks fröstelte Gaffelhauser bei dieser Vorstellung. Ohnehin war es in der zugigen Scheune nicht sehr warm, aber jetzt kroch Eiseskälte in seine Glieder. Er dachte an das abendliche Gespräch mit Karl in der Villa Braus und auch die tröstenden Worte kamen ihm wieder in den Sinn, als er dem verzweifelten Freund nach der Ansprache des Anführers den Arm um die Schulter gelegt hatte. Vielleicht hatten sie gerade Karl ausgewählt, weil er am labilsten schien.
Die Männer sprachen noch eine Weile leise miteinander. Alle hofften, dass Karl noch am Leben war. Doch jeder wusste: Es war wohl mehr das berühmte Pfeifen im dunklen Wald als wirkliche Überzeugung. Eine unruhige Nacht lag vor ihnen.

Villa Braus, Wuppertal
Dienstag, 22. März, 9:00 Uhr

Auf die Minute pünktlich klingelte das Telefon. Iversen nannte seinen Namen.
»Wir haben Sie als Kontaktmann und als Überbringer der Lösegeldzahlungen vorgesehen, weil ich Sie für integer halte«, begann Arne das Gespräch ohne Umschweife. »Sollten Sie jedoch auch versuchen zu tricksen, scheuen wir uns nicht, Sie umzulegen. Wir meinen es ernst, ich denke, Huber ist Beweis genug! Packen Sie die vier Millionen in einen der beiden Trolleys, Marke Bwh Alupur, die wir auf Ihren Namen telefonisch zur Abholung bei der Rehse KG in Wuppertal-Barmen im Werth bestellt haben, und halten Sie den Koffer bereit. Weitere Anweisungen gebe ich Ihnen heute Nachmittag um vierzehn Uhr.«
Das Gespräch endete genauso abrupt wie die Telefonate an den Tagen zuvor.
Ein paar Sekunden lang herrschte Schweigen im Raum. Svea Großmann brach es als Erste: »Merkwürdig ist, dass Arne als vermeintlicher Anführer meistens in der Wir-Form spricht. Ich kann mir bei seiner Persönlichkeitsstruktur, von der ich durch die Telefonate einen ersten Eindruck erhalten habe, überhaupt nicht vorstellen, dass er in dieses Wir seine Kumpel einbezieht. Vielmehr glaube ich, dass es da noch einen wirklichen Boss im Hintergrund gibt.«
»Interessant, Svea, wirklich interessant! Ich habe dem gar keine Bedeutung beigemessen«, stimmte Fassbinder der These seiner Kollegin zu.
Auch Oltrogge nickte anerkennend. »Ein guter Hinweis. Vielleicht bringt uns das später weiter.«
»Und was ist mit den Koffern?«, schaltete sich jetzt Marc

ein. »Soll ich gleich mal im Geschäft nachfragen?«
»Klar, aber das mit der Bestellung stimmt mit Sicherheit. Lassen Sie sie gleich abholen, wir dürfen keine Zeit verlieren!«

Villa Braus, Wuppertal
Dienstag, 22. März, 13:55 Uhr

Die technischen Voraussetzungen zum Mitschnitt des Anrufs und sonstige erforderliche Maßnahmen waren getroffen. Jetzt warteten alle auf das Klingeln des Apparates.
Unmittelbar nach dem Telefonat am Morgen hatte die gesamte Ermittlungskommission in Anwesenheit von Dr. Arnold Wehmayer, dem Leitenden Oberstaatsanwalt, und dem Polizeipräsidenten die Lage erörtert. Durchaus kontrovers wurde diskutiert, ob man es nicht doch wagen sollte, wenigstens an den strategischen Kreuzungspunkten der Bundesstraßen sowie vor den Auffahrten zur A 1 Polizeifahrzeuge zu platzieren, um nach der Übergabe in kürzester Zeit Straßensperren errichten zu können. Darüber hinaus sollten Mannschaftswagen mit mehreren Spezialeinsatzkommandos in Bereitschaft gehalten werden.
Außer von Dr. Wehmayer war dieser Plan vor allem von Oltrogge vehement vertreten worden, der sich durch die Schützenhilfe des Leitenden Oberstaatsanwalts in seiner Position als Ermittlungsführer gestärkt sah und offensichtlich verdrängt hatte, dass ihn eine gewisse Mitschuld an Hubers Tod traf.
Genau an diesem Punkt war Fassbinder eingeschritten. »Ich muss mich schon sehr wundern, wie kurz Ihr Gedächtnis ist«, hatte er sich mit ungewohnter Schärfe an

Oltrogge gewandt. »Wollen Sie jetzt auch noch den Tod einer zweiten Geisel riskieren? Die Journalisten würden Hackfleisch aus Ihnen machen, wenn sie erführen, dass Sie sich über die unmissverständlichen Warnungen der Entführer hinweggesetzt haben. Und Sie nähmen nicht nur die angedrohte Ermordung einer weiteren Geisel, sondern auch Iversens Tod in Kauf. Wollen Sie das wirklich verantworten?«

Oltrogge, dessen Körpersprache eben noch – der Zustimmung des Leitenden Oberstaatsanwalts gewiss – keinen Zweifel an seinem Nimbus als Hardliner hatte aufkommen lassen, knickte ein wie ein Boxer nach einem schweren Leberhaken.

»Nein, nein, natürlich nicht, aber ich meine ja nur, dass doch eigentlich keine Gefahr besteht, wenn man ...«

»Aha!«, fiel ihm Fassbinder ins Wort. »Das klingt alles nach der sittsam bekannten Vorgehensweise: Wasch mir den Pelz, aber mach mich nicht nass! Zu gut Deutsch: Wenn's schief geht, waren es die anderen oder die viel zitierten besonderen Umstände. Das macht die Toten aber auch nicht wieder lebendig!«

Das saß. Oltrogge machte erst gar keine Anstalten mehr, seine Strategie weiter zu verteidigen. Auch Dr. Wehmayer, der die Vorgeschichte nicht im Detail kannte und mit dem Fassbinder in der Vergangenheit immer gut zurechtgekommen war, hatte schließlich dem Vorschlag zugestimmt, allen Forderungen der Entführer nachzukommen. Iversen schwieg nach wie vor, doch er atmete hörbar auf.

Wieder klingelte das Telefon exakt zum angekündigten Zeitpunkt.

»Haben Sie die Koffer?«

»Ja. In einem haben wir die vier Millionen deponiert.«

»Gut. Dann hören Sie genau zu, ich wiederhole meine Anweisungen nicht. Wir erwarten Sie um vierzehn Uhr fünfundvierzig. Richten Sie Ihre Geschwindigkeit entsprechend ein. Die normale Fahrzeit beträgt etwa fünfundzwanzig Minuten ab Start. Fahren Sie auf die A 1 in Richtung Köln und nehmen Sie die Autobahnausfahrt Burscheid. Biegen Sie danach links ab, überqueren Sie die Autobahn und fahren Sie an der Ampel nach links auf die B 51. Nach weniger als einem Kilometer steht rechts am Straßenrand auf der Höhe eines Golfshops mit Parkplatz ein orangefarbener Streusalz-Behälter. Legen Sie den Koffer hinein. Sollten wir einen Polizeiwagen oder ein Zivilfahrzeug sehen, das sie verfolgt oder sich in der Nähe des Übergabeortes befindet, werden wir zunächst Sie durch einen von uns in unmittelbarer Nähe postierten Scharfschützen erschießen und danach die Geisel. Wir meinen es ernst. Also wirken Sie auf die Ermittler ein. Es ist *Ihr* Leben!«

Oltrogge verkniff sich einen Kommentar. Unter diesen Bedingungen schien es ihm beinahe kinderleicht, die Entführer bei der Übergabe zu schnappen. Aber er wusste natürlich auch, dass ein Dritter mit der Abholung beauftragt sein könnte, der gar nichts mit der eigentlichen Entführung zu tun hatte.

»Okay, Iversen«, sagte er gegen seine innere Überzeugung. »Dann machen Sie sich auf den Weg. Viel Glück!«

»Wird schon schief gehen!«

Bundesautobahn A 1
Dienstag, 22. März, 14:26 Uhr

Gerade hatte Iversen die Raststätte Remscheid passiert, als sich hinter ihm auf dem Anstieg bei Kilometer 382, kurz vor der Talbrücke, ein Unfall ereignete. Ein Lastwagen war auf einen Viehtransporter aufgefahren und hatte sich quergestellt. Zwei Fahrzeuge rutschten mit hoher Geschwindigkeit unter den quer stehenden Hänger, sodass alle drei Fahrbahnen blockiert waren.

Iversen hatte davon nichts mitbekommen. Da ihm noch mehr als eine Viertelstunde bis zur genannten Ankunftszeit blieb, drosselte er zunächst seine Geschwindigkeit. Auf keinen Fall durfte er zu früh am Treffpunkt sein. Hinter der Ausfahrt Wermelskirchen betätigte er deshalb die Warnblinklampe seines Wagens und fuhr rechts auf den Standstreifen. Ein mulmiges Gefühl beschlich ihn.

Nach wenigen Minuten hörte er über sich ein ihm noch aus der Bundeswehrzeit, die er zu einem Großteil in Faßberg in der Lüneburger Heide verbracht hatte, bekanntes Geräusch: das Rattern von Rotorblättern.

Iversen blickte nach oben. Wut stieg in ihm hoch. Das hatte Oltrogge ja sehr geschickt eingefädelt! Auf die Idee, mit einem ADAC-Hubschrauber einen Polizeieinsatz durchzuführen, musste man erst einmal kommen. Aber für wie blöd hielt Oltrogge die Entführer bloß? Während Iversen noch überlegte, was zu tun sei, näherten sich auf der Gegenfahrbahn zwei Polizeifahrzeuge in rasender Geschwindigkeit, begleitet vom Heulen der Sirenen.

Iversen geriet ins Grübeln. War das ein Zufall? Ein unvorhersehbarer Verkehrsunfall? Und würden die Entführer nun eine Täuschungsaktion vermuten? Ihm blieb keine

Zeit, er musste rasch eine Entscheidung fällen, schließlich hatte er einen Auftrag. Und so beschloss er, ihn trotz dieser unerwarteten Ereignisse zu erledigen. Er startete den Motor, nahm die nächste Ausfahrt, bog an der ersten Ampel links ab und näherte sich schon der zweiten. Gerade als er dort wiederum links abbiegen wollte, kam aus dieser Richtung ein weiteres Polizeifahrzeug mit Blaulicht und eingeschaltetem Martinshorn.

Nein, ein Selbstmörder war er nicht! Iversen entschloss sich, auftragsgemäß abzubiegen, aber an der bezeichneten Stelle nicht anzuhalten. Aufmerksam beobachtete er die Umgebung. Der fließende Verkehr auf der B 51 war gering. Vor und hinter der orangefarbenen Streusalz-Box war weit und breit kein stehendes Fahrzeug oder Motorrad zu sehen. Auch auf dem leicht erhöhten Parkplatz vor dem Golfshop, von dem aus man einen guten Überblick über die Bundesstraße hatte, stand kein Auto. Iversen erhöhte wieder das Tempo und machte sich auf den Rückweg nach Wuppertal.

B 51, Abzweigung Bellinghausen
Dienstag, 22. März, 14:31 Uhr

Lars hatte den Eindruck, dass sein Boss äußerst verärgert war, als sie den Hubschrauber und den an ihnen vorbeifahrenden Polizeiwagen bemerkten, und wagte nicht zu sprechen. Arne schnappte sich sein I-Phone von der Ablage und stieg aus. Draußen führte er ein längeres Telefonat, dessen Inhalt Lars nicht mitbekam. Die Gesten seines Bosses deutete er aber so, dass dieser offensichtlich nicht der Meinung seines Gesprächspartners war.

Arne öffnete die Fahrertür, nahm hinter dem Steuer Platz, startete wortlos den Motor des Baufahrzeugs und fuhr in Richtung Wermelskirchen.
»Sag den anderen Bescheid, dass die Lösegeldübergabe erneut geplatzt ist.«
»Okay, Boss!« Er gab die Ziffern der Kurzwahl von Oles Handy ein.
»Hier Ole, was 'n los?«
»Abbruch! Alles Weitere später, wir dürften in gut zwanzig Minuten bei euch sein.«

Scheune in Lüdorf
Dienstag, 22. März, 15:02 Uhr

Arne parkte das Baufahrzeug in der Scheune. Krachend schlug er die Fahrertür zu und eilte zu seinen Leuten.
»Wenn die das so haben wollen, soll's mir recht sein«, schimpfte er so leise, dass man ihn in der anderen Ecke der Scheune nicht hören konnte, und deutete dann auf Mats und Ole. »Ihr schnappt euch den Feddersen und erledigt ihn. Legt ihn dort am Waldrand ab, wo wir dich, Ole, mit deiner Maschine aufgegabelt haben.«
Die beiden gingen hinüber zu den drei Geiseln, die schon ahnten, dass die Sache eine ungute Wendung genommen hatte. Panik erfasste sie, sie waren wie gelähmt, die Spannung war körperlich spürbar.
Ole deutete mit dem Zeigefinger auf Feddersen. »Mitkommen!«, befahl er, während Mats das Scheunentor öffnete.
Feddersen schien es ratsam zu schweigen, jeder Widerspruch war in seiner jetzigen Situation zwecklos. Aber augenblicklich fühlte er, wie der Wunsch in ihm übermächtig

wurde, er möge sich bei seiner Vermutung getäuscht haben und Karl sei nicht ermordet, sondern lediglich ausgetauscht worden. Dieser Gedanke war der einzige Strohhalm, an den er sich jetzt klammern konnte. Er, der sonst immer alles so analytisch und berechnend plante, war nicht mehr der König, der das Spiel bestimmte. Er war einer der namenlosen Bauern, die auf dem Schachbrett hin und her geschoben wurden.
Mit gesenktem Kopf folgte er der Aufforderung des Entführers, der ihn draußen anwies, sich auf den Rücksitz des Golfs zu setzen. Ole verschloss die Tür, nahm hinter dem Steuer Platz und fuhr los, während Holger das Scheunentor von innen verriegelte.

B 483, Herweg
Dienstag, 22. März, 15:18 Uhr

Mats hatte Feddersen während der kurzen Fahrt die Hände mit Kabelbindern hinter dem Rücken gefesselt. So saß er leicht vornüber gebeugt auf dem vorderen, gewölbten Teil des Rücksitzes. Feddersen nahm die Fesselung als Indiz, dass er wohl mit dem Schlimmsten rechnen musste. Trotz des Fahrtwindes, der ihm durch das geöffnete Stahlschiebedach ins Gesicht blies, begann er zu schwitzen. Ein Zustand, den er sonst kaum kannte. Sein Blut jagte durch die Adern, der Puls schlug schneller und schneller. Er glaubte, ihn nicht nur fühlen, sondern auch hören zu können. Oder war es nur das Rauschen in seinen Ohren – das Blut, das sich im Kopf staute?
Er wusste nicht, was mit ihm geschah, doch er war sich im Klaren darüber, dass er – was ihn auch immer erwarten

mochte – einen klaren Kopf brauchte. Aber wie sollte er sich nur in den Griff kriegen? Was konnte er gegen seine aufsteigende Panik tun?
Plötzlich erinnerte sich Feddersen an einen Film, in dem es einem Entführungsopfer gelang, seine drohende Ohnmacht mit kurzen Atemstößen durch den Mund abzuwehren. Ob das wirklich half? Er wollte es wenigstens versuchen. Und es glückte tatsächlich, sein Puls verlangsamte sich ein wenig. Nun musste er sich konzentrieren! Wie bei einem Schachspiel kam es jetzt darauf an, Züge vorauszudenken. Was die beiden Entführer mit ihm vorhatten, ahnte er. Ja, eigentlich war er sich völlig sicher. Also musste er ihr Vorhaben durchkreuzen. Aber wie? Er hatte nur eine einzige Chance – wenn überhaupt.
Feddersen überlegte fieberhaft. Er fühlte sich machtlos. Zu fliehen war zwecklos, Gewalt anzuwenden ebenfalls. Vielleicht sollte er den Entführern ein Vielfaches von dem bieten, was die Entführung ihnen einbringen würde? Bei der Gesamtsumme von acht Millionen schätzte er den Anteil für jeden Handlanger von ihnen auf einhunderttausend bis einhundertfünfzigtausend Euro. Mehr nicht, denn bei dem ganzen logistischen Aufwand gab es sicherlich eine mafiöse Organisation im Hintergrund, die den Löwenanteil kassierte.
»Wo bringt ihr mich hin?«, fragte er Mats, der neben ihm saß. Dabei versuchte er, so gelassen wie möglich zu klingen.
»Wirst du noch früh genug erleben.«
»Erleben ist gut«, johlte Ole und schlug lachend auf das Lenkrad des Wagens. »Saustark, Mats! Besser hätte ich das auch nicht sagen können.«
Feddersen ging über die Anspielung hinweg, auch wenn

sie ihm Angst einjagte. »Was kriegt ihr für euren Job? Fünfzigtausend?«
»Na, du bist ja lustig! So kurz vor Feierabend willste das wirklich noch wissen?«
Jetzt hatte er endgültig Gewissheit: Feierabend! Also musste er alles auf eine Karte setzen. »Ja, das interessiert mich eben. Nun sag schon.«
»Einhundertfünfzigtausend Eier!«
»Bist du bekloppt?«, giftete Ole Mats an. »Halt gefälligst dein Maul!«
»Is' ja schon gut. Nützt ihm doch eh nix mehr.«
»Trotzdem, was soll der Scheiß?«
Feddersen schaltete sich wieder in den Wortwechsel der beiden Entführer ein. »Ihr bekommt beide fünfhunderttausend Euro mit telegrafischer Anweisung auf ein Schweizer Nummernkonto, wenn ihr mich laufen lasst.«
»Jetzt halt endlich die Fresse! Wir sind doch keine Selbstmörder!« Ole hatte sich abrupt zu ihm umgedreht. »Selbst wenn das glattginge, hätten wir keine lange Freude an dem Zaster! Und jetzt ist Ruhe da hinten, wir sind gleich da.«
Ole hatte das Sagen, das wusste Feddersen. Aber ein Seitenblick auf Mats genügte, um zu sehen, wie sich der Gedanke an fünfhunderttausend Euro in seinem Kopf einnistete. Feddersen hegte neue Hoffnung, als der Wagen von der B 483 in einen schmalen Waldweg einbog und nach nur dreißig Metern anhielt.
»Aussteigen, Endstation!«, rief Ole und zog den Gefangenen aus dem Wagen. Die Entführer nahmen ihn zwischen sich und gingen ein paar Schritte auf einen Baumstumpf zu.
»Hinsetzen!«, befahl Ole. »Willst du noch irgendwas sagen?«

»Fünfhunderttausend Euro für jeden. Ich meine es ernst!«
»Wir auch«, grinste Ole und setzte seine Pistole mit einem aufgeschraubten Schalldämpfer auf Feddersens Stirn.
»Mensch, Ole, überleg doch mal! Fünfhunderttausend Eier für jeden! Wenn das mit der Überweisung schief geht, kannste ihn immer noch umnieten!«
In Feddersen, der eben noch mit seinem Leben abgeschlossen hatte, keimte erneut ein winziger Funken Hoffnung auf. Seine Gesichtszüge entkrampften sich. Hatte er doch noch eine Chance? Überrascht nahm er das Gezwitscher balzender Vögel im Wald wahr, fühlte die Wärme des aufziehenden Frühlings.
Den Schuss hörte er nicht mehr. Er war sofort tot.

Scheune in Lüdorf
Dienstag, 22. März, 15:56 Uhr

Nach einer knappen Stunde kamen Ole und Mats allein zurück. Gaffelhauser und Bergström sahen sich vielsagend an, ihre Blicke waren beredt und bedurften keiner Sprache. Ohne Genaues zu wissen, ahnten sie doch, was geschehen war. Todesangst beschlich sie. Schiere Verzweiflung. Verstehen konnten sie nicht, was die Entführer in den folgenden Minuten besprachen, aber aus ihrer Gestik und Mimik gewannen sie den Eindruck, als ob die ganze Entführung aus dem Ruder zu laufen drohte. Sie bangten um ihr Leben. Wer von ihnen würde der Nächste sein?
Der Anführer kam quer durch die Scheune auf sie zu. Merkwürdig unaufgeregt berichtete er, was geschehen war. »Und jetzt«, schloss er, »betet zu Gott, dass die Polizei endlich vernünftig wird. Wir werden die ganze Summe auf

einmal fordern. Verläuft alles nach Plan, seid ihr morgen Abend frei. Wenn nicht ...« Arne sprach nicht weiter, deutete mit seinem rechten Daumen jedoch eine Geste an, als schnitte er jemandem die Kehle durch.
Einige Zeit hockten Gaffelhauser und Bergström stumm auf ihren Strohballen. Stationen ihres Lebens drängten sich beiden Männern auf.
»Wenn man so plötzlich und unmittelbar mit dem Tod konfrontiert wird, ist einem die Endlichkeit des Lebens schlagartig bewusst«, sinnierte Gaffelhauser.
»Ja ... und dass es in Kürze vorbei sein kann.«
Beide schwiegen eine Weile. Sie dachten an ihre Frauen und Kinder.
»Ob wir sie jemals wiedersehen?«, fragte Gaffelhauser.
»Du meinst – unsere Frauen?«
»Ja, und meine drei Kinder. Du hast doch auch eine Tochter – wie ich.«
»Ja, Vicky, eigentlich Victoria, hat gerade ihr Studium beendet. Sie ist unser Augenstern. Ich mag mir gar nicht vorstellen, dass ich sie ...« Seine Stimme versagte. Sonst immer beherrscht, verließen ihn nun die Kräfte. Die Entführung forderte ihren Tribut – mehr, als er es sich bisher hatte anmerken lassen.
Auch Gaffelhauser war den Tränen nahe, doch Wut und ein letzter Rest Hoffnung stärkten seinen Willen. Er wollte überleben und kämpfen!

Villa Braus, Wuppertal
Dienstag, 22. März, 16:26 Uhr

Iversen war schon seit mehr als einer halben Stunde wieder zurück. Er gab die Ereignisse so wieder, wie er sie erlebt hatte, und begründete, warum er das Lösegeld nicht wie vereinbart in der Streusalz-Box deponiert hatte.
Als Oltrogge anschließend berichtete, wie es zu dieser fatalen Situation kommen konnte, war Iversen außer sich. Auch mit Vorwürfen hielt er sich nicht zurück. »Die für den Abschnitt zwischen Hagen und Leverkusen zuständige Autobahnpolizei und sämtliche Polizeistationen im näheren Umkreis hätten über den Einsatz informiert werden müssen!«
»Wie stellen Sie sich das vor? Wie sollen wir denn alles möglichst unauffällig und im Geheimen abwickeln, wenn jeder Hans und Franz vorher eingeweiht wird?«
»Es war ja nicht *Ihr* Leben, das Sie da riskiert haben, sondern nur meines!«, zürnte Iversen.
»Nun bleiben Sie doch mal sachlich!«
Jetzt mischte sich Fassbinder ein, um die Wogen zu glätten. »Ich denke, wir sollten erst mal alle wieder runterkommen. Glauben Sie mir, ich verstehe Sie gut. Aber Ihnen ist ja gottlob nichts passiert und ich kann nur hoffen, dass die Entführer – ebenso wie Sie – die richtigen Schlüsse gezogen haben. Es handelte sich um eine Verkettung unglücklicher Umstände, man kann nun einmal nicht jede nur denkbare Möglichkeit ausschließen. Alles unter der Decke zu halten und gleichzeitig vollständig informieren zu wollen, wäre die Quadratur des Kreises. Und die ist noch keinem gelungen!«

Fassbinders ruhige Art verfehlte ihre Wirkung nicht. Ganz allmählich wurde auch Iversen bewusst, dass Oltrogge in diesem Fall objektiv nicht schuld an dem Dilemma war.
»Okay, dann wollen wir nur hoffen, dass die Entführer auch erkannt haben, dass die eingesetzten Polizeifahrzeuge ...«
Seine Worte gingen im Klingeln des Telefons unter. Iversen schluckte kurz, bevor er auf das Zeichen von Oltrogge hin den Apparat in die Hand nahm und den Kontakt auslöste.
»Hier Iversen.«
»Haben Sie laut gestellt?«
»Ja.«
»Für den Augenblick nur diese Informationen: Die zweite Geisel ist tot. Morgen werden die anderen ebenfalls sterben, wenn die Übergabe des Lösegelds wieder scheitern sollte. Und noch eins: Wir haben umdisponiert. Morgen ist die volle Summe von acht Millionen fällig!«
»Hören Sie, die Polizeiautos und der Hubschrauber mussten wegen eines Unfalls auf der A 1 eingesetzt werden.«
»Das ist mir – mit Verlaub – scheißegal! Dann hätten Sie eben mit dem Unfalleinsatz bis nach der Übergabe warten müssen!«
Iversen war klar, dass er keine Unterbrechung des Gesprächs riskieren durfte, deshalb entgegnete er nichts und schwieg. Der Anführer teilte ihm noch die genaue Position mit, wo sie Feddersens Leiche bergen konnten. »Ich melde mich morgen Vormittag um elf Uhr. Sorgen Sie dafür, dass das Geld, auf zwei Koffer verteilt, bereitliegt«, sagte er, dann brach das Gespräch ab.

»Also haben die doch tatsächlich angenommen, der Polizeieinsatz gelte ihnen«, ging Oltrogge in die Offensive, als

wolle er damit jegliche Schuld am Scheitern der Übergabe von sich weisen.
»Selbst wenn sie nicht davon ausgingen, wollten die Entführer auf gar keinen Fall ein Risiko eingehen«, eilte Fassbinder seinem LKA-Kollegen zu Hilfe, dem gegenüber er sich trotz aller Rivalität und unterschiedlicher Auffassung in der Vorgehensweise weiterhin zur Loyalität verpflichtet fühlte.
»Okay, dann haben wir also wieder eine neue Sachlage. Ich denke, dass die erst für Donnerstag geplanten weiteren zwei Millionen schon jetzt bereitliegen. Haarmann, kümmern Sie sich darum?« Obgleich als Bitte formuliert, war es doch eher eine Aufforderung, die Marc – nach kurzem Blickkontakt mit seinem Chef – auch sofort durch entsprechende Telefonate umzusetzen begann.
Zum Fundort der Leiche beorderte Oltrogge von seiner Truppe dieselben drei Personen wie am Nachmittag zuvor, wiederum begleitet von Kohlund.
»Phillip, wenn ihr Feddersen gefunden habt, woran ich leider nicht zweifle, dann gib uns sofort Bescheid, damit Svea sich um seine Frau kümmern kann.«
»Geht klar, Chef!«
Zwei weitere LKA-Leute und zwei Mann der KTU wurden beauftragt, die Streumittel-Box, in der das Lösegeld hätte deponiert werden sollen, abzuholen, um eventuell vorhandene Spuren zu sichern. Anschließend erörterte die Ermittlungskommission alle Einzelheiten, die jetzt unmittelbar zu tun und für den nächsten Tag vorzubereiten waren. Es herrschte inzwischen stillschweigendes Einverständnis darüber, dass alles vermieden werden musste, was eine erfolgreiche Übergabe gefährden konnte. Schlimm genug, dass bereits zwei Menschen von den Entführern getötet

worden waren, den Tod einer weiteren Geisel wollten sie unter allen Umständen verhindern.

Um kurz vor achtzehn Uhr meldete sich Phillip. Marc, der das Telefonat angenommen hatte, gab an seinen Chef weitor.

»Dieselbe Situation wie beim letzten Fund: aufgesetzter Kopfschuss, Stirnmitte. Wahrscheinlich wieder mit derselben Makarow, die bei der ersten Geisel verwendet wurde. In der Sowjetunion war die Makarow seit Anfang der Fünfzigerjahre die militärische Standardwaffe mit dem seltenen Kaliber 9,2. Später wurde damit auch die Nationale Volksarmee der DDR ausgerüstet.«

»Woher weißt du das?«

»Haben mir die Jungs von der KTU gesteckt!«

»Aha, mit fremden Federn schmücken«, frotzelte Fassbinder, obwohl ihm ganz und gar nicht zum Scherzen zumute war. »Und was kannst du sonst noch berichten?«

»Feddersen lehnte an einem Baum an der angegebenen Stelle auf der B 483 zwischen Hückeswagen und Radevormwald. Die Leute von der Spusi untersuchen gerade den Fundort. Besonders interessant sind auf den ersten Blick drei unterschiedliche Reifenspuren auf dem hier einmündenden, schmalen Waldweg, der vom Regen der vergangenen Tage stark aufgeweicht ist. Die Reifenprofile sind deutlich erkennbar: wahrscheinlich ein Personenfahrzeug, ein Kleintransporter und eine Geländemaschine. Beide Autos scheinen hier gewendet zu haben. Die Spur der Geländemaschine endet so abrupt, als ob das Motorrad auf den Transporter gehievt wurde. Zumindest hat es den Anschein. Die Spusi hat schon Gipsabdrücke von allen Reifenprofilen genommen.«

»Keine gute Nachricht. Aber das mit den unterschiedlichen Reifenspuren könnte uns weiterhelfen, vielleicht auch der Pistolentyp. Wenn du vor Ort nicht mehr gebraucht wirst, komm ins Präsidium! Ich fahre auch gleich hin.«
»Und was ist mit Frau Feddersen?«
»Das wird wieder Sveas Aufgabe sein. Scheißjob! Sie macht sich gleich auf den Weg. Also, Phillip, dann bis nachher!«

Hotel Mercure, Wuppertal
Dienstag, 22. März, 18:41 Uhr

Martina Huber war bereits am Morgen mit Oltrogges Einverständnis wieder nach Essen abgereist. Fassbinders Angebot, sie von einem seiner Mitarbeiter nach Hause bringen zu lassen, hatte sie dankend abgelehnt. Ihr Bruder wollte sie abholen, er hatte sich bereit erklärt, die nächsten Tage bei ihr zu wohnen.
Als die Polizeipsychologin im Hotel eintraf, waren die drei Ehefrauen der Geiseln gerade im Restaurant und aßen zu Abend. Sie trat an den Tisch, nickte den Damen kurz zu und wandte sich dann mit ernster Miene an Frau Feddersen.
»Es tut mir leid, aber ich habe ...«
»Was ist passiert? Nun sagen Sie schon! Haben die ... haben die ... Sven-Eric ermordet?«
»Ja, Ihr Mann ist tot. Es tut mir unendlich leid«, sagte Svea Großmann leise. Es war nur eine von vielen Todesnachrichten, die sie schon hatte überbringen müssen, aber immer wieder ein schreckliches Erlebnis. Die unterschiedlichsten Reaktionen hatte sie kennengelernt: nervliche Zusammenbrüche, völlige Apathie und totale Aggression bis hin zu

tätlichen Angriffen – die ganze Palette menschlicher Gefühlsausbrüche. Edda Feddersen starrte stumm auf ihren Teller, ergriff ihr Glas und trank mechanisch einen großen Schluck Wein.
Frau Bergström, die neben ihr saß, legte ihren Arm um sie und bedeutete der Psychologin mit einer Geste, sie möge sich setzen.
Es vergingen einige Minuten, in denen keine der Frauen ein einziges Wort sagte. Edda Feddersen empfand gleichermaßen Wut und Verzweiflung. Sie dachte darüber nach, auf welche Weise ihr Mann wohl gestorben war, fragte aber zu diesem Zeitpunkt nicht nach. Den beiden anderen Ehefrauen standen ihre Sorgen ins Gesicht geschrieben. Sie hofften inständig, dass der Albtraum möglichst rasch vorbei sein würde, ohne dass ihre Männer dasselbe Schicksal teilen müssten, und fühlten sich ohnmächtig, machtlos gegenüber dem, was sie noch erwarten könnte.
Nach und nach begannen die Frauen, ihre Fragen nach dem Wann und Wie zu stellen. Svea, die die näheren Umstände so schonend wie möglich schilderte, vermied jedoch den Hinweis darauf, dass es wohl nur ein unglücklicher Zufall gewesen war, der die Entführer zur Tötung der zweiten Geisel veranlasst hatte.
Noch eine ganze Weile saßen die vier Frauen in dem inzwischen fast leeren Restaurant. Die Bediensteten, die über die Vorfälle informiert worden waren, hielten sich diskret im Hintergrund. Schließlich folgte Edda Feddersen dem Rat der Psychologin, ließ sich eine Schlaftablette geben und ging, von Pia Bergström begleitet, frühzeitig auf ihr Zimmer.

Villa Braus, Wuppertal
Mittwoch, 23. März, 10:49 Uhr

Seit fast zwei Stunden saß die Ermittlungskommission zusammen und ging nochmals alle für die anstehende Lösegeldübergabe relevanten Punkte generalstabsmäßig durch. Auch der Leitende Oberstaatsanwalt und der Kriminaldirektor waren bei der Besprechung anwesend.
Im Gegensatz zum vorherigen Abend suchte Oltrogge, der zunächst ganz sachlich die Fakten dargelegt hatte, erneut die Konfrontation mit Fassbinder, als ritte ihn der Teufel.
»Es dürfte ein einmaliger Fall in der deutschen Kriminalgeschichte werden«, sagte er gedehnt und mit deutlich sarkastischem Unterton, »dass bei einer Geiselnahme ein derartig hoher Lösegeldbetrag gefordert wird und die Polizei den Entführern die Summe quasi auf einem Silbertablett serviert, sich schön brav zurückhält und ...«
Nun wurde es Fassbinder zu viel. Zornig funkte er dazwischen: »Sie sind doch ein selten blödes Rindvieh! Ich dachte, Sie hätten inzwischen aus dem, was geschehen ist, Ihre Lehren gezogen. Aber offensichtlich sind Sie – wie soll ich es nennen? – dermaßen beratungsresistent, dass auch der Tod der beiden Geiseln Sie nicht zur Einsicht gebracht hat!«
»Nun werden Sie nicht persönlich!«
»Ich werde gleich noch viel persönlicher – und zwar so persönlich, wie Sie mich überhaupt noch nicht kennengelernt haben!« Fassbinder konnte es sich jetzt nicht mehr verkneifen, Oltrogge auch an den zurückliegenden Fall des Ausbruchs von Jugendlichen aus der Haftanstalt Simonshöfchen zu erinnern. »Sie scheinen ein extrem kurzes Gedächtnis zu haben. Beim letzten gemeinsamen Einsatz vor

ein paar Jahren, als Sie völlig unnötig und entgegen der Meinung aller Beteiligten Ihre Strategie durchsetzten, gab es zwei schwer verletzte Kriminalbeamte. Darf ich Sie daran erinnern?«

»Das nenne ich postmortale Klugscheißerei. Außerdem ...«

»›Mortal‹ – ein gutes Stichwort. Stimmt, jetzt geht es nicht mehr nur um Schwerverletzte, sondern um Tote.«

»Meine Herren, das bringt doch nichts!«, warf Dr. Sauer ein. »Wir sollten uns jetzt nicht verbal die Schädel einschlagen, sondern nach vorne schauen. Im Übrigen«, damit wandte er sich an Oltrogge, »hatten wir uns doch gestern Abend alle gemeinsam darauf verständigt, dass die Lösegeldübergabe reibungslos verlaufen soll, um das Leben der beiden verbliebenen Geiseln nicht auch noch zu gefährden.«

»Ist ja schon gut«, brummte Oltrogge vor sich hin. Auch sein allerletzter Versuch, eine harte Linie durchzusetzen, war gescheitert. Fassbinder hatte endgültig alle Anwesenden, Oltrogges eigene LKA-Leute eingeschlossen, auf seine Seite gebracht. Oltrogge wurde bewusst, dass ihm damit faktisch die Ermittlungsführung endgültig entzogen worden war – auch für die Zeit danach, wenn es darum gehen würde, die Geiselnahme aufzuarbeiten. Sollte es letztlich zu einer Überführung der Täter kommen, wäre es nicht seiner, sondern Fassbinders Erfolg.

In die Stille hinein, die dem heftigen Disput gefolgt war, schrillte das Telefon. Es war exakt elf Uhr. Wie üblich stellte Marc die Verbindung her und übergab das Telefon.

»Hier Iversen. Ich höre.«

»Übergabezeitpunkt ist zwischen elf Uhr dreißig und zwölf Uhr dreißig. Den genauen Ort geben wir Ihnen telefonisch durch. Wie ist Ihre Handynummer?«

Iversen nannte sie, ohne den geringsten Versuch zu unternehmen, Zeit zu schinden.
»Okay. Sie befahren von Bergisch Born aus die B 237 in Richtung Hückeswagen. Auf dieser Strecke informieren wir Sie, wo Sie die beiden Koffer deponieren sollen. Sie wissen, es geht auch um Ihr Leben. Also keine Polizei!«
»Verstanden. Keine Polizei.«
»Dann machen Sie sich auf den Weg!«

Sofort entstand hektische Betriebsamkeit. Wie beim letzten, misslungenen Versuch der Übergabe begleitete ein Polizeifahrzeug mit zwei bewaffneten Polizisten Iversen in dem zivilen 5er BMW, der schon zuvor eingesetzt worden war, dieses Mal allerdings nur bis zur Autobahnauffahrt Wuppertal-Süd.
Zeitgleich wurden die Polizeistationen in Remscheid, Wermelskirchen, Hückeswagen und Radevormwald über den Sachstand informiert und angewiesen, sämtliche Polizeifahrzeuge von nun an bis zwölf Uhr dreißig nicht zu nutzen und in Notfällen nur Zivilfahrzeuge einzusetzen. Blaulicht und Martinshörner dürften auf keinen Fall betätigt werden.

Auf der B 237 erreichte Iversen um zwanzig vor zwölf ein zweiter Anruf.
»Halten Sie am Ortseingangsschild von Hückeswagen an. Tauschen Sie Ihr Handy gegen das dort liegende, eingeschaltete Handy aus. Wir haben Sie im Blick. Halten Sie sich genau an unsere Anweisungen. Setzen Sie dann Ihre Fahrt fort.«
Nachdem Iversen wieder gestartet war, meldete sich Arne über das neue Handy und steuerte ihn durch Hückeswagen

über die Wupperbrücke zur K 11. Von dort ging es in Richtung Bevertalsperre.
»Vor sich sehen Sie einen kleinen Kreisverkehr. Nehmen Sie die zweite Ausfahrt. Nach einhundert Metern befindet sich rechts vor dem Bootshaus eine Streumittel-Box. Parken Sie dicht davor und vergewissern Sie sich, dass Sie niemand beobachtet. Steigen Sie aus, deponieren Sie beide Trolleys in der Box und schließen Sie den Deckel wieder. Wenden Sie Ihren Wagen und machen Sie sich unverzüglich auf den Rückweg. Erst nach Ihrem Eintreffen in Wuppertal geben wir Ihnen bekannt, wo sich die Geiseln befinden. Voraussetzung ist, dass die Polizei frühestens dann mit ihren Ermittlungen beginnt. Deshalb geben Sie den Übergabeort auch erst nach Ihrer Rückkehr bekannt. Haben wir uns verstanden?«
»Ja, verstanden. Ich halte mich daran.«
»Das will ich Ihnen auch geraten haben!«
»Sie können sich darauf verlassen. Auf der Straße befindet sich niemand. Ich werde die Trolleys jetzt in der Box deponieren.«
»Okay. Ende des Gesprächs.«
Iversen hielt sich genau an Arnes Anweisungen. Aus Gründen seiner eigenen Sicherheit meldete er sich erst in Hückeswagen über ein weiteres Handy, das ihm von Oltrogge mitgegeben worden war, bei der Einsatzleitstelle.
»Hier Iversen. Die Übergabe ist erfolgt und ...«
»Gut – und wo?«, unterbrach ihn Oltrogge ungeduldig.
»Das kann ich Ihnen noch nicht ...«
»Da wird doch der Hund in der Pfanne verrückt! Mensch, Iversen, nun sagen Sie schon!«
»Nein, mit Sicherheit nicht! Sie erfahren den Übergabeort, sobald ich zurück bin.«

Mit diesen Worten schaltete Iversen das Handy aus. Er hatte keine Lust, sein Leben zu gefährden. Oltrogge war ein unverbesserlicher Hardliner. Mit ihm weiter zu debattieren, würde ohnehin nichts bringen.
Oltrogge war außer sich vor Wut. »Was denkt sich dieser Möchtegern-Sherlock-Holmes eigentlich? Müssen wir jetzt auch noch nach seiner Pfeife tanzen?«
Im Gegensatz zu Oltrogge blieb Fassbinder ruhig. »Warum regen Sie sich schon wieder so künstlich auf? Die Entführer haben ihm sicherlich strikte Anweisungen gegeben, uns erst nach seiner Rückkehr zu informieren. Vielleicht haben Sie ihn auch verkabelt und das eben mit Ihnen geführte Telefonat ebenfalls mitangehört.«
Oltrogge erwiderte nichts, er war stinksauer. Ohne weiter von ihm Notiz zu nehmen, verteilte Fassbinder die in Kürze anstehenden Aufgaben. Auch ihm war klar, dass die Ermittlungen sofort einsetzen mussten, sobald Iversen zurückgekehrt sein würde. Vor allem ging es jetzt darum, die Geiseln zu befreien. Er rechnete fest damit, dass die Entführer nach Sicherung des Lösegelds sofort den Aufenthaltsort von Bergström und Gaffelhauser bekannt geben würden. So konsequent, wie sie in der Umsetzung ihrer Androhung gewesen waren, würden sie auch ihre Zusagen einhalten. Das ganze bisherige Verhalten der Entführer deutete darauf hin.

Zwanzig Minuten nach zwölf betrat Iversen sein Büro, das zumindest momentan noch die Ermittlungskommission beherbergte. Er berichtete von seiner Fahrt, dem Austausch der Handys und dem Übergabeort des Lösegelds. Seine Darstellung war präzise wie immer. Er hatte sich jedes Detail gemerkt und so waren nur wenige Rückfragen erforderlich. Noch während seiner Ausführungen klingelte das Telefon.

Marc stellte die Verbindung her.
»Die Geiseln befinden sich in einer alten Scheune in Lüdorf. Der Ort liegt an der L 412. Nehmen Sie an der dortigen Kreuzung den Weg in nördlicher Richtung.«
Umgehend beorderte Fassbinder die zuvor festgelegten Trupps an die genannten Orte, jeweils von mehreren Leuten der Spurensicherung begleitet. Bei den im Vorhinein über die geplante Lösegeldübergabe verständigten Polizeiinspektionen wurde telefonisch Entwarnung gegeben, sodass der übliche Polizeibetrieb wieder aufgenommen werden konnte.

Scheune in Lüdorf
Mittwoch, 23. März, 13:30 Uhr

Beide Geiseln waren unversehrt. Arne hatte sie an Beinen und Händen mit Kabelbindern fesseln und mit Wäscheleinen an eine der massiven Holzstützen binden lassen.
Die Freude bei Bergström und Gaffelhauser war unübersehbar, als die Polizisten – vorsichtshalber mit entsicherten Waffen – in die Scheune eindrangen und die Männer von ihren Fesseln erlösten. Entgegen ihrer sonst eher reservierten Art umarmten sie ihre Befreier wie alte Freunde.
»Was ist mit unseren beiden Kollegen? Was ist mit Huber?«, wollte Gaffelhauser, den mit seinem Golfpartner mehr verband als mit Feddersen, sofort wissen.
»Sie sind tot. Erschossen«, antwortete Phillip leise.
Die große Freude, die die Männer im Moment ihrer Befreiung noch empfunden hatten, wich tiefer Betroffenheit.
»Also doch«, murmelte Bergström und blickte starr vor sich hin.

Jetzt griffen die beiden Notärzte, die sich bis dahin diskret im Hintergrund gehalten hatten, ins Geschehen ein. Routiniert nahmen sie die Untersuchung der beiden Geiseln vor und gaben anschließend Entwarnung: Beide schienen in guter körperlicher Verfassung, auch wenn Bergström äußerlich nicht diesen Eindruck machte.

Phillip räusperte sich hörbar. Er war bemüht, die niedergeschlagene Stimmung aufzubrechen. »Fühlen Sie sich in der Lage, mit Ihren Frauen zu telefonieren?« »Ja, natürlich!«, antworteten beide wie aus einem Mund.

Zwei Polizisten wählten jeweils die Nummer des Hotels Mercure und reichten die Handys weiter, damit die Männer sich mit ihren Ehefrauen verbinden lassen konnten. Nachdem die beiden versichert hatten, dass es ihnen gut ging, versprachen sie nach Rückfrage bei Marc, der vor Ort die Maßnahmen koordinierte, spätestens in zwei Stunden im Hotel einzutreffen.

Die Ermittler waren erstaunt, dass der Übergabeort der Geiseln in den vergangenen vier Tagen zugleich das Quartier der Entführer gewesen war. Außer den für die Entführung und die weiteren Fahrten verwendeten Wagen hatten sie wenig mitgenommen. Die Spurensicherung hatte alle Hände voll zu tun.

»Wie viele Entführer waren es insgesamt?«, begann Marc die Befragung der Geiseln im Mannschaftswagen, in dem es die Möglichkeit gab, das Gespräch aufzuzeichnen.

»Mit dem Anführer Arne insgesamt sieben«, antwortete Gaffelhauser, der bei der Nachricht vom Tod der beiden anderen Geiseln sehr schockiert gewesen war, aber insgesamt nicht so wirkte, als ob ihm die vergangenen Tage – psychisch wie physisch – besonders zu schaffen gemacht hätten. Bei Bergström, der die Aussage Gaffelhausers nickend bestätigte, ließ sich das eher vermuten. Er sah niedergeschlagen aus.

»Namen?«

»Ja, den Anführer nannten sie Arne. Die anderen hießen Holger, Knut, Malte, Lars, Mats und Ole. So sprachen sie sich zumindest an, obwohl das sicherlich nicht ihre richtigen Namen waren. Außer Arne und Ole hatten alle einen unverkennbaren osteuropäischen Akzent.«

»Einen russischen, polnischen oder tschechischen?«

»Keine Ahnung. Osteuropäisch eben, also mit slawischem Akzent. Mehr kann ich auch nicht sagen.«

»Haben sie untereinander auch in ihrer Muttersprache gesprochen?«

»Nein, nie.«

»Oder geflucht?«

»Nicht in unserer Gegenwart.«

»Hielten sich die Entführer ständig in der Scheune auf?«

»Ja, die einzigen Ausnahmen waren die Fahrten zur Lösegeldübergabe … und als sie am Montag Huber und gestern Feddersen weggebracht haben«, fügte er mit gesenkter Stimme hinzu. »Ist die Übergabe eigentlich zweimal gescheitert?«

Marc berichtete, was die Entführungsopfer nicht wissen konnten. Ihre anschließende Bestürzung war beiden deutlich anzusehen.

»Dann hätte es heute auch dich oder mich treffen können«, sagte Bergström leise.

Marc fuhr in seinem Bericht fort.

»Acht Millionen?«, wiederholte Gaffelhauser ungläubig die Zahl, die er da gerade gehört hatte, und pfiff – fast klang es anerkennend – durch die Zähne.

»Eines war merkwürdig«, meldete sich nun auch Bergström zu Wort. »Gestern Abend wurden wir an Händen und Füßen gefesselt und zusätzlich am Stützpfeiler angekettet – im Gegensatz zu den Nächten zuvor. Und dann fuhren alle außer dem Anführer Arne und Ole mit dem Nissan Qashqai, mit dem wir auch entführt worden sind, aus der Scheune.«

»Stimmt«, ergänzte Gaffelhauser, »und wir haben sie danach nicht mehr zu Gesicht bekommen.«

»Das ist mehr als interessant«, überlegte Marc. »Klingt ganz so, als ob sie sich absolut sicher waren, dass die heutige Übergabe des Lösegelds erfolgreich sein würde. Und vielleicht hat sich die ganze Truppe deshalb schon wieder in Richtung Osteuropa abgesetzt.«

»Gut möglich. Jetzt beginne ich auch zu verstehen, warum nur Arne und Ole ständig Sturmhauben trugen. Wir sollten diese beiden Männer später auf gar keinen Fall beschreiben können. Was meinst du, Peter?«

»Hm, klingt plausibel. Die anderen fünf Entführer haben, zumindest in der hinteren Ecke der Scheune, gelegentlich ihre Gesichtsmasken abgenommen. Arne und Ole jedoch nie.«

»Auffällig war auch«, ergänzte Gaffelhauser, »dass Arne und Ole im Gegensatz zu den anderen kein einziges Mal ihre Latex-Handschuhe ablegten.«

Marc hatte alles Wesentliche erfahren. Man einigte sich darauf, dass noch eine weitere Befragung am nächsten Morgen folgen sollte, bei der dann auch die übrigen Mitglieder der Ermittlungskommission anwesend sein würden.

»Jetzt bringe ich Sie erst einmal beide nach Wuppertal. Ich denke, Sie sehnen sich, außer auf das Wiedersehen mit Ihren Familien, nach einem Bad und neuer Wäsche!«

»Und ob! Wahrscheinlich stinke ich wie ein Iltis«, lachte Gaffelhauser, was nun auch Bergström ein leichtes Lächeln entlockte, der sich nach der Nachricht über die Ermordung der beiden anderen Geiseln langsam von seinem Schock zu erholen schien.

Hotel Mercure, Wuppertal
Mittwoch, 23. März, 15:08 Uhr

Wortlos schlossen die beiden Frauen ihre Männer in die Arme. Vergessen waren die bangen Stunden der letzten Tage, in denen sie inständig gehofft hatten, ihren Männern möge es nicht so ergehen wie den beiden anderen.

»Komm, lass uns nach oben gehen, Siggi. Du willst sicherlich duschen und dich umziehen. Ich habe dir frische Sachen mitgebracht.«

»Lieb von dir! Wie sehr man sich nach warmem Wasser sehnt, weiß man erst, wenn es keines gibt. Und vor allem muss ich raus aus den stinkenden Klamotten, die nun langsam auch anfangen zu kleben.«

Bergström pflichtete ihm nickend bei. »Und mir ist nach einem schönen heißen Bad!«

»Wollen wir um sechs gemeinsam im Restaurant essen?«, fragte Frau Gaffelhauser. »Haltet ihr beiden Männer es bis dahin aus?«

»Kein Problem, wir haben ja auf der Fahrt hierher schon so reichlich zu futtern bekommen, als gäbe es kein Morgen. Was meinst du, Peter?«

»Eine wirklich gute Idee, lasst uns zusammen unseren zweiten Geburtstag feiern«, stimmte Bergström zu. Dann fuhren sie gemeinsam mit dem Fahrstuhl nach oben.

Polizeipräsidium Wuppertal
Mittwoch, 23. März, 15:35 Uhr

Inzwischen hatte der Führungsstab das Präsidium in Abstimmung mit der Staatsanwaltschaft wieder zur zentralen Anlaufstelle der Ermittlungen des LKA und der örtlichen Polizei bestimmt. In Windeseile bauten die Techniker das vorübergehend in der Villa Braus benötigte Equipment ab und im Präsidium wieder auf. Die erforderlichen Anschlüsse wurden installiert und die ursprünglich vorgesehenen Räume von den Ermittlern erneut bezogen.

Allen war bewusst, dass es nun galt, sämtliche Informationen so schnell wie möglich zusammenzutragen, der Zeitfaktor konnte eine entscheidende Rolle spielen. Mit großem Personalaufwand mussten nun alle Beteiligten befragt werden.

Oltrogge und Fassbinder hatten – zumindest vorübergehend – ihr Kriegsbeil begraben. Beide wollten den Erfolg. Und das ging nur im Team, im Miteinander statt im Gegeneinander.

»Wir sollten uns auf das Umfeld der Wirtschaftsbosse konzentrieren, sowohl die geschäftliche als auch die private Seite durchforsten. Irgendwo muss es eine undichte Stelle geben, vielleicht sogar mehrere«, ergriff Oltrogge das Wort, noch bevor alle Ermittler Platz genommen hatten.

»Der logistische Aufwand für die Entführung war immens und dürfte wochen-, wenn nicht gar monatelange Vorbereitungen in Anspruch genommen haben », ergänzte Fassbinder. »Wie – und vor allem von wem – haben die Entführer erfahren, dass dieser Survival-Termin nur für diese vier Top-Manager reserviert war?«

»Wir dürfen uns bei der Suche nicht nur auf deren engste Mitarbeiter beschränken«, mischte sich jetzt auch Marc in die Diskussion ein. »Die Indiskretion könnte auch von einem der Bosse selbst ausgegangen sein – völlig ohne Argwohn. Eventuell hat auch eine der Ehefrauen es ihrer besten Freundin erzählt. Ebenso wäre eine Bettgeschichte denkbar. Wer weiß, vielleicht hatte einer der Männer eine Affäre. Oder jemand ist ganz bewusst auf einen der Manager angesetzt worden.«

»Alles möglich. Ihr seht, eine Menge Arbeit wartet auf uns. Sisyphus lässt grüßen. Die Teams haben wir ja schon zusammengestellt. Dann kann's jetzt losgehen, macht euch an die Arbeit! Die Protokolle der Befragungen bitte immer sofort in zweifacher Ausfertigung an uns beide.« Mit einer Handbewegung deutete Fassbinder auf Oltrogge und sich.

Während der nächsten Tage wurden mithilfe der Geiseln Phantombilder von den fünf Entführern gefertigt, die – im Gegensatz zu Arne und Ole – nicht permanent maskiert gewesen waren. Aber ein Abgleich mit den Bilddateien im Zentralrechner blieb wie erwartet erfolglos: kein einziger Treffer.

»Können Sie Statur, Stimmlage und Sprache von Ole und seinem Boss beschreiben?«, fragte Svea Großmann, die mit der Befragung von Gaffelhauser und Bergström beauftragt worden war.

»Beide waren schlank, etwa eins achtzig bis eins fünfundachtzig groß und sprachen hochdeutsch«, erinnerte sich Gaffelhauser, der meistens zuerst antwortete.

»Dialektfrei?«

»Ja, ich würde auf Niedersachsen tippen. Was meinst du, Peter?«

»Oder auch aus Mecklenburg.«

»Stimmt, Meck-Pomm wäre auch denkbar!«
»Stimmlage?«
»Normal.«
»Gut, sonst irgendwas Auffälliges?«
»Als Oles Sturmhaube einmal verrutschte, habe ich den Teil eines Tattoos an seinem Hals bemerkt. Es sah aus wie das Schwanzende eines Krokodils.«
»Sehr gut! Wir werden das durch den Computer jagen. Ich bin sicher, dass wir ihn finden, wenn er in unserer Datei ist!«
»Mir fällt da noch was ein«, meldete sich jetzt auch Bergström zu Wort. »Holger, Malte und Arne haben des Öfteren geraucht. Arne sogar ziemlich viel, eigentlich hat er ständig gequalmt.«
»Die Marke wissen Sie nicht?«
»Nein. Und wenn ich mich richtig erinnere, hat Arne seine Kippen immer sorgfältig in einem Beutel in seiner Tasche verstaut. Die anderen beiden nicht.«
»Ein guter Hinweis. Aber so kommen wir wohl allenfalls an die DNA der Helfershelfer, nicht aber an die des Anführers. Schade.«

Sprengelmann GmbH, Mülheim
Montag, 28. März, 9:00 Uhr

Eines der Teams, die der Führungsstab gebildet hatte, bestand aus Phillip Kohlund und Ralph Seidel. Sie hatten den Auftrag erhalten, im privaten und beruflichen Umfeld der Geiseln Erkundigungen einzuziehen. Insbesondere ging es um die Frage, wie die Entführer erfahren konnten, dass das Survival-Training in Halver am Ende der elften

Kalenderwoche ausschließlich für die vier Wirtschaftsbosse terminiert worden war.
Dr. Ernst von Borsody empfing das Team, wie verabredet, um neun Uhr dreißig bei sich im Büro. Er wirkte souverän und gefasst, beinahe so, als läge der Tod seines Kollegen schon Wochen zurück. Bereitwillig gab er auch über geschäftliche Interna Auskunft, soweit sie für den Fall von Belang schienen.
»Werden Sie automatisch die Position von Professor Huber einnehmen – und somit sein Nachfolger?«
»Unter uns Geschäftsführern gibt es natürlich eine Rangfolge. Mein Kollege Huber war der Primus inter Pares, ich sein Stellvertreter. Also wenn Sie so wollen, werde ich in der Tat nachrücken. Aber sicherlich nur noch für kurze Zeit, denn auch ich gehe inzwischen stark auf die sechzig zu. Und dann wollte ich mich eigentlich zurückziehen.«
»Und uneigentlich?«, bohrte Phillip weiter.
»Gut gekontert! Also streichen Sie ›eigentlich‹ aus dem Protokoll«, lächelte Dr. von Borsody.
»Wer außer Ihren Kollegen wusste von dem exakten Termin des Survival-Seminars?«
»Sie vermuten bei uns eine undichte Stelle? Kann ich mir nicht vorstellen. Hubers Fahrer, Fred Fischer, ist seit einundzwanzig Jahren im Betrieb und absolut integer. Gleiches gilt für seine Sekretärin Frau Frieda Döpper – auch schon seit über fünfundzwanzig Jahren im Konzern. Aber Sie können gerne noch mit beiden sprechen.« Als Phillip zustimmend nickte, drückte Dr. von Borsody eine Taste seines Telefons und bat seine Sekretärin, beide holen zu lassen.
»Wenn Sie keine weiteren Fragen an mich haben, würde ich gerne meinen nächsten Besucher empfangen, der draußen schon auf mich wartet.«

Die Kommissare standen auf, verabschiedeten sich und wurden von der Sekretärin in einen kleinen Besprechungsraum geführt, in dem ein runder Tisch sowie sechs Stühle standen. Kurze Zeit später traten Frieda Döpper und Fred Fischer ein.

»Guten Tag. Leider müssen wir Ihnen ein paar Fragen im Zusammenhang mit Herrn Hubers Tod stellen. Fühlen Sie sich dazu in der Lage?«

Beide nickten.

»Könnte es sein, dass einer von Ihnen einem Dritten gegenüber etwas über den Seminar-Termin hat verlauten lassen?«

»Wie kommen Sie denn darauf? Wem, bitte schön, soll ich denn davon erzählt haben?«, brauste Fischer sofort auf. Er gab sich keinerlei Mühe, seine Kränkung zu verbergen.

»Vielleicht Ihrer Frau?«

»Ich bin seit drei Jahren Witwer!«

»Oh, Entschuldigung, tut mir leid! Und Freunden?«

»Ich spreche grundsätzlich nicht über Berufliches in meinem privaten Umfeld!«

»Aber möglicherweise haben Sie ja so ganz nebenbei ...«

»Sagen Sie mal, welchen Teil von ›Ich spreche grundsätzlich nicht über Berufliches‹ haben Sie nicht verstanden?« Fischer riss nun endgültig der Geduldsfaden.

»Ihnen wird doch gar nichts unterstellt. Wir wollen nur herausfinden, wie die Entführer ...«

»Nun lassen Sie mich endlich in Ruhe! Ich habe Ihnen gesagt, dass von mir niemand etwas erfahren hat. Und damit basta!«

»Okay, Herr Fischer. Dann können Sie jetzt gehen. Unsere weiteren Fragen kann sicher Frau Döpper beantworten.«

»Ist mir recht, ich habe nämlich Besseres zu tun, als mich

hier von Ihnen verdächtigen zu lassen.« Fischer öffnete die Tür und verließ grußlos den Raum.
Frau Döpper war eine freundliche Dame, die kurz vor dem Ruhestand zu stehen schien. Zumindest hatten die beiden Kommissare den Eindruck, als habe sie dieses Alter erreicht. Mit ihren streng zurückgekämmten, grauen Haaren, die ein schwerer Haarknoten zusammenhielt, und ihren grünen, flinken Augen wirkte sie so, wie man sich eine treu ergebende Sekretärin vorstellt: die Hüterin des Vorzimmers, ohne deren Einwilligung niemand ins Allerheiligste vorzudringen wagte.
»Nun zu Ihnen, Frau Döpper«, begann dieses Mal Ralph die Befragung. »Wir sind überzeugt, dass Sie – von den Geschäftsführern und deren Sekretärinnen einmal abgesehen – keiner Person den Termin mitgeteilt haben.«
»Das ist korrekt.« Frieda Döpper beschränkte sich auf das Wesentliche, sie wirkte konzentriert und angespannt. Ihre Mimik war die einer zutiefst trauernden Frau.
»Wir wissen, dass Sie sehr lange mit Professor Huber zusammengearbeitet haben. Es gibt bestimmt niemanden im Unternehmen, der ihn so gut gekannt hat wie Sie. Deshalb erhoffen wir uns von Ihnen auch Hinweise, die für unsere Ermittlungen von entscheidender Bedeutung sein könnten. Sie wollen doch auch, dass wir seine Mörder finden?«
»Ja, das will ich!«, nickte sie zustimmend. »Wie kann ich Ihnen helfen?«
»Über die internen Strukturen hat uns Dr. von Borsody schon ausreichend aufgeklärt. Aber wir wissen nichts über Professor Hubers privates Umfeld.«
Frieda Döpper wich kaum merklich auf ihrem Stuhl zurück und verschränkte die Arme. Ihre Körpersprache war beredt und verriet eine ablehnende Haltung. Ralph bemerkte es

sofort. Ihm war klar, dass er jetzt jedes Wort abwägen musste, sonst würde diese Frau sofort dichtmachen.
»Frau Döpper, ich weiß, wie schwer das für Sie sein muss. Loyalität Ihrem Chef gegenüber war sicher immer Ihr oberstes Gebot. Aber das heißt doch auch, dass Sie ihn stets unterstützt haben. Und jetzt können Sie ihm einen letzten Dienst erweisen, indem Sie helfen, seine Mörder zu überführen.«
Frau Döpper fand ihr Gegenüber ausgesprochen sympathisch. Er erkannte, was sie während ihrer langen gemeinsamen Zeit für ihren Chef empfunden hatte. Ihre Anspannung begann, sich zu lösen, sie schien zu überlegen. Nach ein paar Sekunden legte sie ihre Hände auf die Tischplatte. »Gut, fragen Sie! Ich will Ihnen alles sagen, was ich weiß.«
Ralph war erleichtert. Aber er ahnte, dass er sehr vorsichtig vorgehen musste, um möglichst viel zu erfahren. Deshalb fuhr er mit zunächst allgemeinen Fragen fort.
»Was war er für ein Mensch?«
»Er war gerecht. Es gab nie ein böses Wort. Seinen Mitarbeitern gegenüber war er immer freundlich.« Sie machte eine kleine Pause. »Wenn es Probleme gab, hat er sie in sich hineingefressen. Und das im wahrsten Sinne des Wortes: Nichts Süßes war dann vor ihm sicher, er stopfte alles in sich hinein.«
»Hat er auch getrunken?«
Es dauerte eine Weile, bis sie antwortete: »Ja, gelegentlich auch etwas unkontrolliert.«
»Und wie ist seine Frau damit zurechtgekommen?«
»Gehen Sie mir bloß weg mit der!«, brach es förmlich aus Frau Döpper heraus, als habe sich seit Langem etwas angestaut. »Martina – oder auch Tina, wie er sie nannte. Die

feine Dame hat sich doch um nichts geschert, war nur an seinem Geld interessiert und stets im Rampenlicht. Wäre er doch bloß bei seiner ersten Frau geblieben.«

»Gab es Spannungen zwischen ihm und seiner zweiten Frau?«

»Wie man's nimmt. Er hat sich in sein Schicksal ergeben. In gewisser Weise war er ihr sogar dankbar.«

»Dankbar wofür?«

»Nun ja, wie soll ich das sagen? Also, sie hat sich einen Geliebten zugelegt, war aber in diesem Punkt sehr diskret.«

»Ach so, und für diese Diskretion war er ihr dankbar?«

»Oh ja!«

»Und wieso wissen Sie dann davon?«

»Zwischen uns gab es keine Geheimnisse!«, erwiderte Frau Döpper, nicht ohne gewissen Stolz in der Stimme.

»Kennen Sie den Liebhaber von Frau Huber?«

»Nein, weder den Mann noch seinen Namen. Ich weiß nur, dass er auch Mitglied im Golfclub Heidhausen ist. Tut mir leid, dass ich Ihnen da nicht helfen kann.«

»Sie haben uns schon sehr geholfen! Vielen Dank für die interessanten Informationen. Das war's dann auch schon. Haben Sie noch Fragen an uns?«

»Gibt es schon eine heiße Spur? Mich würde schon sehr interessieren, wer meinen Chef auf dem Gewissen hat. Er war ein so lieber Mensch!«

»Nein, wir sind noch am Anfang der Ermittlungen. Aber wir sind sicher, dass wir die Entführer kriegen. Und dann werden Sie das sicherlich in der Presse lesen können.«

Die Ermittler standen auf, verabschiedeten sich von Frau Döpper und wurden anschließend von einer Assistentin zum Ausgang begleitet.

Nordrhein-Bank AG, Düsseldorf
Montag, 28. März, 12:35 Uhr

Den nächsten Termin hatten die beiden Kommissare um Viertel vor eins mit Dr. Julius Zappa von der Nordrhein-Bank in Düsseldorf. Einige Minuten vorher trafen sie in dem an der Königsallee gelegenen Gebäude ein. Sie wurden von einer der Chefsekretärinnen beim Pförtner abgeholt und zum Vorstandsbüro in der siebten Etage geleitet, von wo aus man einen wunderbaren Blick in nördlicher Richtung zum Hofgarten hatte.

Dr. Zappa eilte den Ermittlern entgegen, begrüßte sie freundlich und bat sie, am Besprechungstisch Platz zu nehmen. Sein Auftreten wirkte dynamisch und sympathisch – Typ netter Schwiegersohn von nebenan. Er war fast einen Meter neunzig groß, schlank, hatte volles, dunkelblondes Haar, das er kurz geschnitten trug, und ein freundliches Gesicht, das von strahlend blauen Augen dominiert wurde.

»Was kann ich für Sie tun?«, eröffnete er, nachdem seine Sekretärin Kaffee eingeschenkt hatte, das Gespräch.

»Wir wissen«, begann Phillip, »dass es für Sie ein ausgesprochen schlechter Zeitpunkt ist, uns Rede und Antwort zu stehen. Umso dankbarer sind wir Ihnen, dass Sie uns so zeitnah einen Termin ermöglicht haben.«

»Sie haben recht, momentan hat sich alles gegen uns verschworen. Ausgerechnet jetzt haben wir die Aufsichtsbehörde zu einer Sonderprüfung wegen angeblicher Geldwäsche im Haus. Da hätte ich dringend Feddersens Rat benötigt. Er ist, Pardon, er war ein kühler Kopf und ahnte bei Verhandlungen immer schon im Voraus, was die Gegenseite im Schilde führte.« »Das klingt ja so, als hätte die

Behörde zu Recht eine Überprüfung angeordnet«, meinte Ralph.
»Nein, nein! Das ist natürlich Unsinn«, wehrte Dr. Zappa mit einer Handbewegung ab. »Wir vermuten stark, dass uns die Konkurrenz ans Bein pinkeln will. Die gönnen uns nicht, dass wir unsere Fühler als Erste nach Osteuropa ausgestreckt haben und da jetzt gut im Geschäft sind.«
»Verstehe. Und Osteuropa heißt?«
»Russland, Ukraine und Weißrussland.«
»Und da war es für die Konkurrenz natürlich einfach, die Geldwäsche ins Spiel zu bringen.«
»Exakt! Aber Sie sind ja sicherlich nicht wegen unserer internen Probleme hier, sondern wollen von mir ein paar Informationen über meinen Kollegen Feddersen. Dann schießen Sie mal los mit Ihren Fragen!«
»Vielleicht erst einmal ganz allgemein: Wie würden Sie ihn charakterisieren?«, begann Phillip die Befragung.
»Er war der Prototyp eines Workaholics – ein Perfektionist, der die Bank zu dem gemacht hat, was sie heute ist. Sein Motto war: Gut ist nicht gut genug! Leider neigte er deshalb auch dazu, alles an sich zu reißen. Er hat sich im Laufe der letzten Zeit zum absoluten Kontrollfreak entwickelt. Die Zusammenarbeit mit seinen Vorstandskollegen lief noch ganz gut, aber mit dem mittleren Management hatte er immer so seine liebe Müh und Not. Oder besser gesagt: die mit ihm.«
»Könnte einer von ihnen von dem Survival-Termin Kenntnis gehabt haben?«
»Nein, ganz sicher nicht. Nur meine Vorstandskollegen und deren Sekretärinnen wussten davon. Aber von ihnen hat gewiss niemand geplaudert. Meine Hand werde ich dafür natürlich nicht ins Feuer legen.«

»Und die Fahrer?«
»Die kannten diesen Termin nicht. Ich weiß definitiv, dass Feddersens Fahrer erst am frühen Morgen davon erfahren hat.«
»Dann ist es wohl zwecklos, da weiter nachzuforschen«, erwiderte Phillip. »Aber lassen Sie uns noch über sein Privatleben sprechen. Bei einem Workaholic muss das ja wohl etwas zu kurz gekommen sein.«
»Stimmt, aber trotzdem lief da alles bestens. Er hatte eine sehr kluge Frau, die ihm immer den Rücken freigehalten hat. Und zwei bildhübsche Töchter!«
»Irgendwelche Beziehungen außerhalb seiner Ehe?«, warf Ralph dazwischen.
»Nein, absolute Fehlanzeige. Er hatte wenig Freizeit, aber die gehörte ausschließlich seiner Familie.«
»Okay, Herr Dr. Zappa, dann wollen wir Sie nicht weiter von Ihren Geschäften abhalten. Vielen Dank für Ihre Informationen – und für das Gespräch mit der Aufsichtsbehörde drücken wir Ihnen die Daumen.«
»Wird schon schief gehen. Aber wegen der traurigen Umstände und den damit verbundenen organisatorischen Neuerungen hier im Unternehmen wurde die Schlussbesprechung schon für übermorgen angesetzt«, erwiderte Dr. Zappa. »Gott sei Dank haben die Herren Beamten sich hier sehr verständnisvoll und kooperativ gezeigt.«
Gerade nachdem die Gäste von der Direktionsassistentin in die Empfangshalle zurückbegleitet worden waren, betrat die ehemalige Sekretärin von Dr. Feddersen, Frau Gisela Körner, das Gebäude. Sie hatte sich während der Mittagspause im nahe gelegenen Park aufgehalten, wie sie es seit dem Tod ihres Chefs häufiger zu tun pflegte. Die Assistentin machte die Ermittler mit der Sekretärin bekannt und

verabschiedete sich.

»Welch ein Zufall, dass wir Sie hier treffen und Ihnen jetzt noch ein paar Fragen stellen können, Frau Körner! Haben Sie einen Moment für uns?«

»Ja, sicherlich. Zurzeit bin ich für jede Ablenkung dankbar«, sagte sie etwas traurig, aber doch freundlich. Sie war eine zierliche, fast knabenhafte Person und wirkte sehr viel jünger, als es wohl ihrem tatsächlichen Alter entsprach. Phillip schätzte sie auf Mitte fünfzig. Der Typ von Frau, der bei Männern einen Beschützerinstinkt auslösen konnte. Das schwarze Haar war kurz geschnitten und von ein paar grauen Strähnen durchzogen. Sie trug einen anthrazitfarbenen Hosenanzug mit einer weißen Bluse, um ihren Hals hatte sie ein hellgraues Seidentuch mit bunten Motiven geschlungen, deren geometrische Formen an Kandinsky erinnerten, am Revers steckte eine kleine, silberne Rose.

»Wollen wir uns dort hinsetzen?«, fragte Ralph und deutete auf eine Sitzecke am Fenster.

»Besser nicht, wir haben hier neben der Eingangshalle kleine Besprechungszimmer. Um diese Zeit ist da immer etwas frei«, antwortete sie und ging voraus. Die beiden Kommissare folgten ihr und nahmen in einem bilderlosen Raum Platz, der offensichtlich für Beratungsgespräche mit Kunden gedacht war. Nur etwa ein Dutzend Urkunden von Rating-Agenturen, die den Service der Nordrhein-Bank bewertet hatten, zierte die sonst kahlen Wände.

»Uns interessiert in erster Linie, wie die Entführer von dem Termin des Überlebenstrainings Kenntnis erhalten haben können«, eröffnete Phillip die Befragung. »Wenn wir das wissen, haben wir vielleicht schon den Schlüssel in der Hand.«

»Sicherlich nicht von Dr. Feddersens Fahrer oder von mir«, antwortete Frau Körner mit leiser Stimme. »Ich kann es mir auch nicht erklären. Irgendeine undichte Stelle hier im Unternehmen muss es aber wohl geben.«
»Wäre es möglich, dass irgendjemand sich nach seinen Terminen erkundigt hat?«
»Nein, das habe ich mich auch schon gefragt.«
»Oder hat vielleicht der Terminkalender offen auf Ihrem Schreibtisch gelegen?«
»Sicher nicht, ich trage alle Termine ausschließlich im PC ein. Wir haben dafür eine spezielle Software.«
»Und wer hat Einblick in diesen Kalender?«
»Nur die Sekretärinnen und Vorstandmitglieder.«
»Die Fahrer auch?«
»Nein, die bekommen von der jeweiligen Vorstandssekretärin nur mitgeteilt, wann und wie lange sie im Einsatz sein werden. Die Fahrtziele erhalten sie erst am Vortag.«
»Gut, Frau Körner, dann haben Sie zunächst einmal vielen Dank! Es könnte aber sein, dass wir Sie noch einmal sprechen müssen.«
»Gerne«, erwiderte sie und schob Phillip ihre Visitenkarte über den Tisch. »Er war so ein guter Chef! Warum ausgerechnet er? Die Welt ist ungerecht!«
Frau Körner stand auf und begleitete die beiden Kommissare noch zur Ausgangstür am Parkplatz.
Die anschließende Befragung Gaffelhausers um vierzehn Uhr in Essen und das Gespräch mit Dr. Bergström in der Hauptverwaltung der Elba-Versicherung in Wuppertal am frühen Vormittag brachten ebenfalls keine neuen Erkenntnisse. Auch dort war man sich sicher, dass keiner der eingeweihten Mitarbeiter einem Dritten den Termin für das Survival-Seminar verraten haben konnte.

Polizeipräsidium Wuppertal
Montag, 28. März, 16:35 Uhr

Ziemlich frustriert saßen Svea, Phillip und Ralph zusammen mit den übrigen Ermittlern ihrem Chef und Oltrogge gegenüber und berichteten von ihren wenig erfolgreichen Recherchen. Svea hatte sich viel von dem Hinweis auf das Krokodil-Tattoo versprochen. Doch sie musste einräumen, dass auch diese Spur im Sande verlaufen war, da in den Dateien kein entsprechender Vermerk zu finden gewesen war.

»Habt ihr denn wenigstens Hinweise auf die undichte Stelle erhalten?«, wandte sich Fassbinder nun an Phillip.

»Nein, keinen einzigen.«

»Könnte jemand gemauert haben, weil er vielleicht selbst der Trottel war, der versehentlich geplaudert hat?«

»Das ist unwahrscheinlich, dafür klang alles zu überzeugend. Was meinst du, Ralph?«

»Phillip hat recht. Es war keine Spur von Unsicherheit bei den Befragten festzustellen. Alle wirkten offen und ehrlich.«

»Gut, dann haken wir das Thema ab«, schaltete sich jetzt Oltrogge ein. »Das Informationsleck werden wir wohl nur über die Täter rauskriegen. Also volle Konzentration auf die Auswertung der zahlreichen Spuren, den Tathergang, die gescheiterten Versuche der Lösegeldübergabe, die tatsächliche Übergabe und die Täter.«

»Sie sollten die Suche nach dem Motiv nicht außer Acht lassen«, warf die Polizeipsychologin ein.

»Das ist wohl ein Scherz, meine Liebe! Dass Geldgier das Motiv der Entführer sein dürfte, ist doch wohl sonnenklar.« Oltrogge hoffte auf Unterstützung für seine Theorie und blickte erwartungsvoll in die Runde. Doch statt zuzustimmen, fuhr ihm Fassbinder, der diese joviale Art auf den Tod nicht leiden konnte, in die Parade.

»Die Lehrgangsbesuche liegen bei mir als Auslaufmodell zwar schon eine Weile zurück, aber an einige Grundsätze erinnere ich mich doch noch ganz gut. Einer lautete, nie nur in eine Richtung zu ermitteln. Und da kann ich Svea nur zustimmen, wenn sie das offensichtliche Motiv der Geldgier hinterfragt. Ursächlich oder zumindest mitursächlich kämen doch auch Liebe, Rache oder Hass in Betracht.«

»Und an wen denken Sie da?«, kam es etwas spitz zurück.

»Zum Beispiel an Martina Huber«, entgegnete Svea, noch bevor Fassbinder zu einer Antwort ansetzen konnte. »Wer sagt uns denn, dass nicht sie hinter allem steckt? Sie ist über zwanzig Jahre jünger als ihr Mann, vielleicht hat sie ja ein Verhältnis mit einem deutlich Jüngeren? Das wären quasi zwei Fliegen mit einer Klappe.«

Ralph und Phillip sahen sich verstohlen an. Unmittelbar vor der Besprechung hatten sie ihren Chef über das Gespräch mit Frieda Döpper informieren wollen, waren aber nicht mehr dazu gekommen. Und nun hatte ihre Kollegin Svea – zumindest, was die Existenz eines Liebhabers betraf – exakt die richtige Vermutung geäußert. Stillschweigend kamen sie überein, jetzt nicht mit ihrem Wissen nach vorne zu preschen, um böses Blut zu vermeiden.

»Sehr abenteuerliche Vorstellung: Bonnie and Clyde im Bergischen Land!«, fuhr Oltrogge in sarkastischem Unterton fort.

»Sie brauchen das gar nicht ins Lächerliche zu ziehen!«

»Ist ja schon gut, dann stellen Sie zwei Ihrer Leute ab, die sich auf – nun ja – Motivsuche begeben sollen!«

»Es reicht, Oltrogge!«, fauchte Fassbinder, den seine Mit-

arbeiter gut genug kannten, um zu wissen, dass ein weiteres falsches Wort das Fass erneut zum Überlaufen gebracht hätte, den Ermittlungsführer an.
Doch auch Oltrogge begriff, wann er zurückrudern musste.
»War nicht so gemeint. Also verteilen wir den Kuchen auf die einzelnen Teams. Wenn Sie einverstanden sind, sollten sich Frau Großmann und Frau Behrens mit dem Umfeld von Martina Huber befassen.«
»Okay.«
Anschließend wurden vier Teams zusammengestellt, denen unterschiedliche Aufgaben zugewiesen wurden. Oltrogge bat darum, die jeweiligen Berichte zeitnah zu schreiben und anschließend sowohl ihm als auch Fassbinder auszuhändigen, damit der jeweilige Informationsstand rasch an alle Mitarbeiter weitergegeben werden könne. Die Versammlung löste sich auf.
»Svea, hast du einen Moment für uns?«, fragte Phillip seine Kollegin im Hinausgehen.
»Na klar, was gibt's?«
»Lass uns das nicht hier besprechen. Können wir in dein Büro gehen?«, schlug Ralph vor.
»Okay, es muss sich ja um etwas ziemlich Interessantes handeln!«
Alle drei betraten Sveas Einzelbüro, das ihr zugleich auch als Besprechungsraum für Personalgespräche diente, wenn sie als Psychologin Kollegen betreute.
»Ralph und ich haben doch bei Sprengelmann nach der undichten Stelle geforscht. Dabei haben wir auch mit Hubers Sekretärin, einer gewissen Frieda Döpper, gesprochen. Und die hat ziemlich offen über den Liebhaber von Hubers zweiter Ehefrau geplaudert.«
»Du meinst Martina Huber?«

»Ja.«
»Und wer soll dieser Liebhaber sein?«
»Den Namen konnte sie uns nicht sagen. Wir wissen nur, dass er ebenfalls im Golfclub Heidhausen Mitglied ist.«
»Gut, vielen Dank euch beiden! Dann sind wir ja vielleicht auf der richtigen Spur. Cora und ich kümmern uns darum und informieren euch natürlich, sobald wir mehr wissen.«

Polizeipräsidium Wuppertal
Freitag, 8. April, 10:00 Uhr

Die Untersuchungen der KTU waren zunächst abgeschlossen. Für zehn Uhr hatte Oltrogge deshalb eine Besprechung in seinem provisorischen Headquarter, wie er es nannte, einberufen. Marc war von Fassbinder gebeten worden, seinen Bericht zu erläutern.
»Die Mitarbeiter der KTU haben zwei äußerst anstrengende Wochen mit vielen Überstunden hinter sich, aber jetzt liegt der Abschlussbericht vor. An den in der Scheune zurückgelassenen Klamotten und Utensilien hat die Spusi massenhaft DNA gesichert. Die KTU hat alles durch den Zentralcomputer gejagt, aber leider ohne Erfolg. Nicht mal einen Spur-Spur-Treffer hat es gegeben. Sämtliche sichergestellten Fingerabdrücke wurden mit der AFIS-Datei abgeglichen – Ergebnis auch hier negativ. So bleibt zu vermuten, dass alle Helfershelfer hier noch nicht erkennungsdienstlich behandelt wurden. Wahrscheinlich sind sie nur für diese Geiselnahme aus Osteuropa eingeschleust und sicher auch schon wieder zurückbeordert worden.«
»Und der Anführer selbst?«, unterbrach Oltrogge Marcs Bericht ungeduldig.

»Dazu komme ich gleich. Wie Sie ja wissen, konnten aufgrund der eingesetzten Schweißhunde die geplante Übergabestelle bei Ispingrade geortet und von dort die Radspuren einer Geländemaschine bis zur B 483 verfolgt werden. Da wurde das Fahrzeug aller Wahrscheinlichkeit nach auf ein vom städtischen Betriebsgelände in Gummersbach entwendetes Baufahrzeug geladen.«

»Woher haben Sie diese Erkenntnis?«, fiel ihm Oltrogge erneut ins Wort.

»Unsere Leute haben in den umliegenden Orten entsprechende Aushänge angebracht, nachdem wir festgestellt hatten, dass die Radspuren der Geländemaschine an der B 483 endeten und dort offensichtlich ein Kleintransporter am Waldrand gewendet hat.

»Und wieso weiß ich nichts davon? Habe ich nicht gesagt, dass jeder Bericht in zweifacher Ausfertigung an mich gehen soll?«

Fassbinder sprang seinem Stellvertreter zur Seite. Er wollte nicht, dass seine Leute unter dem Sturmtief, das sich zwischen ihm und Oltrogge zusammengebraut hatte, leiden mussten.

»Stimmt, und die kriegen Sie ja auch! Aber wir können Sie nicht umgehend über jede Kleinigkeit unterrichten. Es geht hier um Schnelligkeit und nicht um Einhaltung bürokratischer Dienstwege.« Fassbinder machte eine kleine Pause und bat dann Marc, mit seiner Schilderung fortzufahren.

»Also, aufgrund der Aushänge hat sich ein Bauer aus Herweg gemeldet, der zur fraglichen Zeit ein orangefarbenes Baufahrzeug an der besagten Stelle mit zwei Personen gesehen haben will, sie aber leider nicht beschreiben konnte. Wir haben daraufhin diesen Ort nochmals auf Spuren untersuchen lassen.«

»Und? DNA oder Fingerabdrücke?«
»Nein, zumindest keine Kippen. Aber Fingerabdrücke auf einer weggeworfenen oder vielleicht auch versehentlich verlorenen Zigarettenschachtel.« Marc sah sich triumphierend in der Runde um. »In der AFIS-Datei gab's einen Treffer. Doch darüber sollte Sie jetzt mein Chef informieren.«
Unschwer war zu erkennen, dass Oltrogge mächtig sauer war. Immer wieder wurde ihm von Fassbinders Leuten klargemacht, dass sie ihn nicht als Leiter der Ermittlungskommission akzeptierten. Sie duldeten ihn nur als lästiges Übel, das ihnen von oben vor die Nase gesetzt worden war. Echte Kooperation sah anders aus. Aber er schwieg und hörte sich Fassbinders Bericht an.
»Treffer ist nicht ganz richtig – korrekter wäre: Volltreffer! Es handelt sich um einen alten Bekannten mit Namen Justus Jagla. Seine kriminelle Laufbahn begann nach seiner Z-12-Zeit beim Bund, die er im Anschluss an eine Lehre zum Feinmechaniker absolvierte. Während seines von der Bundeswehr finanzierten Maschinenbaustudiums hat er wohl erste Kontakte zu der russischen Mafia-Organisation Tambowskaja geknüpft. Vom technischen Spezialisten ist er dann innerhalb der Organisation zum logistischen Koordinator von kriminellen Einsätzen russischer Exsoldaten in Westeuropa aufgestiegen, überwiegend in der Schweiz und in Deutschland. Waffendiebstähle aus Munitionslagern sowie zahlreiche Überfälle auf Juweliere und Banken gehen vermutlich auf seine Kappe, ohne dass man ihm seine Mittäterschaft auch nur in einem einzigen Fall hätte nachweisen können.«
Fassbinder bediente den vor ihm stehenden Beamer und eine, offensichtlich vom Erkennungsdienst stammende, Aufnahme von Justus Jagla erschien auf der Leinwand.

»Außerdem hat er sich auch noch als Gentleman-Gangster einen Namen gemacht«, fuhr Fassbinder mit seinem Bericht fort. »Einige Bankenbosse konnte er mithilfe gestochen scharfer Fotos von eindeutigen – ich drücke mich mal militärisch aus – Nahkampfstellungen davon überzeugen, dass nicht nur die Wäsche leicht bekleideter Damen, sondern auch die Wäsche von Geld seinen besonderen Reiz haben kann.«

»Beweise?«, unterbrach Oltrogge Fassbinders Ausführungen, während die anderen Mitarbeiter sich über den Wäschevergleich amüsierten und leise miteinander tuschelten.

»Vermutlich ja, aber in dieser Sache sollten Sie sich persönlich mit dem BKA in Verbindung setzen. Da konnte ich ja schlecht vorpreschen.«

Oltrogge vermittelte erneut den Eindruck eines Boxers, dem sein Gegner zum wiederholten Male einen Tiefschlag versetzt hatte. Die anderen Ermittler sahen ihn verstohlen an, sichtlich bemüht, nicht durchblicken zu lassen, wie sie dieses Privatduell ihrer beiden Chefs belustigte. Gespannt erwarteten alle Oltrogges Reaktion.

Wie um Zeit zu gewinnen, schnäuzte der sich zunächst einmal deutlich hörbar die Nase. »Wenn Sie recht haben, wären uns die Hände gebunden. Dann würden wir jetzt zu weisungsgebundenen Handlangern, die die Geiselaffäre aufklären und dem BKA den Mörder auf dem Silbertablett servieren dürfen.«

»Damit die sich dann die Federn an den Hut stecken«, vollendete Fassbinder Oltrogges Gedanken und musste dabei unwillkürlich lächeln. Sein Widersacher war jetzt genau in der Situation, die Marc im Verhältnis zum LKA vor Beginn dieser erzwungenen Zusammenarbeit moniert hatte.

»Naja, so ist das nun mal in unserem Job. Wir machen die Arbeit und andere heimsen den Erfolg ein«, ergänzte Oltrogge. »Doch jetzt zurück zu Ihrem Bericht: Wissen wir, wo sich Jagla aufhält?«

»Nein, wir haben nicht den geringsten Hinweis. Obwohl er annehmen wird, keine Spur hinterlassen zu haben, ist er bestimmt vorsichtig genug, sich für absehbare Zeit nicht in Deutschland aufzuhalten. Er hat die feine Nase eines stets die Gefahr witternden Fuchses. Und ebenso schlau ist er auch.«

»Aber der Fingerabdruck auf der Zigarettenschachtel zeugt doch von einer gewissen Arglosigkeit«, warf Henrik Hanssen, einer von Oltrogges Leuten, ein.

»Ja, und die passt überhaupt nicht zu Jagla. Wie wir von den überlebenden Geiseln wissen, war er immer maskiert und hat seine Handschuhe nie ausgezogen. Auch in dem entwendeten Baufahrzeug haben wir nicht den Hauch einer Spur gefunden. Wir vermuten deshalb, dass er beim Kauf der Zigaretten keine Handschuhe trug und die Schachtel auch nicht weggeworfen, sondern verloren hat. Dafür spricht im Übrigen, dass sich in ihr auch noch drei Zigaretten befanden.«

»Also mal wieder Kommissar Zufall!«

»Richtig! Wir sind unserem viel zitierten Kollegen mal wieder zu Dank verpflichtet. Damit haben wir aber den Fall nicht geklärt. Etliche Fragen müssen noch beantwortet werden. Punkt eins: Woher kannten die Entführer den Termin dieses geheim gehaltenen Survival-Seminars und wo ist die undichte Stelle? Punkt zwei: Wieso mussten – aus Sicht der Entführer – zwei Geiseln sterben und nicht alle vier? Doppelmord oder vierfacher Mord führt für die Täter unter dem Strich zum selben Ergebnis. Diente der

Tod der beiden Geiseln wirklich nur dem Zweck, den Druck auf die Polizei zu verstärken, sich vom dritten Übergabeort fernzuhalten? Punkt drei: Gibt es eine Verbindung zwischen Iversen und Jagla? Beide sind ehemalige Z-12-Soldaten, die etwa zeitgleich an der Bundeswehr-Fachhochschule in München studiert haben, Iversen Elektrotechnik und Technische Informatik, Jagla Maschinenbau. Und schließlich Punkt vier: Hat eine der Witwen der getöteten Geiseln ein Motiv, sodass es sich auch um Auftragsmorde handeln könnte? So, das war's, was wir in der Kürze der Zeit an Fakten, Vermutungen und sich daraus ergebenden Aufgabenfeldern zusammenstellen konnten.«

»Vielen Dank, Herr Fassbinder«, nahm jetzt Oltrogge, der sich wieder im Griff hatte, sehr förmlich den Faden auf. »Dann verteilen Sie bitte die Aufgaben auf die Teams. Mehr Mitarbeiter zur Verfügung gestellt zu bekommen, dürfte schwierig sein, zumal ja jetzt das BKA im Boot ist. Ich werde mich gleich mit den Leuten in Wiesbaden in Verbindung setzen. Wird wohl darauf hinauslaufen, dass wir – selbst wenn unsere Fahndung erfolgreich sein sollte – nicht die Erlaubnis zum Zugriff erhalten. Die BKA-Leute wollen sicherlich an die Hintermänner ran, um den ganzen Sumpf trockenzulegen, und da käme eine Verhaftung zur Unzeit.«

»Vermutlich ja.«

»Gut, machen wir uns an die Arbeit. Schauen Sie doch mal so gegen zwei bei mir rein. Dann weiß ich Näheres aus Wiesbaden.«

Wuppertal, Lortzingstraße 7
Sonntag, 10. April, 0:45 Uhr

Am Freitagnachmittag hatte Oltrogge Fassbinder von seinem Telefonat mit Klaus Adler, dem Leiter der BKA-Abteilung SO, berichtet, deren Aufgabenfelder unter anderem in den Bereichen ›Organisierte Kriminalität‹ und ›Waffenkriminalität‹ lagen. Das LKA sollte weiterhin ermitteln, eine Verhaftung aber auf gar keinen Fall erfolgen, ansonsten wären womöglich internationale Verwicklungen die Folge. Karl Tillmann, Leiter des Standorts Meckenheim, war laufend über alle diesbezüglichen Schritte zu informieren.

Das ganze Wochenende lang hatte Fassbinder darüber nachgedacht, ob es sich im vorliegenden Fall wirklich um einen ganz normalen Coup der russischen Mafia zur Geldbeschaffung für weitere kriminelle Taten – wovon Oltrogge überzeugt war – handelte oder ob mehr dahintersteckte. Seine Versuche, Oltrogges Ermittlungsstrategie stärker in diese Richtung zu lenken, prallten wirkungslos an ihm und seiner vorgefassten Meinung ab.

Auch jetzt im Bett, als ihn schon der Halbschlaf umfing, fand sein Grübeln kein Ende. Von Weitem ließ sich die ihm so sehr vertraute Stimme vernehmen.

»Liebster, rauben dir deine Gedanken wieder den Schlaf? Es wird Zeit, miteinander zu sprechen«, hörte er die sanfte Aufforderung seiner Frau.

»Mein Engel, wie schön, dass du da bist! Ja, Oltrogge lässt mich nicht zur Ruhe kommen. Seine Arroganz ärgert mich maßlos. Wie er mit seinen und meinen Mitarbeitern umspringt, geht mir mächtig gegen den Strich!«

»Und? Hast du es ihm gesagt?«

»Nicht direkt, aber er hat schon gespürt, dass ich mich vor

meine Leute stelle und Attacken gegen sie nicht zulasse, besonders wenn er im Unrecht ist.«

»Aber das ist ja wohl nicht alles, was dich an ihm ärgert, oder?«

»Nein. Er ist so, so ...«

»Was meinst du? Rede es dir von der Seele!«

»... so unbeirrt. Er marschiert auf ein Ziel hin.«

»Das ist doch gut – zumal es auch immer deine Devise war.«

»Schon, aber er ist selbstherrlich und lässt sich nichts sagen, einfach unbelehrbar, sieht nicht nach links und nicht nach rechts. Wie ein Stier, der nur das rote Tuch fixiert. Blindlings drauflos!«

»Das heißt, ihr kommt nicht auf einen Nenner.«

»Genau so ist es. Alle Versuche, an einem Strang zu ziehen, gemeinsam zu operieren, sind von vornherein zum Scheitern verurteilt.«

»Wie wirst du jetzt weiter vorgehen?«

»Sag du es mir!«

»Wenn du wirklich alles versucht hast, mit ihm auszukommen, dann bleibt dir nur zu tun, was du für richtig hältst. Deine Leute gehen für dich durch dick und dünn. Setze sie auf die Spuren, die dir am erfolgversprechendsten zu sein scheinen. Vergiss nicht, es ist dein letzter Fall. Folge deinem Instinkt und bring die Sache zu einem guten Ende!«

»Auch wenn ich mich dann ihm gegenüber illoyal verhalten, womöglich auch seinen Anweisungen zuwider handeln muss?«

»Du hast mich um Rat gefragt.«

»Und für deine Antwort bin ich dir sehr dankbar. Ja, er hat es nicht anders gewollt. Also ziehe ich es jetzt mit meinen Leuten durch!«

»So kenne ich dich! Deine Unbeugsamkeit habe ich immer schon sehr an dir geliebt.«
Mit dem Gedanken an ihre Liebe dämmerte Fassbinder vom Halbschlaf hinüber in einen festen Schlaf, der ihn am nächsten Morgen erst einige Minuten nach sieben aus seinen Fängen entließ. Ausgeschlafen und voller Tatendrang stieg er aus dem Bett, duschte, zog sich an, frühstückte, überflog noch kurz die Zeitung und machte sich um zehn nach acht auf den Weg.

Polizeipräsidium Wuppertal
Montag, 11. April, 8:40 Uhr

Oltrogge war noch nicht im Präsidium, als Fassbinder seine Leute kurzfristig in sein Büro bat. Sie waren gespannt, denn die größeren Besprechungen hatten bisher ausschließlich in den Räumen der Ermittlungskommission stattgefunden.
»Ich habe mir am Wochenende so meine Gedanken über unseren Fall gemacht. Es mag sein, dass die ganze Entführung nur dem Zweck der Geldbeschaffung für weitere kriminelle Handlungen der russischen Mafia gedient hat. Das ist – offensichtlich unumstößlich – die Meinung Oltrogges. Aber ich habe da meine Zweifel. Erst wenn diese ausgeräumt sind, sollten wir uns ausschließlich auf die Fahndung nach Justus Jagla konzentrieren. Im Übrigen bin ich mir gar nicht sicher, ob das BKA ihn nicht längst im Visier hat und beschattet. Leider habe ich diese Erfahrung in meiner langen Laufbahn schon zweimal machen müssen – immer nach dem Motto: Lass die mal im Sandkasten Räuber und Gendarm spielen, dann stören sie uns wenigstens nicht.«

Marc verzog seinen Mund zu einem breiten Grinsen. »Heißt das, wir sollen ohne Oltrogges Segen zunächst Martina Huber und Harald Iversen unter die Lupe nehmen?«
»Also, so deutlich hätte ich das nicht formuliert, aber ...«
»Schon gut, verstanden!«
»Und was ist mit Feddersen? Könnte er nicht ein Bindeglied zur russischen Mafia gewesen sein? Vielleicht hat er für sie das Geld gewaschen«, schaltete sich nun Phillip ein. »Als Vorstandsvorsitzender einer so bedeutenden Großbank hätte er doch wohl alle entsprechenden Möglichkeiten gehabt!«
»In Richtung Geldwäsche habe ich mir auch schon Gedanken gemacht. Vor allem, weil die Aufsichtsbehörde eine außerplanmäßige Untersuchung in seinem Konzern durchgeführt hat.«
»Aber mit Dreck am Stecken hätte er doch dieses Survival-Seminar abgeblasen«, wandte Ralph ein. »Schon um vor Ort zu sein, wenn's brennt.«
»Vielleicht war er sich seiner Sache sehr sicher und wollte das der Bafin gegenüber gerade durch seine Seminar-Teilnahme demonstrieren«, konterte Fassbinder.
»Und was ist, wenn die Erschießung Hubers nur ein Ablenkungsmanöver war und es in Wirklichkeit nur um die Ermordung Feddersens ging? Vielleicht hat er tatsächlich Geld für die Mafia gewaschen und wollte aussteigen«, nahm Phillip noch einmal seinen Gedanken auf.
»Ihr seht, es gibt noch jede Menge Fragezeichen und keineswegs Licht am Ende des Tunnels. Also, packen wir's an! Marc, du teilst alle ein, wenn möglich, immer in Zweierteams. Oltrogges Leute setzt du ausschließlich auf Justus Jagla an und drei Teams von unseren Leuten sollen das Umfeld von Martina Huber, Iversen und Feddersen

durchforsten. Alles klar? Dann an die Arbeit! Wenn es geht, hätte ich gerne alle Berichte noch in dieser Woche auf meinem Schreibtisch. Ich gebe dann die Informationen – soweit erforderlich – an Oltrogge weiter.«

Allgemeines, zustimmendes Gemurmel war die Antwort, als sich Fassbinders Leute erhoben und nach draußen eilten.

Polizeipräsidium Wuppertal
Freitag, 15. April, 9:24 Uhr

Svea Großmann und Cora Behrens waren gut vorangekommen und hatten noch am späten Donnerstagabend den fertigen Bericht in Sachen ›Martina Huber‹ in den Postkorb ihres Chefs gelegt.

Nun lag die kurze Ausarbeitung vor ihm auf dem Schreibtisch. Fassbinder öffnete sie neugierig.

Geiselnahme Wirtschaftsbosse
Vorsätzliche Tötung zum Nachteil von
Prof. Dr. Karl-Ernst Huber
Ermittlungen durchgeführt von:
Cora Behrens / Svea Großmann
Zwischenbericht in Sachen Martina Huber (MH)
Verfasser: Svea Großmann
MH hat seit längerer Zeit ein Verhältnis mit dem seit zwei Jahren verwitweten Dr. Matthias Michaelsen (MM), Chefarzt der Chirurgischen im Krupp-Krankenhaus in Essen. Kennengelernt hatten sich die genannten Personen im Golfclub Heidhausen, in dem beide Mitglieder sind. Huber hat die Beziehung offenbar toleriert. MH und MM waren gleichwohl eher diskret.

Beide leben in finanziell sehr gesunden Verhältnissen. Unter diesem Aspekt ist eine Täterschaft eher unwahrscheinlich. Die überprüften Telefonlisten – Festnetze und je zwei Handys – sowie die Durchsicht der Konten lassen ebenfalls keine Rückschlüsse auf eine Tatbeteiligung zu.
Anmerkung 1: Der Hinweis auf die Existenz eines Liebhabers stammt von Frieda Döpper (Sekretärin von Huber), die sich in dem Gespräch mit Ralph Seidel und Phillip Kohlund entsprechend äußerte. Den Namen des Liebhabers wusste sie nicht, wohl aber, dass er ebenfalls Mitglied im GC Heidhausen ist.
Anmerkung 2: Das Verhalten von MH im Hotel Mercure gegenüber den anderen Ehefrauen war äußerst distanziert. Es änderte sich auch nicht, als sie vom Tod ihres Mannes erfuhr. Dabei zeigte sie keinerlei Emotionen. Gäbe es Verdachtsmomente gegen sie, würde ich ihre Reaktion so werten, als habe sie bereits über entsprechende Kenntnisse verfügt.
Im Übrigen entsprach ihre damalige Behauptung, ihr Bruder wolle sie am 22. März 2011 am Hotel abholen und sie würde die folgenden Tage bei ihm wohnen, nicht der Wahrheit. Tatsächlich handelte es sich um MM. Darauf angesprochen, gab sie an, die Diskretion hinsichtlich ihrer Beziehung zu ihrem Liebhaber – insbesondere so kurz nach dem Tod ihres Mannes – weiterhin wahren zu wollen.

Fassbinder war sich keineswegs sicher, dass Martina Huber damit völlig aus dem Kreis der Verdächtigen ausschied. Natürlich konnte sie schon rein zeitlich die Tat nicht selbst begangen haben, aber schließlich war ja auch ein Auftragsmord denkbar. Finanzielle Unabhängigkeit, schön und gut, aber Gier war schließlich ein unersättlicher Moloch. Viel

zu besitzen, hieß nicht zwangsläufig, nicht noch mehr haben zu wollen.
Während er seinen Gedanken nachhing, wurde ihm der Bericht von Phillip hereingereicht, der gemeinsam mit Ralph den Verdachtsmomenten gegen Feddersen in Sachen Geldwäsche nachgegangen war. Auch hierauf war Fassbinder gespannt.

Geiselnahme Wirtschaftsbosse
Vorsätzliche Tötung zum Nachteil von
Dr. Sven-Eric Feddersen
Ermittlungen durchgeführt von:
Phillip Kohlund und Ralph Seidel
Verfasser: Phillip Kohlund
Am 13. April 2011 fand von 18:15 bis 19:10 Uhr nochmals eine Besprechung mit Dr. Julius Zappa von der Nordrhein-Bank in Düsseldorf statt. Anwesend war außerdem sein Assistent Jörg Kaiser.
Der von uns geäußerte Verdacht, Feddersen könne für die russische, ukrainische oder weißrussische Mafia Geld gewaschen haben, wies Zappa erneut energisch zurück. Auch in der mündlichen Abschlussbesprechung mit der Aufsichtsbehörde Bafin seien keinerlei Verdachtsmomente in dieser Richtung erwähnt worden. Damit war auch unsere weitere Theorie, dass seine Ermordung durch die russische Mafia – gegebenenfalls wegen seines eventuell geplanten Ausstiegs aus der gewerblichen Geldwäsche – erfolgt sei, vom Tisch.
Um die Ermittlungen in Richtung Geldwäsche vollends einstellen zu können, baten wir dennoch um Zusendung des Abschlussberichts der Bafin. Zappa sicherte uns zu, ihn unmittelbar an uns weiterzuleiten, sobald er ihm vorliegt.

Nun fehlte nur noch der Bericht über Iversen. Aber wie Feddersen seine Jungs kannte, war der sicherlich auch schon im Anmarsch. Und als er vom Mittagessen zurückkam, lag das Schriftstück bereits auf seinem Schreibtisch.

Geiselnahme Wirtschaftsbosse
Vorsätzliche Tötung zum Nachteil von
Prof. Dr. Karl-Ernst Huber und Dr. Sven-Eric Feddersen
Verdacht der Täterschaft oder Tatbeteiligung von
Harald Iversen
Ermittlungen durchgeführt von:
Marc Haarmann und Heinz Schmidt
Verfasser: Marc Haarmann
Vom 11. bis 14. April 2011 haben wir in Zusammenarbeit mit dem LKA sämtliche Konten der Firma Iversen Survival GmbH sowie die Privatkonten von Harald Iversen geprüft. Bis zum Sommer vorletzten Jahres gab es offensichtlich eine Durststrecke, der Ankauf der beiden Areale in Halver und Wuppertal hat Iversen und sein Unternehmen finanziell schwer belastet, die Firma stand kurz vor der Insolvenz. Nur dank eines Großkredits der Düsseldorfer Privatbank Schenkein AG über achteinhalb Millionen Euro konnte sich Iversen sanieren. Als Sicherheit verpfändete er sämtliche Patente an die Bank.
Sein guter Ruf in der Branche – kombiniert mit hervorragenden Beziehungen zu diversen Wirtschaftsunternehmen der Top 100 – brachte dann ab Ende 2009 den wirtschaftlichen Aufschwung. Seit Mitte 2010 werden die Kredite sukzessive in beträchtlicher Höhe getilgt.
Anmerkung: Auffällig war Iversens Verhalten nach dem Deponieren der Lösegeldkoffer. Die späte Offenbarung des Übergabeortes verschaffte den Entführern einen enormen

zeitlichen Vorsprung und entzog sie so einem möglichen polizeilichen Zugriff. Die Erklärung Iversens, es sei ihm nur um die Sicherheit für sich und die Geiseln gegangen, überzeugt nicht vollends.

Fassbinder griff zum Hörer und bat Marc, umgehend zu ihm ins Büro zu kommen.
»Findest du die Höhe des Kredits nicht auch merkwürdig?«, fragte Fassbinder ohne Umschweife.
»Sie denken an die acht Millionen Euro Lösegeld«, antwortete Marc. Obgleich er bereits seit geraumer Zeit Fassbinders Stellvertreter war, lag es ihm fern, seinen Chef zu duzen.
»Genau! Schon ein komischer Zufall, was meinst du?«
»Es scheint fast so, aber ich glaube trotzdem nicht an einen Zusammenhang. Denn erstens ist Iversen mit seiner Firma wirklich über den Berg und zweitens bliebe ihm, selbst wenn er der Kopf der Entführer wäre, bei dem logistischen Aufwand und der Manpower, die zwangsläufig hinter der Entführung steckt, maximal die Hälfte des Lösegeldes.«
»Das heißt, du vermutest nach wie vor, dass die russische Mafia Drahtzieher der Entführung ist?«
»Ja, davon bin ich überzeugt. Was hat denn eigentlich Sveas Recherche in puncto Martina Huber gebracht?«
»Du kennst ihren Bericht noch nicht?«
»Aber Chef!«
»Jaja, schon klar, alles immer erst an mich«, schmunzelte Fassbinder, der sich bei seinen Leuten darauf verlassen konnte, dass sie grundsätzliche Regeln einhielten.
»Und? Was steht drin?«
»Im Ergebnis scheidet Martina Huber wohl ebenfalls aus.«
»Warum?«

»Sie hat kein wirkliches Motiv, ist finanziell völlig unabhängig. Gleiches gilt für ihren Liebhaber, der offensichtlich von Huber toleriert wurde.«
»Und was ist mit Feddersen?«
»Dr. Zappa, sein Vize, hält schützend beide Hände über ihn, beruft sich auch auf die Untersuchung durch die Beamten der Bafin, die offensichtlich trotz der ohne Vorwarnung angesetzten Sonderprüfung nichts Verdächtiges gefunden haben.«
»Sie sagen das aber so, als wären Ihre Zweifel nicht ausgeräumt.«
»Stimmt. So ein großes Rad kann nur von einer optimal funktionierenden Organisation gedreht werden. Nach meiner Einschätzung steckt Feddersen hinter der ganzen Sache. Und dann ist das irgendwie aus dem Ruder gelaufen. Oder er wollte tatsächlich aussteigen und die Organisation hat daraufhin mal ihre Muskeln spielen lassen.«
»Und warum musste dann auch Huber sterben?«
»Vielleicht war er das Bauernopfer, das uns auf eine völlig falsche Spur lenken sollte.«
»Eher unwahrscheinlich. Das hieße im Übrigen, das Lösegeld wäre nur das stattliche Zubrot gewesen. Tatsächlich hätte im Vordergrund die Ausschaltung von Feddersen gestanden.«
»Hm, ich bin mir nicht sicher, dass ich richtig liege, aber wir sollten diese Alternative zumindest noch nicht abhaken.«
»Okay, hab's kapiert!«, sagte Marc, schon im Hinausgehen begriffen.
»Dann sehen wir uns nachher bei Oltrogge.«

Um vierzehn Uhr dreißig hatte sich die gesamte Ermittlungskommission zu der von Oltrogge einberufenen

Besprechung in dessen Büro versammelt.
Zunächst rekapitulierten die Teamleiter die bereits vorliegenden Erkenntnisse. Fassbinder schlug anschließend vor, dass Oltrogges Leute sich weiter um Jagla kümmern sollten. Wegen seiner möglicherweise aus der gemeinsamen Bundeswehrzeit noch bestehenden Verbindung zu Iversen hielt er es für ratsam, dass auch die ihn betreffenden Ermittlungen ausschließlich durch die LKA-Mitarbeiter erfolgten. Seine eigenen Leute würden weiter die Komplexe ›Martina Huber‹ und ›Sven-Eric Feddersen‹ bearbeiten.
»Das hat was für sich«, stimmte Oltrogge seinem Kollegen sofort zu. »Ich bin völlig Ihrer Meinung!« Wenn das LKA schon zum Handlanger des BKA degradiert wurde, dann sollte es seiner Meinung nach wenigstens ihm und seinen Leuten vorbehalten bleiben, den Drahtzieher aufzuspüren. Und dass dies gelänge, davon war er überzeugt.

Polizeipräsidium Wuppertal
Montag, 18. April, 10:10 Uhr

Die Stimmung in der Ermittlungskommission war recht angespannt, was aber weniger daran lag, dass es nicht so recht vorwärtsging. Vielmehr hatte die verhängte Urlaubssperre vor allem die jungen Familienväter unter ihnen ziemlich verärgert. Überstunden waren sie weiß Gott gewohnt, aber bereits genehmigten Urlaub über Ostern nicht antreten zu dürfen, leuchtete nicht jedem ein.
»Und wie hat Esther es aufgenommen, dass sie jetzt mit den Kids allein auf den Bauernhof fährt?«, fragte Phillip seinen Freund und Kollegen Marc, mit dem er gerade im Pausenraum einen Kaffee trank.

»Wie immer: vernünftig. Natürlich ist sie nicht begeistert, aber es ist eben von Vorteil, dass sie selbst mal in unserem Laden war.«

»Hm, Kirsten war ziemlich stinkig. Aber schließlich hat sie dann auch eingesehen, dass es nicht meine Schuld ist. Und so ein Geiselmord ist ja für unsere Gegend auch eher selten.«

»Hast recht, es kommen auch wieder ruhigere Tage! Was habt ihr heute auf dem Programm?«

»Ralph und ich sind immer noch an Feddersen dran. Die Unterlagen, die wir haben, sind dürftig und der Bericht von der Bafin lässt noch auf sich warten. Wir wollen heute mal zu seiner Witwe und sie bitten, die privaten Ordner sichten zu dürfen.«

»Na, Prost Mahlzeit! Die wird sich bedanken!«

»Wir sagen ihr natürlich nicht, dass wir ihren Mann im Verdacht haben, Geldwäsche betrieben zu haben.«

»Und wie wollt ihr dann an die Unterlagen kommen? Etwa mit einem Durchsuchungsbeschluss?«

»Den Beschluss haben wir schon in der Tasche. Aber das ist ja mehr ein psychologisches Problem, deshalb wird Svea uns auch begleiten und sich um die Witwe kümmern, während wir in Ruhe die Unterlagen sichten. Wir werden vorgeben, auf der Suche nach irgendeinem Schriftstück zu sein, das Aufschluss darüber gibt, wer von dem Survival-Termin Kenntnis gehabt haben könnte.«

»Vielleicht funktioniert's, aber zu beneiden seid ihr bei der Aktion nicht!«

Düsseldorf-Hubbelrath, Dorfstraße 32
Dienstag, 19. April, 10:00 Uhr

Wie am Vortag telefonisch vereinbart, standen die beiden Kripobeamten mit ihrer Kollegin pünktlich um zehn vor dem auf einem Eckgrundstück gelegenen Haus in der Dorfstraße in Hubbelrath. Als Frau Feddersen ihnen öffnete, schien sie ebenso überrascht wie erfreut darüber, dass auch Svea mitgekommen war.

»Frau Großmann! Schön, sie zu sehen. Ich hatte Sie gar nicht erwartet.«

»Entschuldigen Sie, Frau Feddersen, aber wir haben gedacht, es wäre Ihnen vielleicht recht, wenn wir beide uns etwas unterhielten, während meine Kollegen die Unterlagen sichten.«

»Eine gute Idee, ich freue mich über Ihren Entschluss. Das Haus ist so leer, seit ... Da freue ich mich natürlich, wenn ich Besuch habe. Die Ablenkung tut mir gut.«

Svea stellte ihre beiden Kollegen vor, gemeinsam gingen sie dann ins Wohnzimmer, wo bereits Gebäck, Kaffee, Tee und drei Tassen auf dem Couchtisch bereitstanden. Nachdem sie eine Tasse dazugestellt hatte, bat Frau Feddersen, Platz zu nehmen. Ralph und Phillip fühlten sich unwohl in ihrer Haut. Sie waren dankbar, dass Svea und Frau Feddersen den Großteil des Gesprächs bestritten, und baten daher schon nach kurzer Zeit, mit den Nachforschungen beginnen zu dürfen.

Die Hausherrin führte sie in einen angrenzenden Raum. Auf einem großen Tisch hatte sie eine ganze Batterie von Ordnern und einen bereits eingeschalteten Laptop deponiert.

»Das ist alles, was mein Mann an geschäftlichen Unterlagen im Haus hatte. Ich habe auch im Tresor nachgeschaut, dort befand sich lediglich dieser Ordner.« Sie deutete auf einen Aktenordner, der mit ›PERSONALIA‹ beschriftetet war. »Benötigen Sie sonst noch etwas? Den Kaffee bringe ich Ihnen gleich.«
Ohne eine Antwort abzuwarten, ging sie zurück ins Wohnzimmer. Fünf Minuten später erschien sie mit einem silbernen Tablett, auf dem sich zwei frische Tassen, eine kleine Kaffeekanne, ein paar Kekse sowie Zucker und Milch befanden. Ralph und Phillip bedankten sich und machten sich an die Arbeit, während Frau Feddersen die Tür hinter sich schloss.
Svea kam das Verhalten dieser Frau, die soeben zurückgekommen und in einem Sessel neben ihr Platz genommen hatte, seltsam vor. Sie war so beherrscht, freundlich und doch irgendwie unnahbar. Niemand würde ihr anmerken, dass sie vor gerade einmal drei Wochen ihren Mann hatte beerdigen müssen.
Äußeres Anzeichen ihrer Trauer war allein die Kleidung, die sie trug: einen schwarzen Hosenanzug und eine längs gestreifte Bluse in zweierlei Grautönen, alles dezent und unaufdringlich. Es schien, als habe diese Frau sich voll im Griff, aber Svea wusste aus ihrer beruflichen Erfahrung, dass äußeres Erscheinungsbild und inneres Empfinden nicht immer übereinstimmten. Bewusst vermied sie es, ihr Gegenüber auf persönliche Gefühle anzusprechen und tastete sich stattdessen mit einer Frage nach den Kindern vor.
»Wie kommen denn Ihre beiden Töchter mit der Situation zurecht?«
»Sie wissen noch, dass ich zwei Töchter habe?«

»Ja, wir sprachen doch darüber, als wir uns das erste Mal begegnet sind.«

»Und Sie erinnern sich noch daran? Schön, wenn Menschen zuhören können«, sinnierte Frau Feddersen. Die Sympathie der Frauen beruhte auf Gegenseitigkeit.

»Meine ältere Schwester wohnt am Starnberger See und hat sich sofort bereit erklärt, Jana und Svenja für die gesamten Osterferien einzuladen. Die Mädchen sind vorgestern nach München geflogen. Ich sollte eigentlich mitkommen, aber es gibt momentan noch eine Menge an Schriftkram mit den Behörden und den Versicherungen zu erledigen. Es ist mir auch lieber so. Wenn meine Töchter in zehn Tagen wieder zurück sind, habe ich auch mehr Zeit, mich um sie zu kümmern. Vielleicht finden sie inzwischen ein wenig Ablenkung, wenn ihre Cousins – beide frischgebackene Studenten in München – sie mit zu ihren Freunden nehmen.«

Weit über eine Stunde plauderten die beiden Frauen miteinander. Währenddessen hatten Ralph und Phillip keinen einzigen verdächtigen Hinweis auf Geldwäsche-Aktivitäten in den Unterlagen gefunden. Mehr der Vollständigkeit halber blätterte Phillip nun auch noch die letzten Seiten des Personalordners durch, die einige in Klarsichtfolien steckende, fein säuberlich beschriftete Fotos zeigten. Stets handelte es sich um Aufnahmen von mehreren Personen, fast ausschließlich Männern, die an irgendwelchen Tagungen oder Sitzungen in der Hauptverwaltung in Düsseldorf teilgenommen hatten.

»Das gibt's doch nicht!«, entfuhr es Philip beim Betrachten eines Fotos. Er reichte es sofort an Ralph weiter, der sich fast die ganze Zeit über mit den Dateien auf dem Laptop beschäftigt und diese schließlich auch allesamt

heruntergeladen hatte.
»Was meinst du? Ein Erinnerungsfoto wie jedes andere.«
»Sieh mal genau hin!«
»Tu ich ja!«
»Nee, tust du eben nicht. Schau dir den Typ ganz rechts an.«
Ralph nahm seine Gleitsichtbrille ab, um die bezeichnete Person besser sehen zu können.
»Das ist ja ein Hammer! Justus Jagla! Bis eben hatte ich noch gedacht, Feddersen sei ein Ehrenmann gewesen! Und mit einem Mal ist alles wie weggewischt. Was machen wir jetzt?«
»Ich schlage vor, wir zeigen Frau Feddersen drei, vier Fotos und fragen, welche Personen sie kennt und welche nicht. Dann bitten wir sie, diese Bilder mitnehmen zu dürfen, um sie auch noch der ehemaligen Sekretärin ihres Mannes zu zeigen, damit wir alle Personen identifizieren können.«
»Guter Vorschlag. Brauchen wir sonst noch was von den Unterlagen? Die Daten vom Laptop habe ich alle kopiert.«
»Nein, ansonsten gibt der Schriftkram nichts her. Zumindest nichts, was uns wirklich nutzen könnte. Aber gelohnt hat es sich offensichtlich ja doch!«
Sie stellten die Ordner wieder so hin, wie sie sie vorgefunden hatten, den Laptop ließen sie eingeschaltet. Dann betraten sie das Wohnzimmer. Frau Feddersen blickte auf.
»Hatten Sie Erfolg? War irgendwas dabei, das Ihnen weiterhilft?«
»Nein, kein Hinweis auf eine undichte Stelle – und auch sonst haben wir nichts entdeckt, was uns bei unseren Nachforschungen helfen könnte«, antwortete Phillip. »Aber um wirklich alle Möglichkeiten auszuschließen, würden wir Ihnen gerne noch ein paar Fotos aus den Unterlagen

zeigen, damit Sie uns sagen können, um welche Personen es sich im Einzelnen handelt.«

»Gerne. Die meisten werde ich wohl kennen.«

Sie gingen mit ihr die Bilder durch und machten sich entsprechende Notizen. Als sie zum letzten, interessantesten Foto kamen, nannte Frau Feddersen zunächst die Namen der drei auf dem Bild abgebildeten Vorstandsmitglieder der Nordrhein-Bank. Neben Huber und Dr. Zappa stand Ernst Seesemann, der Vertriebschef der Bank. »Bei den beiden anderen Herren handelt es sich, glaube ich, um den Direktor einer ukrainischen Bank und seinen Generalbevollmächtigten.« Dabei deutete sie auf Justus Jagla. »Ich habe beide auf einem Bankett kennengelernt, als irgendeine Geschäftsverbindung zwischen den Banken zustande gekommen war und gefeiert wurde. Aber die Namen der beiden Herren sind mir entfallen.«

»Dürfen wir uns die Fotos ausleihen, um sie Frau Körner zu zeigen? Sie kann uns sicher weiterhelfen«, entgegnete Phillip.

»Ach, Sie kennen die Sekretärin meines Mannes? Ja, natürlich können Sie die Bilder mitnehmen.«

Svea und ihre beiden Kollegen verabschiedeten sich dankend von Frau Feddersen, die sie noch zur Haustür brachte und ihnen nachwinkte.

Bundesautobahn A 3
Dienstag, 19. April, 11:33 Uhr

Phillip hatte die Fotos während ihres Gesprächs mit Frau Feddersen so gehalten, dass Svea die abgebildeten Personen nicht sehen konnte. Er wollte eine spontane Reaktion ihrerseits vermeiden. Jetzt, da sie zusammen im Auto auf dem Rückweg waren, erzählte er ihr, was sie entdeckt hatten, und reichte ihr die Aufnahme, auf der Justus Jagla zu erkennen war. Svea verschlug es für einen kurzen Moment die Sprache.

»Also doch Feddersen, nicht zu glauben! Unter der sogenannten ›Öffnung des europäischen Marktes‹ hat der offensichtlich Geldwäsche im großen Stil verstanden«, konstatierte Svea schließlich. »Aber seine Witwe scheint von allem keine Ahnung gehabt zu haben. Sie hat euch ja wohl auch wirklich sämtliche Unterlagen ohne Bedenken zur Verfügung gestellt, sodass ihr den Durchsuchungsbeschluss erst gar nicht zücken musstet.«

»Sie war tatsächlich äußerst kooperativ. Das weitere Vorgehen sollten wir jetzt aber erst einmal mit unserem Boss besprechen, denn eigentlich sind ja Oltrogges Leute auf Jagla angesetzt. Bin gespannt, was uns die Körner noch zu ihm und seinem ukrainischen Bankdirektor sagen kann, wenn wir ihr das Foto zeigen«, erwiderte Ralph.

Phillip, der den Wagen fuhr, bog am Hildener Kreuz von der A 3 auf die A 46 ab. Wie üblich war die zur Hauptverkehrszeit morgens und abends meist überlastete Autobahn zur Mittagszeit nur wenig frequentiert. Die Fahrt zurück nach Wuppertal-Elberfeld dauerte daher insgesamt nur vierzig Minuten. Kurz vor Viertel nach zwölf trafen sie im Präsidium ein.

Polizeipräsidium Wuppertal
Dienstag, 19. April, 12:15 Uhr

»Herein!«, rief Fassbinder, als es lauter als sonst an der Bürotür klopfte. Seine drei Mitarbeiter traten ein und er spürte sogleich, dass sie eine wichtige Information für ihn parat hatten, sonst wären sie wohl kaum im Pulk erschienen.
»Wo brennt's?«, wandte er sich ihnen deshalb sofort zu und schraubte die Kappe auf seinen Füller, mit dem er gerade einige Briefe unterzeichnet hatte. »Erfolg gehabt?«
»Das kann man wohl sagen. Die Biedermann-Fassade bröckelt. Feddersen ist nicht der, für den ihn alle gehalten haben!«
»Nun mach's nicht so spannend, Phillip!«
»Er kennt, besser gesagt, er kannte Jagla. Es gibt Geschäftsverbindungen zu einer ukrainischen Bank und bei der kriminellen Vorgeschichte von Jagla und der vermuteten Verbindung zur russischen Mafia-Organisation Tambowskaja ist anzunehmen, dass es sich um Geldwäsche handelt.«
»Habt ihr entsprechende Unterlagen gefunden?«
»Keine Unterlagen, aber ich habe ein Foto in den Ordnern entdeckt, auf dem Jagla mit drei Vorstandsmitgliedern der Nordrhein-Bank und dem Bankdirektor einer ukrainischen Bank abgebildet ist«, erwiderte Phillip und legte seinem Chef das Foto auf den Schreibtisch.
»Donnerwetter, das ist in der Tat eine Überraschung! Und wie heißt der Direktor?«
»Wissen wir noch nicht«, schaltete sich nun auch Ralph ein. »Aber wir werden die Aufnahme Frau Körner, seiner ehemaligen Sekretärin, vorlegen und sie befragen.«
»Okay.« Fassbinder deutete auf Phillip und Ralph. »Dann macht ihr beiden einen neuen Termin mit ihr. Und dir,

Svea, erst einmal vielen Dank, dass du mit zu Feddersens Witwe gefahren bist. Wie geht es ihr denn?«

»Sie hat sich verdammt gut im Griff, wirklich bewundernswert. Schon bei unserer ersten Begegnung im Hotel fand ich sie sympathisch. Wir haben uns sehr angeregt unterhalten, während Ralph und Phillip die Unterlagen sichten konnten. Täte mir wirklich leid, wenn sich der Verdacht gegen ihren Mann bestätigen würde.«

»Gut, Svea, dann kümmerst du dich zusammen mit Cora um die noch offenen Fragen in Sachen ›Martina Huber‹.«

»Müssen wir über den Besuch in Hubbelrath einen Bericht fertigen?«

»Nee, vergesst den mal schön. Offiziell ist ja alles, was mit Jagla zusammenhängt, Sache von Oltrogge. Wenn wir mehr wissen, könnt ihr das immer noch zu Papier bringen.« Fassbinder zwinkerte seinen Mitarbeitern vielversprechend zu und grinste.

Die drei verließen das Büro, ihr Chef ergriff seinen Füller und unterschrieb die restlichen Briefe in der Unterschriftenmappe, die vor ihm lag.

Nordrhein-Bank AG, Düsseldorf
Mittwoch, 20. April, 9:19 Uhr

Etwas zu früh trafen Phillip und Ralph bei der Nordrhein-Bank ein, sie waren erst für halb zehn bei Gisela Körner angemeldet. Eigentlich wollten sie zuerst Dr. Zappa sprechen, aber der hatte bereits seit neun Uhr ein Meeting mit einem Repräsentanten einer ausländischen Bank, wie sie ihnen bedauernd ausgerichtet hatte. Sie selbst stehe aber selbstverständlich für ein weiteres Gespräch zur Verfügung.

Punkt halb zehn holte sie die beiden Ermittler persönlich beim Empfang ab und begleitete sie hinauf in die Vorstandsetage, wo sie immer noch im Vorzimmer des mittlerweile verstorbenen Chefs ihren Dienst tat. Ein Nachfolger war noch nicht gekürt, wie Frau Körner auf Nachfrage mitteilte.
Sie stellte ihr Telefon auf den Apparat einer anderen Vorstandssekretärin um und führte ihre Besucher in das Büro des ehemaligen Vorgesetzten. Kaffee, Tassen und ein Teller mit Gebäck standen bereits auf dem Besprechungstisch. Frau Körner setzte sich an ein Kopfende und bat die Ermittler mit einer einladenden Geste, links und rechts von ihr ebenfalls Platz zu nehmen.
»Was haben Sie denn noch auf dem Herzen?«, eröffnete sie das Gespräch. »Ihre Hartnäckigkeit lässt darauf schließen, dass Sie hinter der Tötung meines Chefs eher ein Komplott vermuten als eine aus dem Ruder gelaufene Geiselnahme?«
»Nein, nein!«, versicherte Ralph sofort. »Es ist eigentlich nur so, dass wir alle Zweifel ausschließen wollen.«
»Soso, alle Zweifel«, antwortete Frau Körner gedehnt. »Zweifel woran?«
»Wir glauben ja auch eher an einen Zufall, wahrscheinlich hat es Ihren Chef tatsächlich zufällig getroffen.«
»Und warum sind Sie dann noch einmal zu mir gekommen?«
Phillip sprang seinem Kollegen zur Seite, der offensichtlich nicht damit gerechnet hatte, nun plötzlich seinerseits mit Fragen konfrontiert zu werden, die zudem mehr und mehr einem Verhör glichen. »Wir haben wirklich keinen Grund anzunehmen, dass Dr. Feddersen in irgendwelche Machenschaften verwickelt war«, log er, bemüht, ihr Vertrauen

zurückzugewinnen. »Wir waren auch bei seiner Frau, die uns sehr bereitwillig Auskunft gab und uns den Einblick in sämtliche geschäftlichen Unterlagen gestattete.«

»Und was wollen Sie dann noch von mir?«, fragte Frau Körner mit beleidigtem Unterton in der Stimme.

»Wir haben in einem Aktenordner Fotos gefunden und möchten Sie bitten, uns die Namen der abgebildeten Personen zu nennen, damit wir unseren Abschlussbericht fertigstellen können.« Damit schob er ihr die vier Aufnahmen hin, die er vorher so sortiert hatte, dass das entscheidende Foto zuunterst lag.

Die Sekretärin ergriff den kleinen Bilderstapel und nannte bereitwillig sämtliche Namen. Währenddessen schrieb Ralph alles mit, gelegentlich bat er sie, die genaue Schreibweise zu buchstabieren. Beim letzten Foto führte Frau Körner zunächst die Namen der drei Vorstandsmitglieder an, dann hielt sie plötzlich inne und deutete auf Jagla. »Ach, das ist ja ein Zufall! Mit diesem Herrn hat Herr Dr. Zappa gerade eine Besprechung.«

Ralph und Phillip waren wie vom Donner gerührt. Beide versuchten, sich ihre Überraschung über das, was sie soeben gehört hatten, nicht anmerken zu lassen, und tauschten einen vielsagenden Blick miteinander aus. »Und wer ist das?«, fragte Ralph, bemüht, möglichst gelassen zu klingen.

»Das ist der Generalbevollmächtigte der OTB-Ukraina-Forum, sein Name ist Justus Jagla. Und der Herr neben ihm ist der Generaldirektor dieser Bank, Vitali Sidorenko. Er ist heute aber wohl verhindert.«

»Ich erinnere mich. Dr. Zappa hat einmal erwähnt, dass die Nordrhein-Bank Ostkontakte in die Ukraine geknüpft hat.«

»Ja, das war seine Vision! ›Go East‹, wie mein Chef immer sagte.«
»Und was wird jetzt daraus?«
»Nun, ich denke, das dürfte das heutige Thema der Besprechung sein. Die Ukrainer wollen sicherlich wissen, ob Dr. Zappa den eingeschlagenen Weg fortsetzen will. Ich weiß, dass man sich im Vorstand zu Beginn nicht einig war. Von welcher Seite die Bedenken kamen, ist mir nicht bekannt. Herr Dr. Feddersen hat sich nur einmal in dieser Richtung geäußert. Der protokollierte Vorstandsbeschluss war aber dann – wie eigentlich immer – einstimmig ausgefallen.«
»Nun, das sind ja Interna, die uns nicht so interessieren«, log Phillip erneut. »Aber vielen Dank für Ihre Hilfe. Jetzt können wir uns wieder unserer eigentlichen Aufgabe widmen.«
»Hoffentlich kriegen Sie die Mörder möglichst bald. Wie geht es denn Frau Feddersen, kommt sie zurecht?«
»Es scheint so. Äußerlich macht sie zumindest einen sehr gefassten Eindruck, aber wie's innen aussieht, weiß man natürlich nicht.«
Die beiden Ermittler hatten es nun plötzlich ziemlich eilig. Frau Körner begleitete sie noch hinunter und verabschiedete sich beim Pförtner von ihnen.

»Und jetzt?«, fragte Phillip seinen Kollegen, als sie das Bankgebäude durch eine Drehtür verließen, die zu einem Innenhof führte – großflächig genug, um ausreichend Parkmöglichkeiten für etwa ein Dutzend Fahrzeuge zu bieten.
»Glaubst du, Jagla ist noch bei Dr. Zappa?«
»Davon bin ich überzeugt! Lass uns mal einen Blick auf die Autos werfen – am besten von unserem Wagen aus.«
Außer ihrem Zivilfahrzeug, einem dunkelblauen 5er BMW,

sahen sie nur einen bankeigenen VW-Bus, den Kleintransporter eines Wäsche-Lieferdienstes mit Düsseldorfer Nummer sowie einen Mercedes der S-Klasse. Er war ungefähr zehn Meter vom Eingang entfernt geparkt, hatte verdunkelte Scheiben und ein Berliner Kennzeichen. Der Fahrer saß am Steuer, trug einen mittelgrauen Anzug und eine hellgraue Schirmmütze. Er hörte Musik, die aus dem halb geöffneten Fenster nach außen drang. Gelegentlich blickte er über den Rand seiner Zeitung zur Drehtür. Nur einmal verließ er seinen Platz und ging zu einem Abfallbehälter neben dem Eingang. Dort entleerte er den Aschenbecher, in den er zuvor sein in Silberpapier gewickeltes Kaugummi gelegt hatte, weil es ihn bei einem Gespräch, das er zeitgleich mit seinem Handy führte, zu stören schien.

»Das dürfte der Mercedes von Jagla sein. Dann lass uns mal den Riecher informieren«, meinte Ralph, während er schon die Kurzwahl in sein Telefon tippte.

»Fassbinder«, meldete sich sein Chef, der prinzipiell nie – wie eigentlich vorgeschrieben – seinen Dienstgrad nannte. Eine Marotte, an die sich inzwischen alle gewöhnt hatten.

»Chef, ich bin's. Ich hoffe, Sie sitzen! Jede Wette, dass Sie nicht ahnen, was hier los ist.« Ralphs Stimme überschlug sich beinahe.

»Nun spann mich nicht auf die Folter! Was ist los?«

»Wir stehen auf dem Parkplatz vor der Nordrhein«, erwiderte Ralph, jetzt schon etwas sachlicher und weniger aufgeregt. »Unser Geiselgangster Jagla ist offensichtlich gerade bei Dr. Zappa. Sein Chauffeur sitzt im Wagen und scheint auf ihn zu warten.«

»Das gibt's doch gar nicht! Sag bloß, der ist da einfach so reinspaziert?! Humor hat der, das muss der Neid ihm lassen!«

»Nee, Chef, der ist sich absolut sicher, dass wir immer noch im Dunklen tappen. Echt dreist! Sollen wir ihn festnehmen, wenn er rauskommt?«
»Das lasst mal schön bleiben, dann wär hier nämlich die Kacke am Dampfen! Der Tillmann vom BKA würde uns alle einen Kopf kürzer machen. Nein, im Ernst: Wir haben strikte Anweisung aus Meckenheim, den Jagla nicht festzunehmen. Ich gehe gleich rüber zu Oltrogge und der soll dann das BKA informieren. Die werden staunen!«
»Und was sollen wir machen?«
»Dran bleiben! Damit ihr bei der Verfolgung nicht auffallt, sag ich den LKA-Leuten in Düsseldorf Bescheid, dass die noch ein zweites Fahrzeug schicken. Gut gemacht, Jungs!«
»Danke, aber bisher hatten wir nur Glück!«
»Na, dann verdient euch das Lob bei der Verfolgung!«

Innenhof der Nordrhein-Bank AG, Düsseldorf
Mittwoch, 20. April, 11:17 Uhr

Seit fast einer Stunde saßen die zwei Ermittler nun in ihrem Fahrzeug. Inzwischen war die Verstärkung vom LKA zu ihnen gestoßen, hatte Wagentyp sowie amtliches Kennzeichen erfragt und von ihnen erfahren, dass es sich um einen Dienstwagen der OTB-Ukraina-Forum mit Niederlassung in Berlin handelte. Danach parkten die beiden LKA-Beamten ihr Zivilfahrzeug unmittelbar vor der Hauptverwaltung der Nordrhein-Bank auf der Kö, im Rückspiegel beobachteten sie die Zufahrt zum Parkplatz, die durch ein eisernes Schiebetor gesichert wurde.
Die Drehtür im Innenhof bewegte sich und Jagla trat heraus. Sofort stieg der Chauffeur aus dem Wagen, um seinem

Boss die hintere rechte Tür zu öffnen. Kaum hatte dieser Platz genommen, setzte sich der Mercedes auch schon in Bewegung. Wie von Geisterhand gesteuert, verschwand das Tor hinter einem Mauervorsprung, als der Wagen durch die Lichtschranke fuhr.

Ralph startete den Motor, doch plötzlich kam ihm der Kleintransporter der Wäscherei in die Quere und passierte vor ihm das Tor. Bei Jaglas Erscheinen hatte Phillip sofort die draußen wartenden LKA-Leute verständigt, sodass sie sich, als Ralph auf die Kö eingebogen war, vor ihnen einreihen konnten.

»Merkwürdig, höchst merkwürdig, dass der Wäscherei-Fritze genau im selben Moment losfuhr wie wir«, meinte Phillip. »Zumal ich niemanden habe einsteigen sehen!«

»Nachtigall, ick hör dir trapsen! Wenn das mal nicht unsere lieben Freunde vom BKA sind«, frotzelte Ralph. »Kannst du nicht mal eben in Meckenheim anrufen?«

»Riskant, vielleicht besser erst mal den Riecher fragen.«

»Okay, mach das!«

Phillip erreichte seinen Chef sofort und schilderte ihm in Kürze die Situation und ihre Vermutung.

»Spricht viel dafür, dass ihr recht habt. Ich mach mich mal schlau und rufe gleich zurück.«

Schon drei Minuten später läutete das Handy. »Ich habe mit Tillmann gesprochen, er war schon informiert. Seine Leute sehen die Sache genauso wie ihr. Wir haben uns darauf verständigt, dass die Verfolgung vom LKA-Team übernommen wird, aber nur bis zur Autobahn.«

»Verstehe ich nicht! Werden die ihn denn nicht festnehmen?«, fragte Phillip gereizt.

»Nein, die wollen nur sicher sein, dass er hier in Düsseldorf nicht noch irgendwelche anderen Termine wahrnimmt. Die

BKA-Leute haben beim Ausladen die Wäsche-Rollwagen hinter dem Mercedes vorbeigefahren und dabei einen Sender an einem der hinteren Kotflügel platziert. So können sie den Wagen orten und die Observierung dann wieder in Berlin aufnehmen.«

»Also sind wir raus aus dem Boot?«

»Nicht was die Geiselmorde und das gezahlte Lösegeld betrifft. Die Abteilung SO deckt in diesem Fall den Auslandsbezug ab – und zwar hinsichtlich der Kriminalitätsfelder Kapitaldelikte und Organisierte Kriminalität. Das heißt natürlich, dass das BKA schon interessiert, was aus dem Lösegeld wird. Acht Millionen lassen sich schließlich nicht auf dem Wochenmarkt oder in Eisdielen waschen. Da muss schon ein großes Rad gedreht werden.«

»Verstehe, dann könnte Jaglas Besprechungstermin ja vielleicht kein Kondolenzbesuch gewesen sein, sondern dem Zweck gedient haben, neue Kontakte zu knüpfen ...«

»... oder alte wieder aufleben zu lassen!«

»Sie glauben also immer noch, dass Feddersen kein Zufallsopfer war, dass er zusammen mit den Ukrainern Geldwäsche im großen Stil betrieben hat. Das hieße aber auch, Hubers Tod hätte allein der Ablenkung gedient.«

»Sicher bin ich mir nicht, aber wenn man die Puzzleteile richtig zusammensetzt, könnte man zu diesem Ergebnis kommen.«

»Eines leuchtet mir aber nicht ein, Chef: Die Bafin hat doch diese extra anberaumte Sonderuntersuchung hinsichtlich Geldwäsche abgeschlossen und festgestellt, dass es keinerlei Anhaltspunkte gab!«

»Nicht ganz!«

»Wieso?«

»Die Aufsichtsbehörde hat sich ein wenig anders ausgedrückt. Sie sagt nicht, dass es keinerlei Anhaltspunkte gegeben hat – sie spricht davon, keine gefunden zu haben. Das ist ein kleiner, aber vielleicht bedeutender Unterschied!«

»Quite sophistical!«

»Ich kenne die Behörden. In der Wortwahl ihrer Abschlussberichte sind die äußerst penibel.«

Ralph hatte die Verfolgung des Mercedes inzwischen aufgegeben und war in eine Parkbucht gefahren. Er schaltete sich nun seinerseits in das Gespräch ein, das er über eine Freisprechanlage mitangehört hatte.

»Was heißt das denn nun? Sollen wir den ganzen Laden auseinandernehmen? Dafür bekommen wir nie eine richterliche Genehmigung. Außerdem fehlt uns dafür das Know-how in puncto Geldwäsche.«

»Stimmt. Aber ich setze mich mit Oltrogge und Tillmann zusammen, um die Aufgaben zu koordinieren. Nach wie vor ist unser Part, das Lösegeld zu finden und die Geiselmorde aufzudecken.«

»Den Täter kennen wir doch jetzt.«

»Ja, aber nur einen der Täter. Zumindest die rechte Hand von Jagla müssen wir noch identifizieren!«

»Könnte das nicht auch sein Chauffeur sein?«

»Schon möglich, aber gesehen hat ihn bei der Entführung niemand. Er war immer maskiert.«

»Mensch, ich habe eine Idee!«, platzte es aus Phillip heraus. »Als wir auf dem Parkplatz standen, ist der Typ doch kurz aus dem Wagen ausgestiegen, um den Ascher zu leeren. Ich meine, er hätte da vorher ein Kaugummi reingetan.«

»Wie? Einfach so in den Aschenbecher gelegt?«

»Nee, das hat er vorher natürlich sorgfältig in Silberpapier geklebt.«

»Na, Jungs, dann macht euch mal auf den Weg. Das wäre

wie ein Sechser im Lotto, zumindest wenn wir ihn in unserer Kartei haben.«

Ralph und Phillip fuhren zurück zur Nordrhein-Bank. Über einen Monitor am Schiebetor wurden sie vom Pförtner identifiziert und konnten passieren. Während Ralph die Drehtür betätigte, machte Phillip sich schon am Abfalleimer zu schaffen.

»Haben Sie noch etwas vergessen?«, fragte der Pförtner geflissentlich.

»Mein Kollege hat offensichtlich eine wichtige Luftbildaufnahme verloren, die wir dringend für eine Observierung benötigen!«

»Soll ich mal bei Frau Körner nachfragen?«

»Nein, nein, vielen Dank! Er ist sich ganz sicher, es im Wagen noch gehabt zu haben. Wir standen ja eine Weile auf dem Parkplatz, weil dieser Observierungstermin erst eine Stunde später war.«

»Ich hatte mich schon gewundert, aber mir dann gedacht, dass Sie wohl Ihre Gründe haben werden!«

»Und jetzt wissen Sie sie!«

»Kann ich Ihnen vielleicht suchen helfen?«

»Nein, das schaffen wir schon. Wahrscheinlich hat der Kollege das Foto in die Tageszeitung gelegt, die dann im Abfalleimer gelandet ist. Sehen Sie, er scheint es schon gefunden zu haben! Dann nochmals vielen Dank! Und kein Wort – zu niemandem! Das mit der Observierung ist geheime Kommandosache!«

»Klar, ich schweige wie ein Grab. War mir ein Vergnügen, der Polizei behilflich zu sein!«

Ralph eilte hinaus zu Phillip, der ihm – wie vorher verabredet – mit einer Zeitung zugewunken hatte. »Alles klar?«

»Ja, ich hab das gute Stück! Hat der Pförtner dir das Märchen von der Observierung abgenommen?«
»Da kannst du Gift drauf nehmen! Er kommt sich jetzt vor wie Watson, ohne dessen Eingreifen Sherlock Holmes gescheitert wäre!«, grinste Ralph.
Die beiden Ermittler verständigten ihren Chef, der sie bat, das Material bei der Kriminalhauptstelle Wuppertal mit einem entsprechenden Untersuchungsantrag abzugeben. Von dort würde es dann an das LKA geschickt.
»Ein bisschen viel Bürokratie«, meinte Phillip, nachdem er das Telefonat mit Fassbinder beendet hatte. »Da hast du das LKA im Haus und musst trotzdem noch diesen Zirkus veranstalten!«
»Lass gut sein, Phillip, du weißt doch genau, warum der Riecher das macht. Natürlich könnte er das dem Oltrogge auf den Schreibtisch legen, aber er denkt gar nicht dran. Der will ihm richtig zeigen, wo's langgeht!«

Solingen-Wald, Westersburg 33 a
Mittwoch, 20. April, 21:13 Uhr

Gerade als Fassbinder sein Büro verlassen wollte, erhielt er die Nachricht, dass auf Dr. Zappa in seinem Haus in Solingen ein Anschlag verübt worden war.
Sofort informierte er seine Kollegen Marc, Svea und Cora, mit denen er schon eine halbe Stunde später am Tatort eintraf. Das noble Einfamilienhaus der Zappas lag inmitten eines nahe dem Ittertal gelegenen Wohngebietes in Solingen-Wald und befand sich auf einem knapp eintausend Quadratmeter großen Grundstück am Ende einer Sackgasse namens Westersburg.

Die Kriminalpolizei vor Ort hatte bereits den entsprechenden Straßenabschnitt, das gesamte Grundstück sowie das dahinter liegende Waldgebiet großräumig abgesperrt. Der Tathergang ließ sich – zumindest auf den ersten Blick – einfach rekonstruieren. Offensichtlich hatte der Täter vom Wald aus mit einem Gewehr durch die Scheibe des Wohnzimmers geschossen, in dem sich die Eheleute zum Tatzeitpunkt am Tisch in der Essecke aufhielten. Die zwei abgegebenen Schüsse hatten Dr. Zappa nur äußerst knapp verfehlt, beide Kugeln steckten in der Wand.

»Fühlen Sie sich in der Lage, uns einige Fragen zu beantworten?«, begann Fassbinder, den Svea ins Haus begleitet hatte, selbst die Befragung. Zuvor war ihm vom anwesenden Notarzt, der beiden Eheleuten Beruhigungsspritzen verabreicht hatte, grünes Licht gegeben worden.

»Aber natürlich, wir sind ja mit dem Schrecken davongekommen.« Dr. Zappa lächelte seine Frau Katrin an, die neben ihm auf der Couch saß und seine linke Hand so fest umklammert hielt, dass sich die Knöchel ihrer Hand weiß abzeichneten.

»Ich bin froh, dass Sie sich den Umständen entsprechend gut fühlen. Selbstverständlich ist das ganz und gar nicht. Aber sagen Sie bitte Bescheid, wenn wir abbrechen sollen.«

»Nein, schießen Sie los!«

»Lieber nicht«, grinste Fassbinder. »Das haben Sie ja nun schon hinter sich!«

Auch Dr. Zappa huschte ein Lächeln über das Gesicht. »Um es mit Johannes Mario Simmel zu sagen: Hurra, wir leben noch!«

Fassbinder räusperte sich, um damit zum Ausdruck zu bringen, dass sie sich nun dem eigentlichen Grund für das abendliche Zusammentreffen zuwenden sollten. »Sie können sich sicherlich denken, warum die Polizei Wuppertal den Fall übernommen hat.« Dr. Zappa nickte. »Wir sehen einen Zusammenhang zwischen dem Geiseldrama vor vier Wochen und dem Mordanschlag auf Sie. Natürlich ist uns noch nicht ganz klar, warum nun auch noch ein zweites Vorstandsmitglied der Nordrhein-Bank ermordet werden sollte. Wir glauben nicht an Zufälle, sondern halten uns lieber an Fakten. Hat es in jüngster Vergangenheit irgendwelche Drohungen gegeben?«

»Sie meinen, gegen mich oder meine Vorstandskollegen?«

»Ja, vielleicht Anrufe oder Drohbriefe?«

»Nein, absolut nichts. Und wenn Sven-Eric dergleichen widerfahren wäre, hätte er mir das mit Sicherheit gesagt. Wir haben uns gegenseitig blind vertraut.«

»Und was ist mit subtileren Drohungen auf irgendwelchen Fach- oder Verbandstagungen? Es soll ja einigen mit Ihnen konkurrierenden Kreditinstituten mächtig gestunken haben, dass Sie im Osten so erfolgreich gestartet sind. Auch von einem Joint Venture soll die Rede gewesen sein.«

»Sie sind ja bestens informiert. Respekt!«

»Nicht meine Meriten, habe nur clevere Leute, die gut recherchieren«, wehrte Fassbinder das Kompliment ab.

»Zugegeben, ein wenig Neid gab es. Aber damit hat es sich auch schon. Was sollte denn eine andere Bank davon haben, Sven-Eric und mich zu töten? Damit zerstört man doch nicht das System, den einmal eingeschlagenen Weg.«

»Eventuell waren Sie beide die einzigen Köpfe, die die Visionen umsetzen konnten. Gab es eigentlich unterschiedliche Meinungen im Vorstand, als beschlossen wurde, Ihre Finanzaktivitäten gen Osten auszuweiten?«

»Nein, der Beschluss war einstimmig!«

»Gut, lassen wir das erst einmal. Brauchen Sie eine Pause?«
»Danke, nicht nötig.«
»Wann sind Sie nach Hause gekommen?«
»Ziemlich genau um zehn nach sieben. Die Sieben-Uhr-Nachrichten hatte ich noch vollständig im Wagen gehört, kurz bevor ich in die Garage gefahren bin.«
»Ist Ihnen irgendetwas aufgefallen? Vielleicht ein Fahrzeug, das hier sonst nicht auf der Straße parkt?«
»Das einzige Auto war der Volvo von unserem Nachbarn schräg gegenüber, der Wagen steht häufig im Wendehammer.«
»Haben Sie das Garagentor offen gelassen?«
»Nein, von der Garage aus gibt es eine Verbindungstür ins Haus. Noch während ich meine Unterlagen aus dem Wagen nahm, schloss das Tor automatisch.«
»Saßen Sie beim Abendbrot, als die Schüsse fielen?«
Jetzt schaltete sich seine Frau Katrin ein. »Ja, ich hatte schon alles eingedeckt. Mein Mann kommt meistens um diese Zeit aus dem Büro. Wenn nicht, gibt er mir rechtzeitig Bescheid.«
Mit Blick auf seine Frau ergänzte Dr. Zappa: »Es wird so kurz vor halb acht gewesen sein, als wir mit dem Abendessen begannen.«
»Und wann sind die Schüsse gefallen?«
»Nur wenige Minuten später.«
»Wie haben Sie beide reagiert?«
»Meine Frau schrie auf, ich duckte mich und drehte mich mit dem Oberkörper nach rechts auf einen freien Stuhl. Gleichzeitig habe ich ihr zugerufen, dass sie sich flach auf den Boden legen soll.«
»Stimmt, so war es. Die beiden Schüsse fielen unmittelbar

hintereinander – und dann war Ruhe.«

»Ich habe mich ein paar Sekunden später auch auf den Boden gelegt und per Handy die Polizei verständigt. Meine Frau und ich sind dann noch eine Weile liegen geblieben.«

»Ja, und dann bist du zum Schalter gerobbt und hast das Licht im Wohnzimmer gelöscht. Die Terrasse und der Garten waren wie üblich erleuchtet.«

»Und Sie haben niemanden gesehen? Keine Bewegung im Garten oder im Wald?«

»Im Garten bewegte sich nichts und im Wald ist um diese Zeit kaum etwas zu sehen.«

»Gut, fürs Erste reichen uns die Informationen. Wenn wir noch Fragen haben, kommen wir morgen zu Ihnen nach Düsseldorf ins Büro. Sind Sie Freitag hier erreichbar? Wir würden uns natürlich vorher anmelden, falls noch was ist.«

»Karfreitag sind wir hier in Solingen. Samstag wollen wir allerdings zu den Kindern nach Bonn, aber Sie haben ja auch meine Handynummer.«

Fassbinder und die Polizeipsychologin verabschiedeten sich von den Eheleuten. Draußen sprach er noch kurz mit Marc und Cora, die ihn über den Sachstand und die ersten Hinweise vom Tatort in Kenntnis setzten, danach verabredete man sich für neun Uhr zu einer Besprechung im Präsidium.

»Oltrogge informiere ich gleich über Handy«, rief Fassbinder Marc zu, der sich noch ein wenig am Tatort umsehen wollte. »Wir sehen uns dann morgen früh bei mir. Grüße Esther von mir!« Er öffnete die Beifahrertür. Cora startete den Wagen, in dem Svea schon hinten Platz genommen hatte, und fuhr los.

Polizeipräsidium Wuppertal
Gründonnerstag, 21. April, 9:05 Uhr

Zur Lagebesprechung hatte Fassbinder Oltrogge und dessen Team sowie seine eigenen Leute in das von ihm genutzte, direkt neben seinem Büro liegende Besprechungszimmer gebeten. Das war ungewöhnlich, doch ein weiteres Indiz dafür, dass Fassbinder sich jetzt den Fall auch vom LKA nicht mehr aus den Händen nehmen lassen würde – und Oltrogge schien sich zu fügen.

Auf ein Kopfnicken seines Chefs hin begann Marc, vom Tatgeschehen des Abends in Solingen zu berichten.

»Ist schon bekannt, welche Waffe verwendet wurde?«, unterbrach Oltrogge ihn schon nach wenigen Minuten.

»Ja, dazu wäre ich gleich gekommen.« Fassbinder unterdrückte ein Schmunzeln, denn es freute ihn, dass sich nun auch seine Leute Oltrogge gegenüber nicht mehr mit – zumindest angedeuteter – Kritik zurückhielten. »Für den Anschlag wurde das bei der Bundeswehr gebräuchliche Scharfschützengewehr G 22 des englischen Waffenherstellers Accuracy International Limited eingesetzt. Es ist ein mehrschüssiges Repetiergewehr für Mannziele bis zu achthundert Metern.«

»Und aus welcher Entfernung wurden die Schüsse abgegeben?«, hakte Oltrogge nach.

»Ich schlage vor, wir lassen Marc jetzt erst einmal vollständig berichten, anschließend können wir dann immer noch nachfragen, wenn Bedarf besteht. Einverstanden?«, stellte Fassbinder mit einer gewissen Schärfe in der Stimme die offensichtlich eher rhetorische Frage.

»Anhand der Spurenlage konnten wir den Standort des Schützen ziemlich genau ermitteln. Die Strecke bis zum

Aufprall der Geschosse betrug etwa vierunddreißig Meter. Das ist eine Entfernung, aus der jeder einigermaßen gute Schütze einen Knopf am Hemd trifft. Es gibt zwei Vermutungen, weshalb der Täter sein Ziel verfehlt hat. Zum einen könnten die Schüsse als unmissverständliche Warnung zu verstehen sein, Zappa solle die von Feddersen zusammen mit der OTB-Ukraina-Forum eingeleitete Geldwäsche fortsetzen. Zum anderen wäre auch denkbar, dass es sich bei dem ersten Fehlschuss um eine Unachtsamkeit des Schützen handelt, denn nachweislich hat er im Wald auf einem sich durch das Unterholz gebildeten Reisighaufen gestanden, der instabil war und dem Täter zum Zeitpunkt des abgegebenen Schusses keinen festen Stand bot – die mehrfach geknickten Zweige legen eine solche Vermutung zumindest nahe. Der zweite Schuss mit der zeitlichen Verzögerung durch das erforderliche Repetieren wäre dann fehlgeschlagen, weil Zappa sofort in Deckung ging.«

Marc nickte seinem Chef zu. Damit bedeutete er ihm, dass er mit seinen Ausführungen fertig war.

»Sehr gut, Marc. Vielen Dank. In Sachen Nordrhein-Bank habe ich meinen Kollegen Oltrogge schon ausführlich informiert. Ich gehe davon aus, dass Sie«, sagte er und wandte sich an Oltrogge, »Ihre Leute schon entsprechend in Kenntnis gesetzt haben.«

Dann wanderte sein Blick zu Phillip. »Habt ihr von der KTU schon Ergebnisse zu dem auf dem Innenhof der Nordrhein-Bank sichergestellten Kaugummi?«

»Leider noch nicht, aber die Düsseldorfer haben uns zugesichert, dass wir den schriftlichen Bericht spätestens um siebzehn Uhr vorliegen haben.«

»Gut, da lassen sich die Jungs ja eine Menge Zeit, aber es gibt natürlich auch ziemlich viel auszuwerten.« Fassbinder sah in die Runde. »Für uns alle fällt Ostern wohl ins Wasser, wie ich das so sehe. Ich schlage vor, dass wir uns dann um fünf hier an gleicher Stelle treffen. Sollten wir schon vorher Ergebnisse haben, gebe ich Bescheid. Alle einverstanden?«

Die Ermittler vom LKA und auch Fassbinders Leute nickten zustimmend, aber jedem Einzelnen war die Verärgerung darüber anzumerken, dass wieder einmal Feiertage beim Teufel waren. Besonders verstimmt waren diejenigen, denen der schon genehmigte Urlaub gestrichen worden war. Das betraf auch zwei Beamte des LKA-Teams.

OTB-Ukraina-Forum, Berlin, Friedrichstraße 53
Donnerstag, 21. April, 16:33 Uhr

Vitali Sidorenko hatte es sich nicht nehmen lassen, Justus Jagla persönlich in die Eingangshalle der OTB-Ukraina-Forum zu begleiten. Er verabschiedete sich von ihm am Portal der Filialdirektion. Der Pförtner in grauem Cut und gleichfarbigem Zylinder setzte die mächtige Drehtür in Bewegung und verbeugte sich leicht. Als Jagla die Bank verließ, schaute er hinüber auf den prächtigen Bau des Französischen Doms, den zu besuchen er erneut nicht die Zeit gefunden hatte. Er nahm es sich für das nächste Mal vor, während er die paar Stufen hinunter zum Mercedes ging, den sein Chauffeur direkt vor dem altehrwürdigen Gebäude geparkt hatte.

Jagla hatte den Wagen fast erreicht, da fasste er sich plötzlich an die linke Brust, drehte sich zur Seite und sackte schließlich in sich zusammen. Nur wenige Augenblicke später war sein Chauffeur, der im Wagen auf ihn gewartet hatte, bei ihm. Doch er konnte seinem Chef nicht mehr helfen. Er war tot. Hinterhältig erschossen.

Im Nu herrschte Chaos auf der belebten Straße. Passanten stoben in verschiedene Richtungen davon, suchten Deckung hinter parkenden Autos oder warfen sich auf die Erde, andere blieben wie erstarrt stehen. Schreie des Entsetzens waren zu hören. Nur wenige liefen zu dem am Boden liegenden Mann, bereit, Hilfe zu leisten.

Durch das Geschehen aufgeschreckt, eilten ein Polizist und seine Kollegin herbei, die sich gerade – weniger als einhundert Meter entfernt – vor der Hochschule für Musik befanden. Noch im Lauf alarmierte er per Handy den Notarztwagen und verständigte anschließend seine Dienststelle.

Den Polizisten bot sich ein gespenstisches Bild: Der Platz vor der Bank – in der Rushhour sonst voller Menschen – war wie leer gefegt. Das Opfer lag mit seltsam verdrehten Gliedmaßen auf dem Boden, neben ihm eine Aktentasche. Vor ihm kniete ein Mann in grauem Anzug, er trug eine Schirmmütze, wie Chauffeure sie zu tragen pflegen.

»Er ist tot, er ist tot«, stammelte er und rüttelte immer wieder hilflos an den Schultern des Ermordeten.

Die Polizistin kniete sich neben das Opfer. Prüfend legte sie Zeige- und Mittelfinger ihrer rechten Hand auf seine Halsschlagader, dann schüttelte sie ihren Kopf in Richtung des Kollegen, der dieses Zeichen sofort verstand.

Beinahe zeitgleich trafen ein Notarzt und Polizisten des nahe gelegenen Reviers am Tatort ein. Etwa eine Viertelstunde später war auch Hauptkommissar Egon Herder, Leiter der zuständigen Mordkommission, mit seinen Leuten vor Ort. Der Mediziner bestätigte ihm den sofort eingetretenen Tod des Opfers, zusätzlich wies er darauf hin, dass das Einschussloch deutlich höher lag als die Austrittswunde.

Da nach ersten Aussagen von Passanten der Schuss nicht aus nächster Nähe abgegeben worden war, wanderte Herders Blick unwillkürlich zu den Dächern und den oberen Etagen der infrage kommenden Gebäude: dem Französischen Dom vis-à-vis, dem Konzerthaus in der Mitte des Gendarmenplatzes, dem Hotel ›Winters‹ in der Mohrenstraße, dem Eckhaus an der Französischen Straße/Friedrichstraße und der Akademie der Wissenschaften in der Markgrafenstraße. Alle Objekte hätten dem Schützen freies Schussfeld bieten können. Herder war klar, dass die Chancen, den Täter jetzt noch zu fassen, gegen null tendierten, aber er wollte nichts unversucht lassen. Fünf Teams machten sich – jeweils zu dritt – auf die Suche. Schon nach zehn Minuten klingelte Herders Handy.

»Chef, wir haben den Tatort«, meldete sich Gerd Geidel, einer seiner Leute. »Es wurde vom Dach der Akademie der Wissenschaften aus geschossen.«

»Sicher?«

»Absolut! Wir haben die Hülse gefunden. Außerdem gibt's ein paar Fußspuren und Abdrücke von einem Stativ. Wahrscheinlich wurde der Schuss von einem Präzisionsgewehr abgegeben.«

»Okay, sperrt den Tatort ab, ich schicke die Spusi zu euch rauf.«

Polizeipräsidium Wuppertal
Gründonnerstag, 21. April, 17:00 Uhr

Bereits eine halbe Stunde vor dem zugesagten Zeitpunkt war Fassbinder der abschließende Bericht der KTU zugegangen. Er enthielt interessante Informationen, wenn auch

weniger das Attentat in Solingen betreffend.
Auf dem in Silberpapier gewickelten Kaugummi konnten sowohl brauchbare Fingerabdrücke als auch die DNA des Chauffeurs gesichert werden. Ein Abgleich mit den entsprechenden Dateien führte zu einem polizeilich und gerichtlich bekannten Mann: Andrej Bilanow, ein in Kiew geborener Ukrainer, dessen russlanddeutsche Eltern mit ihm als gerade Einjährigem Anfang der Achtzigerjahre nach Rostock gezogen waren. Obgleich wegen Zuhälterei und Drogenhandels mehrfach angeklagt, konnte ihm bisher keine einzige Straftat nachgewiesen werden.
Das allein war noch kein Grund zum Jubeln, doch außer der rein formalen Analyse über das eingesandte Material hatte einer der KTU-Mitarbeiter noch die im Computer gespeicherten Daten und die drei Bilder aus der Verbrecherdatei beigefügt. Handschriftlich gab es einen zusätzlichen Vermerk besonderer Art: Bilanow war auch bekannt als ›Der Drache‹, ein Tattoo an seinem Hals hatte ihm diesen Namen beigebracht. Und tatsächlich war auf dem Profilfoto deutlich die etwa acht Zentimeter große Abbildung eines Drachen zu erkennen.
Mit diesen Unterlagen bewaffnet, betrat Fassbinder um Punkt siebzehn Uhr das Besprechungszimmer durch die Verbindungstür zu seinem Büro, wo sich bereits alle versammelt hatten.
»Es gibt Erfreuliches!«, begann er ohne lange Vorrede seine Ansprache. »Euch ist ja bekannt, dass Phillip und Ralph ein Kaugummi sichergestellt haben, das Jaglas Chauffeur in einen Abfallbehälter geworfen hatte. Wie wir jetzt wissen, stammt es von einem alten Bekannten, nämlich Andrej Bilanow. Er ist Ukrainer, in Deutschland aufgewachsen, hat mehrfach wegen Zuhälterei und Drogengeschäften

vor Gericht gestanden, wurde aber nie verurteilt. Ich habe Grund zu der Annahme, dass es sich bei ihm um Ole handelt, einen der maßgeblichen Entführer, sozusagen Jaglas rechte Hand.«

Während eben noch alle eher teilnahmslos auf ihren Stühlen gesessen hatten, kam jetzt Bewegung in das Ermittlerteam. Endlich ein Erfolg! Wie zwei Schüler klatschten sich Ralph und Phillip ab, als hätte ihre Mannschaft gerade ein Tor geschossen. Nur Oltrogge hielt sich erkennbar zurück. Schon wieder ein Punkt für die Wuppertaler Ermittler! Dennoch musste er sich selbst eingestehen, dass die Sache mit dem Kaugummi wirklich gut beobachtet war und auch die Sicherung des Materials Lob verdiente.

»Das heißt, der Teil des Tattoos, den Gaffelhauser am Hals des Entführers entdeckt hatte, stellte gar nicht das Schwanzende eines Krokodils, sondern das eines Drachen dar«, schlussfolgerte Svea, die Gaffelhauser und Bergström nach ihrer Freilassung befragt hatte.

»Höchstwahrscheinlich! Du solltest Gaffelhauser dieses Tattoo zeigen, aber ich bin mir jetzt schon sicher, dass er es wiedererkennen wird.« Damit schob er Svea die für sie bereits gefertigte Kopie quer über den Tisch.

»Was bedeutet das nun für unsere Ermittlung, falls sich die Richtigkeit dieser These bestätigen sollte?«, meldete sich nun Oltrogge zu Wort.

»Ja, mein lieber Kollege, dann sind wohl Sie wieder an der Reihe und müssen beim BKA in Meckenheim nachfragen, ob wir Jagla und seinen Chauffeur jetzt endlich verhaften dürfen. Bin gespannt, ob die aufgrund der neuen Erkenntnisse grünes Licht geben.«

Die Rollen hatten sich vertauscht: Der Leiter des LKA-Ermittlungsteams war nun faktisch degradiert und mehr oder weniger für die Laufarbeit zuständig. Fortwährend hatte er beim großen Bruder BKA zu bitten und zu betteln, während Fassbinder und seinen Leuten die Aufklärung des Entführungsfalls oblag. Oltrogge war klar, dass er sich so keine Meriten verdienen konnte.

»Es ist spät geworden, für heute machen wir Schluss. Morgen ist Karfreitag, da sollten wir alle einmal ausspannen. Am Samstag treffen wir uns hier um zehn zur kurzen Lagebesprechung. Wenn nichts weiter passiert, habt ihr anschließend bis Dienstag frei.« Dann wandte sich Fassbinder an Svea, die für wenige Minuten hinausgegangen war, um mit Gaffelhauser zu telefonieren, und gerade wieder ins Büro kam. »Hast du ihn erreicht?«

»Ja! Ich werde morgen früh zu ihm fahren, um ihm Bilanows Foto und die Aufnahme vom Tattoo zu zeigen. Momentan ist Gaffelhauser gerade in Frankfurt, er kehrt aber heute Nacht zurück.«

Die Teilnehmer der Besprechung erhoben sich. Alle waren froh, wenigstens einen Tag freizuhaben, vielleicht sogar das ganze Osterwochenende. In diesem Moment pochte es laut an der Tür, sie wurde aufgerissen, noch bevor Fassbinder reagieren konnte. Eine Angestellte der Geschäftsstelle stürmte herein, ein bedrucktes Blatt Papier in der Hand, mit dem sie wild herumfuchtelte. Offensichtlich war etwas Unerwartetes geschehen.

»Das müssen Sie unbedingt sofort lesen!« Ihre Stimme überschlug sich, aufgeregt hielt sie Fassbinder die Notiz vor die Nase.

Alle Blicke richteten sich gebannt auf ihn. Er las, schaute fassungslos in die Runde und sank langsam auf seinen Stuhl, von dem er sich gerade erst erhoben hatte.

»Unglaublich! Das ist wirklich unglaublich!«

»Was ist denn los? Nun sagen Sie schon! Was ist passiert?«, ließ sich Oltrogge als Erster vernehmen.
»Jagla ist in Berlin auf offener Straße einem Anschlag zum Opfer gefallen. Diesem Fax nach zu urteilen, ist er tot. Mehr steht hier nicht.« Jetzt wandte er sich an seinen LKA-Kollegen: »Wollen wir in mein Büro gehen? Wir sollten mit der Mordkommission in Berlin telefonieren.« Oltrogge nickte.
»Tut mir leid, aber ich möchte die anderen bitten, noch hier zu bleiben, bis wir Näheres wissen. Wir beeilen uns«, sagte Fassbinder und ging gemeinsam mit Oltrogge durch die Verbindungstür in sein Büro, wo er die auf dem Fax notierte Handynummer von Hauptkommissar Herder wählte.
»Hier Fassbinder aus Wuppertal. Guten Abend, Herr Kollege!«
»Prima, dass Sie sich gleich melden. Aber gut ist an diesem Abend wirklich nichts!«
»Stimmt! Aber wieso haben Sie uns gleich informieren lassen? Und woher wussten Sie, dass wir an Jagla dran waren?«
»Sie haben ihn doch hier in Berlin beobachten lassen. Die beiden LKA-Leute waren sofort nach dem Anschlag am Tatort, noch vor mir und meinem Team. Einer von ihnen hat mich unverzüglich instruiert und mir die Kontaktdaten von seinem Chef Otto Oltrogge und Ihnen genannt. Dann ging alles seinen üblichen Gang.«
»Na, das nenne ich professionelle Arbeit!«
»Danke für's Kompliment. Wir Berliner sind eben doch besser als unser Ruf!«
»Haben Sie schon irgendwelche weiteren Erkenntnisse?«
»Wir wissen, dass der Schuss vom Dach der Akademie auf der anderen Seite des Gendarmenmarktes, also aus knapp zweihundert Metern Entfernung, abgegeben wurde. Der

Anschlag ist offensichtlich mit einem Präzisionsgewehr verübt worden. Bei dem Opfer handelt es sich – wie Sie ja schon wissen – um Justus Jagla. Sein Fahrer, der im Wagen vor der Bank auf ihn gewartet hat, ist Andrej Bilanow. Zurzeit wird er von einem meiner Mitarbeiter als Zeuge vernommen.«

»Ja, ihn haben wir inzwischen auch identifiziert. Offensichtlich war er Jaglas rechte Hand. Da er aber höchstwahrscheinlich auch an der Entführungsgeschichte hier im Bergischen beteiligt gewesen ist, sollten Sie ihm seine Rechte vorlesen und ihn verhaften. Bis morgen dürfen Sie ihn ja erst einmal festhalten. Gegen Mittag rufe ich Sie noch mal an, dann wissen Sie und wir mehr. Ich spreche gleich auch noch mit meinem Kollegen Oltrogge, der Leiter unseres Ermittlungsteams ist. Wir melden uns. Erst mal vielen Dank, Herr Herder!«

»Keine Ursache, bis morgen! Vielleicht können Sie mir dann auch mitteilen, ob noch zusätzlich jemand vom LKA nach Berlin kommt – wegen der vielleicht bestehenden Verbindung zu dem Entführungsfall.«

Oltrogge tat es sichtlich gut, dass seine augenblickliche Funktion in Wuppertal von Fassbinder erwähnt worden war. »Die Sache weitet sich aus«, begann er. »Jetzt haben wir schon drei Schauplätze, an denen geschossen wurde. Gut, dass es meine Jungs waren, die als Erste vor Ort waren, und nicht die BKA-Leute. Wie ich die kenne, werden die sich da aber jetzt reinhängen. Vermutlich wäre es deshalb nicht schlecht, wenn ich selbst nach Berlin führe. Was meinen Sie?«

Fassbinder witterte seine Chance, ungestört weiterermitteln zu können, und freute sich insgeheim, dass vielleicht auf diese Weise doch noch eine vernünftige Zusammenarbeit mit dem LKA und vor allem Oltrogge möglich sein würde.

»Naja, irgendwie verzahnt sind die Dinge auf jeden Fall. Von daher scheint es schon sinnvoll, dass Sie persönlich in Berlin nach dem Rechten schauen. Aber Sie sollten sich beim Innenminister absichern.«

»Ich werde ihm sagen, dass die Sache hier unter Ihrer Regie sicherlich gut laufen wird.«

»Danke. Getrennt schlagen, gemeinsam siegen – ein gutes Motto!«, lachte Fassbinder und fuhr dann sachlich fort: »Bin gespannt, ob die Anschläge in Solingen und Berlin mit derselben Waffe ausgeführt wurden, zeitlich wäre es möglich gewesen. Wenn das der Fall ist, dann laufen die Fäden in der Hauptstadt zusammen. Tatort Berlin klingt nach europäischem Drehkreuz, insbesondere, weil die Ukrainer wohl mitmischen. Und das spricht nach wie vor für Geldwäsche. Ein weiteres Argument dafür, dass Sie fahren sollten.«

»Stimmt schon, aber dann dürfte das BKA umso mehr daran interessiert sein, den Fall an sich zu ziehen«, meinte Oltrogge, nun schon weit weniger enthusiastisch als noch vor einigen Augenblicken. »Kommen Sie, wir informieren die anderen. Meiner Meinung nach sollten die morgen wirklich mal ausspannen. Es reicht, wenn wir uns am Samstag sehen. Ich gebe gleich noch in Meckenheim Bescheid.« Er nickte einmal energisch, als wolle er seine Worte auf diese Weise bekräftigen, und öffnete die Verbindungstür.

Fassbinder übernahm wieder das Kommando. Er teilte kurz und knapp mit, was in Berlin geschehen war. Der Vorschlag Oltrogges wurde allseits freudig begrüßt.

»Also dann bis Samstag um zehn. Und von dir«, sagte er,

während er sich an Svea wandte, »höre ich morgen im Laufe des Tages, was das Gespräch mit Gaffelhauser gebracht hat.«

Wuppertal, Lortzingstraße 7
Karfreitag, 22. April, 23:45 Uhr

Immer wenn es mit einem Fall nicht so richtig weiterging, schlief Fassbinder äußerst unruhig. So auch in dieser Nacht. Er schwitzte leicht und warf sich von einer Seite seines Bettes auf die andere. Im Halbschlaf vernahm er Simones Stimme.
»Was ist es denn dieses Mal, Liebster? Wieder dein LKA-Kollege?«
»Nein, das läuft inzwischen ganz gut. Wahrscheinlich fährt er jetzt nach Berlin, wo Jagla erschossen wurde. Dann kommen wir uns nicht mehr so sehr ins Gehege. Aber hier treten wir auf der Stelle. Und jetzt mischt auch noch das BKA mit! Das Ding, das da läuft, ist eindeutig eine Nummer zu groß für uns. Ich hätte mich erst gar nicht von Sauer breitschlagen lassen dürfen.«
»Hört, hört! So kenne ich dich ja gar nicht! Wuppertals erfolgsverwöhnter Hauptkommissar fürchtet sich und würde am liebsten Reißaus nehmen?«
»Ironie steht dir nicht, Simone. Vielleicht lässt du mich jetzt besser schlafen.«
»Oh, der Herr wird unwirsch. Dann wäre es wohl klüger, zu entschwinden.«
»Nein, nein, mein Engel, so war es nicht gemeint. Bleib bei mir! Du hast doch eigentlich immer das richtige Gespür für das, was zu tun ist. Also, was meinst du?«

»Konzentriere dich mit deinen Leuten auf euren Fall. Oltrogge ist beim BKA in Berlin und ihr habt freie Bahn, um den Entführungsfall nach eurer Manier aufzuklären.«

»Aber das ist doch gerade die Krux! Die Handlanger sind alle schon wieder im Osten und der Rädelsführer Jagla ist tot.«

»Und die acht Millionen? Wollt ihr die abschreiben? Die müssen doch irgendwo sein.«

»Richtig. Vielleicht auch inzwischen schon blütenrein gewaschen. Fragt sich nur: von wem? Es kommt eigentlich nur der ukrainische Banker Sidorenko infrage. Merkwürdig ist auch, dass Jagla vor seiner Bank erschossen wurde. Vielleicht war das ja eine Warnung an Sidorenko!«

»Mag sein. Ihr solltet noch mal nachforschen, was er mit der ermordeten Geisel zu schaffen hatte.«

»Du meinst Feddersen. Morgen werde ich mit Marc die verschiedenen Puzzleteile zusammensetzen, wir müssen irgendwas übersehen haben.«

»Recht so, mein Liebster! Wirf die Flinte nicht ins Korn und du wirst es schaffen!« Mit diesen Worten verschwand das Bild seiner Frau wieder. Fassbinder drehte sich herum und tastete nach ihr, als könnte er sie berühren. Dann zog er langsam seine Hand zurück und glitt hinüber in einen festen Schlaf, aus dem er erst gegen halb acht erwachte.

Polizeipräsidium Wuppertal
Ostersamstag, 23. April, 9:33 Uhr

Oltrogge war schon seit einigen Minuten im Büro, als Fassbinder im Präsidium eintraf. Auch einige LKA-Leute sowie Marc und Svea saßen bereits an ihren Schreibtischen. Svea berichtete ihrem Kollegen gerade, dass Gaffelhauser das Tattoo eindeutig identifiziert hatte: Der tags zuvor in Berlin bei dem Attentat auf Jagla festgenommene Fahrer Andrej Bilanow war tatsächlich – wie schon vermutet – identisch mit Ole, einem der Entführer.

»Weiß unser Chef schon Bescheid?«

»Ja, ich habe ihn gestern sofort nach dem Treffen mit Gaffelhauser angerufen. Er war nicht sonderlich überrascht.«

»Und unser Doppel-O?«

»Der dürfte es inzwischen auch wissen. Ich glaube, die Fronten sind geklärt. Unser Boss hat ihn mehrfach so gestutzt, dass er jetzt weiß, wer Chef im Ring ist. Schließlich wollen beide den Erfolg!«

»Wir etwa nicht?«

»Was für eine Frage! Wir sollten unserem Riecher einen würdigen Abschied bescheren, damit er dich ruhigen Gewissens ans Ruder lassen kann.«

»Dann will ich mal hoffen, dass er sich das nicht noch einmal anders überlegt!«

»Bestimmt nicht. Da kannst du ganz sicher sein.«

Wie aufs Stichwort schneite Fassbinder zur Tür herein. »Marc und Svea, ich würde nach der Besprechung gerne noch einmal alle Fakten mit euch und Oltrogge durchgehen. Acht Augen sehen mehr als zwei. Vielleicht haben wir etwas scheinbar Banales übersehen. Und die Wirtschaftsbosse hätten auch gerne ihre Milliönchen wieder.

Außerdem müssen wir mal überlegen, wie wir Zappa – im wahrsten Sinne des Wortes – aus der Schusslinie kriegen. Vielleicht wäre es sinnvoll, ihm Personenschutz zu verpassen, ob er will oder nicht!«

»Soll ich mich drum kümmern, Chef?«

»Ja, aber erst nach unserer Besprechung.«

»Wo findet die statt? Bei Ihnen im Büro?«, hakte Marc nach.

»Das wäre am besten. Kommt, lasst uns rübergehen.«

Zunächst ergriff Oltrogge das Wort: »Wegen des Attentats auf Jagla werde ich morgen oder spätestens Ostermontag nach Berlin fahren, um mich persönlich einzuschalten. Vor allem geht es mir darum, Andrej Bilanow zu verhören und von ihm möglichst viel über die Hintermänner des Entführungsfalles zu erfahren. Der Innenminister hat mir gestern bereits grünes Licht gegeben, auch für den Fall, dass eine Kronzeugenregelung opportun sein sollte.«

Die Reaktion auf Oltrogges kurze Rede war unterschiedlich. Einige seiner Leute nickten anerkennend, Fassbinders Mitarbeiter hingegen wirkten eher erleichtert, weil ihnen der LKA-Kommissar langsam, aber sicher auf die Nerven ging.

»Fragen dazu?« Oltrogge schaute in die Runde und nickte seinem Kollegen zu.

Fassbinder nahm das als Aufforderung fortzufahren. Er informierte das Ermittlungsteam über das gestrige Gespräch mit dem die Untersuchung in Berlin leitenden Hauptkommissar Herder, das aber noch keine neuen Erkenntnisse gebracht habe.

»Und jetzt ab ins Osterwochenende!« Freudiges Gemurmel machte sich breit. »Es reicht, wenn wir am Dienstag wieder loslegen. Bis dahin wissen wir sicherlich auch schon mehr aus Berlin – und wegen des Anschlags in Solingen hoffentlich auch von der KTU.«

Für die anschließende Besprechung in Fassbinders Büro hatte Svea alle Ereignisse nochmals chronologisch aufgezeichnet, Verbindungslinien zwischen den einzelnen Personen verdeutlichten die Zusammenhänge. Doch außer der ohnehin schon bestehenden Gewissheit, dass die Entführung in Halver, der Anschlag in Solingen und das Attentat in Berlin miteinander verwoben waren, gab es keine neuen Erkenntnisse. Es blieb die bloße Vermutung, dass Geldwäsche die Triebfeder für all diese Ereignisse gewesen sein musste.

Oltrogge verabschiedete sich. »Wir sollten uns mindestens alle zwei Tage über die jüngsten Ergebnisse verständigen, damit wir immer über denselben Ermittlungsstand verfügen«, wandte er sich an Fassbinder und schüttelte ihm die Hand.

»Klar. Und wenn es etwas Wichtiges gibt, natürlich auch sofort«, stimmte Fassbinder seinem Kollegen zu.

Polizeipräsidium Wuppertal
Dienstag, 26. April, 8:53 Uhr

Noch in den Abendstunden des Ostermontags hatte Herder von der Berliner Mordkommission Fassbinder telefonisch erneut über den aktuellen Sachstand unterrichtet. Man verständigte sich darauf, die beiden LKA-Beamten schon vor dem Eintreffen Oltrogges in Berlin in die laufenden Ermittlungen vor Ort einzubinden.

Nun saßen Marc und Svea ihrem Chef in dessen Büro gegenüber und besprachen die Lage.
»Hast du den Personenschutz für Dr. Zappa angeordnet?«, erkundigte sich Fassbinder bei Marc.
»Ja, das habe ich noch am Samstag veranlasst.«
»War er einverstanden?«
»Zuerst nicht, aber dann hat ihm seine Frau ganz schön zugesetzt, bis er schließlich zähneknirschend einwilligte.«
»Und was machen die Verdachtsmomente gegen Martina Huber und Harald Iversen?«, wollte Fassbinder von Svea wissen.
»Die Huber ist wohl endgültig aus dem Schneider. Es gibt keine neuen Gesichtspunkte. Ihre Aussagen und die ihres Liebhabers stimmen überein und waren in sich schlüssig. Sie könnten zwar ein Motiv haben, aber ihre Alibis, das ganze Umfeld, die finanzielle Situation von beiden und die mangelnde Gelegenheit, ein solches Mammutunternehmen logistisch zu stemmen, sprechen klar gegen eine Täter- oder Mittäterschaft.«
»Das dürfte bei Iversen aber schon ein bisschen anders aussehen, oder? Marc, hast du ihn noch einmal in die Mangel genommen?«
»Ja, vor allem wegen der späten Offenbarung des Übergabeortes. Aber seine Aussage hierzu war plausibel. Auch hinsichtlich der Darlegung seiner Finanzen hat er nicht hinterm Berg gehalten. Bliebe als letzter Punkt nur noch die etwas merkwürdige Duplizität hinsichtlich seiner Z-12-Dienstzeit und der technischen Ausrichtung des Studiums beim Bund – sowohl bei ihm als auch bei Jagla.«
»Wenn ich das noch richtig in Erinnerung habe, verlief die Zeit beim Bund parallel.«
»Nicht ganz, aber in etwa. Doch danach gab's keinerlei

Kontakte zwischen den beiden. Wir haben bei ihm sämtliche Telefonverbindungen der letzten sechs Monate gecheckt – absolut nichts zu finden, das auf eine Verbindung hindeutet.«

»Das heißt: Klappe zu, Affe tot?«

»Nein, auch da wollen wir auf Nummer sicher gehen. Die angeordnete Telefonüberwachung bleibt vorläufig noch bestehen.«

»Okay. Von der KTU schon Ergebnisse?«

»Bis jetzt noch nicht.«

»Dann mach denen mal Dampf, Marc. Wir reißen uns hier – Pardon, Svea – den Arsch auf und die kommen nicht in die Gänge. Schönen Gruß von mir! Das verstehen die dann schon richtig. Gebt mir Bescheid, wenn's was Neues gibt. Und jetzt an die Arbeit!«

Polizeipräsidium Berlin
Dienstag, 26. April, 11:15 Uhr

Herder schaltete das vor Bilanow platzierte Mikrofon an. Er rasselte den Spruch herunter, den er während seiner langen Dienstzeit schon so oft zu Beginn einer Vernehmung hatte sagen müssen. Nur die Besetzung der Beteiligten wechselte in fast allen Fällen, zumindest der Personen, denen eine Straftat zur Last gelegt wurde. »Vernehmung des Beschuldigten Andrej Bilanow wegen Geiselnahme in vier Fällen, räuberischer Erpressung in Tatmehrheit mit zweifachem Mord zum Nachteil von Professor Dr. Karl-Ernst Huber und Dr. Sven-Eric Feddersen. An der Vernehmung nehmen teil: der Leitende Oberstaatsanwalt Ernst-August Höfer, Hauptkommissar Egon Herder, LKA 1 Berlin, und

Hauptkommissar Otto Oltrogge, LKA NRW.«
Noch bevor Herder mit der Vernehmung beginnen konnte, zog Bilanow das Mikrofon zu sich heran und sagte in akzentfreiem Deutsch: »Ich heiße Andrej Bilanow, bin am 29. Februar 1972 in Kiew geboren, ukrainischer Staatsbürger, in Deutschland aufgewachsen. Das ist alles, was Sie von mir hören werden.« Dann schob er das Mikrofon wieder in die Mitte des Tisches, lehnte sich zurück und verschränkte die Arme vor seiner Brust.
Herder blickte den Staatsanwalt an, der ein paar Sekunden schwieg, bevor er sich an sein Gegenüber wandte: »Dann wollen Sie also nichts zur Aufklärung der Ihnen zur Last gelegten Straftaten beitragen?«
Bilanow hielt dem Blick des Staatsanwalts wortlos stand.
»Unter gar keinen Umständen?«
Bilanow gähnte und starrte zur Decke.
Das Räuspern Hofers unterbrach die kurze Stille. »Wir brauchen Ihre Mithilfe nicht. Die Beweise gegen Sie sind erdrückend. Aber wir sind natürlich daran interessiert, auch Ihre Mittäter zu fassen. Vielleicht haben Sie die Morde ja nicht selbst begangen, sondern waren mehr oder weniger nur Jaglas Fahrer. Wenn Sie zur Aufklärung des Tathergangs beitragen, würde sich das sehr positiv auf den Umfang des zu erwartenden Strafmaßes auswirken. Sind Sie also bereit, uns bei unseren Ermittlungen zu unterstützen?«
Bilanow machte immer noch keine Anstalten zu sprechen. Scheinbar gelangweilt von den untauglichen Versuchen, ihm eine Antwort zu entlocken, betrachtete er die Fingernägel seiner rechten Hand.
»Das hat keinen Zweck!« Herder reichte es jetzt. »Wir haben die Adresse der gemeinsamen Wohnung hier in Berlin. Die werden wir jetzt erst einmal gründlich auf den Kopf

stellen und dann sehen wir weiter. Vielleicht finden wir so viel belastendes Material, dass wir seine Mithilfe gar nicht mehr benötigen. Schade, Chance verpasst!«

»Sie bluffen. Wir haben hier keine Wohnung!«

»Dann müssen wir Vitali Sidorenko falsch verstanden haben oder er hat sich schlicht und ergreifend geirrt«, forderte ihn Herder nun heraus, schlug die vor ihm liegende Akte zu und stand auf.

Der bis vor einigen Minuten noch so souverän agierende Bilanow wirkte jetzt erkennbar verunsichert, seine Körpersprache hatte sich von einem auf den anderen Augenblick verändert. »Und wo, bitte schön, soll diese Wohnung sein?«

»Sie glauben uns nicht? Okay! Nur damit Sie sehen, dass wir mit offenen Karten spielen: Das Haus liegt im Stadtteil Krumme Lanke am Wasserkäfersteig 1b.«

Bilanow wurde blass, die Fassade seiner selbstherrlichen Art bröckelte. »Smeschnó! Súka! Dieser Hurensohn! Wenn ich den zu fassen kriege! Die Pest soll ihn holen!«

»Genug geflucht, gehen wir!«, unterbrach ihn der Staatsanwalt und erhob sich ebenfalls. Oltrogge folgte ihnen.

»Gut gelaufen«, meinte Herder, als sie die Tür zum Vernehmungszimmer hinter sich geschlossen hatten.

»Dann lassen wir ihn erst einmal schmoren und geben ihm eine weitere Nacht Zeit zum Nachdenken. Inzwischen werden Ihre Leute draußen in Zehlendorf so viel Material sichergestellt haben, dass wir zusammen mit Bilanows Aussage das Dickicht lüften dürften.«

»Bisher hat er sich aber nicht wirklich kooperativ gezeigt. Ganz Profi – schweigt und schweigt und schweigt.« Es war das erste Mal, dass sich Oltrogge, der während der Vernehmung nichts gesagt hatte, äußerte.

»Der wird singen wie eine Nachtigall! Vielleicht nicht ganz so schön, aber dafür umso länger!«, feixte Höfer. Herder nickte zustimmend.
»Möglich, warten wir's ab!«, gab sich Oltrogge eher pessimistisch.

Berlin-Zehlendorf, Krumme Lanke, Wasserkäfersteig 1b
Dienstag, 26. April, 14:30 Uhr

Die Ermittler staunten nicht schlecht, als sie Jaglas Domizil auf den Kopf stellten. Das Haus war Teil eines unterirdisch mit beiden Nachbarhäusern verbundenen Gebäudekomplexes, zu dem eine Tiefgarage führte, die mehr als fünfzig Personenwagen Platz bot. Der Zugang war gut getarnt, denn er führte durch eine scheinbar nur für drei Fahrzeuge bestimmte Garage mit verwitterten, massiven Holztüren, die in einen Hügel des Naherholungsgebiets am Quermatenweg eingepasst war. In ihrer langjährigen Praxis hatten die Beamten schon viele Überraschungen erlebt, doch was sich ihnen hier bot, verschlug ihnen fast die Sprache: In der Tiefgarage standen gut drei Dutzend Nobelkarossen. Alles, was in der Mobilbranche Rang und Namen hatte, war hier vertreten: Die Prunkstücke waren drei rote Ferraris, zwei Rolls-Royce, nämlich ein Drophead Coupé und ein Phantom, zwei Phaeton Lounge mit verlängertem Radstand, zwei Mercedes S 320 CDI, ein Maybach 62 S, ein Bentley Continental Supersports, ein Lamborghini Sesto Elemento, ein Lotus Exige, ein Jaguar C-X16, ein Audi R8 GT Spyder und ein Lexus LS 460. Den Männern vermittelte sich der Eindruck, soeben eine Halle der Internationalen Automobil-Ausstellung in Frankfurt betreten zu haben – mit dem einzigen Unterschied, dass hier keine spärlich bekleideten Kurven von sich in Boliden räkelnden oder davor posierenden Kalender-Girls Blicke auf sich zogen. Nein, diese Kurven waren aus Chrom und Stahl und glänzten im Licht der Neonröhren.

Obwohl nicht fabrikneu, sahen alle Fahrzeuge aus, als wären sie eben vom Band gelaufen. Hier stand ein Fahrzeugpark im Wert eines hohen zweistelligen Millionenbetrages: Das war eines dieser Nester, von denen man immer gemutmaßt hatte, sie auszuheben, gelänge nur deshalb nicht, weil sie sich vor dem endgültigen Abtransport in den Nahen oder auch Fernen Osten in einem Zwischenlager in Weißrussland oder der Ukraine befänden. Offensichtlich hatte man sich grundlegend geirrt.

Im Laufe der Ermittlungen wurde bekannt, dass es sich bei dem Gesamtkomplex um ein ursprünglich von den amerikanischen Besatzungstruppen beschlagnahmtes Areal handelte, das sich noch bis Anfang des 21. Jahrhunderts in amerikanischem Besitz befand. Es diente als Lager für eine Unmenge von Akten und Dokumenten, die von den Nazis nicht mehr hatten vernichtet werden können. Im Zuge der Wiedervereinigung Deutschlands verlor das Archiv dann an Bedeutung, zumal fast das ganze Material den deutschen Behörden übergeben worden war. Der Komplex wurde später an die in der Ukraine ansässige Im- und Exportfirma ›International Car Trading‹ verkauft, die ganz offiziell europäische Neuwagen aus Westeuropa importierte. Ihre Lastwagen zierte das in goldenen Lettern auf einer stilisierten Weltkugel prangende Logo ›ICT‹. Die Farbgebung stellte sich als sehr passend heraus, denn das Unternehmen erwies sich in den Jahren nach seiner Gründung als wahre Goldgrube.

Polizeipräsidium Berlin, Herders Büro
Mittwoch, 27. April, 9:15 Uhr

Langsam aber sicher sahen sie Licht am Ende des Tunnels: Hausbank der ICT war – nicht wirklich überraschend – die OTB-Ukraina-Forum mit Hauptsitz in Kiew und einer Niederlassung in Berlin.
»Und – hat die Nachtigall schon gesungen?«, fragte der Leitende Oberstaatsanwalt, kaum dass alle drei Platz genommen hatten. Herder verneinte: »Leider noch nicht.«
»Schade, aber vielleicht überlegt er sich das ja noch. Haben Sie denn außer der Entdeckung des offensichtlichen Umschlagplatzes für Nobelkarossen auch noch neue Erkenntnisse zu Jagla und seinem Chauffeur gewinnen können?«, lenkte Höfer das Gespräch wieder in Richtung des Täters. »Ja, eine Menge Indizien sprechen dafür, dass der vermeintliche Handlanger in Wirklichkeit bei allen Unternehmungen der Big Boss war«, antwortete Herder.
»Sie meinen«, entgegnete Höfer sichtlich überrascht, »dass Bilanow der eigentliche Strippenzieher ist?«
»Exakt! Wir haben natürlich noch nicht alle sichergestellten Unterlagen sichten können. Aber wie es aussieht, waren die Jungs ganz schön ausgebufft. Bilanow blieb offensichtlich im Hintergrund, hatte aber in seiner Funktion als Fahrer jederzeit die Fäden in der Hand. Sozusagen super eingefädelt!«
Wieder meldete sich Oltrogge zu Wort, denn letztlich war es nicht sein Job, das Attentat in Berlin, sondern die Geiselmorde aufzuklären. »Eines verstehe ich nicht: Wenn die Morde im Bergischen letztlich auf Bilanows Kappe gingen, müssen wir uns doch fragen, wer auf Jagla geschossen hat.«

»Wir haben da so unsere Theorie. Jagla wurde mit nur einem einzigen Schuss getötet, offensichtlich aus einem Präzisionsgewehr, es fiel kein zweiter Schuss. Der über zweihundert Meter entfernte Schütze hätte, als Bilanow ohne jede Deckung zu Jagla rannte, risikolos auch noch einen Schuss auf ihn abgeben können, zumal Bilanow sich nach übereinstimmenden Zeugenaussagen anschließend über Jagla beugte und somit ein gutes Ziel bot.«

»Und was leiten Sie daraus ab?«, bohrte Oltrogge weiter.

»Dass das Attentat auf Jagla ein von Bilanow initiierter Auftragsmord gewesen sein muss.«

»Hm, gewagte Theorie!«

»Aber sie macht Sinn. Dass Bilanow die ganze Zeit quasi als Jaglas Faktotum auftrat, war für ihn die beste Rückversicherung. Ohne das in Zehlendorf gefundene Material wären wir ihm nie auf die Schliche gekommen.«

»Und ohne die in Düsseldorf sichergestellte DNA hätten wir nicht einmal seine Identität festgestellt«, ergänzte Oltrogge geflissentlich, um so zumindest den Anschein zu erwecken, als sei dies das Verdienst seiner Leute. »Richtig«, stimmte ihm Herder emotionslos, seinen stets freundlichen Ton jedoch beibehaltend, zu. Dann wandte er sich an den Staatsanwalt: »Haben Sie die Zuständigkeiten mit dem Innensenator geklärt? Nicht, dass das BKA und wir uns gegenseitig auf die Füße treten!«

»Ja, alles in trockenen Tüchern. Das BKA wird sich ausschließlich um den Auslandsbezug, somit den internationalen Aspekt der Angelegenheit kümmern.«

»Also das ganze Ausmaß der Geldwäsche?«

»Genau! Das heißt natürlich auch zu klären, aus welchen kriminellen Machenschaften das Geld stammt, das über die OTB gewaschen wurde oder gewaschen werden sollte.

Die Autoschieberei wird nicht die einzige Quelle gewesen sein. Das BKA hat bereits Hinweise, dass der Handel mit aus Indien, Pakistan und Afghanistan stammenden menschlichen Organen den Großteil der gewaschenen Summen ausmacht. Auch für Menschenhandel aus den osteuropäischen Ländern gibt es erste Anzeichen.«
»Bleibt also für uns die Aufklärung des Attentats. Außer der Gewehrmunition und der sichergestellten Hülse auf dem Dach der Akademie der Wissenschaften haben wir bisher nichts in der Hand.«
Jetzt mischte sich Oltrogge ein: »Wir sollten schnellstmöglich das Projektil mit dem des Solinger Anschlags abgleichen. Ich habe gestern Nachmittag noch veranlasst, dass die bei dem Attentat auf Dr. Zappa verwendete Munition per Eilauftrag an die hiesige KTU geschickt wird. Die ausgewerteten Unterlagen und Fotos wurden per Fax übermittelt.«
»Sehr gut. Ich sehe schon, die Zusammenarbeit zwischen Ihnen und uns funktioniert«, lobte der Staatsanwalt. »Halten Sie denn einen Zusammenhang für möglich oder sogar für wahrscheinlich?«
»Unbedingt! Zwei Attentate an zwei aufeinanderfolgenden Tagen, beide mit einem Präzisionsgewehr ...«
»Schon ein komischer Zufall«, sinnierte Höfer.
»Bestimmt kein Zufall! Fassbinder, der zuständige Kommissar in Wuppertal, mit dem ich in ständigem telefonischen Kontakt stehe, und ich halten es auch durchaus für möglich, dass ein willkommener – oder sogar geplanter – Nebeneffekt bei der Geiselnahme im Bergischen die Ermordung von Dr. Feddersen, dem zweiten Todesopfer, war. Bei der Sichtung seiner geschäftlichen und privaten Unterlagen konnten wir keine Beweise für Geldwäsche-Aktivitäten

des Unternehmens finden. Das mag an seinem geschickten Vorgehen liegen oder er ist tatsächlich der Saubermann in der ganzen Angelegenheit, der sich nicht kaufen lassen wollte.« Nach einer kleinen Pause fuhr er fort: »Zuerst das Auftauchen von Jagla und Bilanow bei der Nordrhein in Düsseldorf, dann am selben Abend das Attentat auf Dr. Zappa und schließlich der Besuch der OTB in Berlin am Folgetag und Jaglas Ermordung – alles Zufall?«
»Denkbar wäre dann aber auch meine vorhin bereits vertretene These«, beharrte Herder weiter auf seiner Ansicht, »dass Bilanow hinter allem steckt. Er beauftragte einen Killer, der sowohl das Attentat auf Jagla als auch auf Dr. Zappa verüben sollte.«
»Und warum ist Jagla jetzt tot und Dr. Zappa lebt?«, fragte Höfer ironisch.
»Dass Jagla sterben musste, könnte interne Gründe haben, die sich uns bisher noch nicht erschließen. Die Anwesenheit Bilanows während des Attentats war für ihn ein Alibi erster Klasse. Und die auf Dr. Zappa abgegebenen Schüsse könnten eine ultimative Warnung gewesen sein – so nach dem Motto: Entweder du wäschst künftig das Geld für uns oder du bist der Nächste!«
»Klingt plausibel, vor allem vor dem Hintergrund der relativ jungen Geschäftsbeziehungen zur OTB. Das hieße auch, die Bafin konnte bei ihrer örtlichen Prüfung der Nordrhein gar nichts finden, weil – zumindest bis zu diesem Zeitpunkt – gar kein Geld gewaschen worden war. Schließlich prüft die Aufsichtsbehörde nur die tatsächlichen Geldströme und nicht künftige Absichten«, ergänzte Höfer seine Feststellungen.
»Okay, dann Butter bei die Fische«, meinte nun Herder in seiner typischen Berliner Art. »Also, machen wir uns an die

Arbeit! Wir nehmen Bilanow nochmals in die Zange, warten das Ergebnis des Abgleichs der Projektile ab und ...«
»... treffen uns morgen früh um zehn Uhr wieder hier in Ihrem Büro. Alle einverstanden?«, fragte der Staatsanwalt seine beiden Gesprächspartner, die zum Zeichen der Zustimmung nickten.
Danach verließen Oltrogge und Höfer gemeinsam Herders Büro.

Düsseldorf-Hubbelrath, Dorfstraße 32
Donnerstag, 28. April, 9:17 Uhr

Schon länger als einen Monat lag die Ermordung ihres Mannes nun zurück. Beide Töchter waren in den ersten Wochen nach seinem Tod eine große Hilfe gewesen. Doch jetzt, da sie für zwei Wochen in Starnberg bei ihrer Schwester waren, musste sie langsam beginnen, sich alleine zurechtzufinden. Mehr als die Hälfte des Lebens lag noch vor ihr.
Edda Feddersen hatte beschlossen, den Kleiderschrank ihres Mannes auszuräumen. Bereits seit vielen Jahren gab sie die ausrangierten Kleidungsstücke der Familie an eine für Äthiopien tätige Organisation, bei der sie sicher sein konnte, dass die Textilien nicht verkauft wurden, sondern tatsächlich im Bestimmungsland ankamen. Edda Feddersen betrat das fast quadratische, fensterlose Ankleidezimmer ihres Mannes, das nur von einem Oberlicht erhellt wurde. An drei Wänden waren offene Regale eingebaut, die vierte Wand wurde in voller Breite von einem ebenfalls eingebauten, bis zur Decke reichenden, viertürigen Kleiderschrank eingenommen. In der Mitte des Schrankes befand sich eine

nur siebzig Zentimeter breite Verbindungstür zum Schlafzimmer. Auf den Türen und Regalbrettern, bestehend aus massivem, rötlich schimmerndem Kirschholz, waren die unterschiedlichsten Maserungen zu sehen. Edda Feddersen betrachtete sie lange. Sie konnte sich zunächst nicht entschließen, den Schrank zu öffnen, doch nach einigem Zögern überwand sie sich schließlich.
Sie wollte mit seinen Anzügen beginnen. Sorgfältig nahm sie die gefalteten Stofftaschentücher, die er immer in der rechten Außentasche seiner Jacketts deponiert hatte, an sich. Dann griff sie in die kleine Tasche neben dem Revers, um den aktuellen Jahreskalender im Scheckkartenformat zu entfernen, den ihr Mann stets zum Jahresanfang gegen den Kalender des Vorjahres ausgetauscht hatte. Eine Angewohnheit, der er schon seit Jahren treu geblieben war.
Ein Anzug nach dem anderen verschwand im bereitgestellten Schrankkoffer. Gerade hatte Edda Feddersen ein anthrazitfarbenes Sakko herausgenommen, als sie stutzte. In der oberen Tasche befand sich hinter einem weißen Einstecktuch nicht nur der Kalender für 2011, sondern auch ein einzelner Schlüssel – ein Safeschlüssel, wie sie unschwer erkennen konnte. Aber der Tresor im Arbeitszimmer war lediglich mit einer Zahlenkombination zu öffnen, einen Schlüssel gab es nicht.
»Merkwürdig«, murmelte sie leise vor sich hin, »Sven-Eric hat mir nie gesagt, dass er noch einen Safe oder ein Schließfach hat. Ich werde mich nachher bei Frau Körner erkundigen, wenn ich hier fertig bin. Eines nach dem anderen.«
Eine Viertelstunde später klingelte es an der Eingangstür. Edda Feddersen schaute durch den Spion und erkannte den Kommissar, der sie vor gut einer Woche aufgesucht

hatte. Sie öffnete die Tür und bat ihn herein.
»Guten Tag, Frau Feddersen. Entschuldigen Sie bitte, dass ich Sie so unangemeldet überfalle.«
»Guten Tag, Herr ... Ach, bitte helfen Sie mir auf die Sprünge.«
»Seidel, Ralph Seidel.«
»Richtig – Herr Seidel! Was kann ich für Sie tun?«
»Eigentlich nichts, ich wollte Ihnen nur die Fotos zurückgeben, die Sie uns freundlicherweise überlassen hatten. Ich war gerade in Düsseldorf, weil ich hier etwas zu erledigen hatte, und da hat mein Chef mich gebeten, die Fotos bei Ihnen persönlich vorbeizubringen.«
»Sie hätten sie mir aber doch auch zuschicken können, nun haben Sie sich solche Umstände gemacht! Doch kommen Sie erst einmal herein. Darf ich Ihnen einen Kaffee oder einen Tee anbieten?«
»Bereite ich Ihnen damit auch keine Umstände?«
»Nein, ganz und gar nicht. Ich räume gerade auf und wollte soeben eine Pause machen.«
Ralph folgt ihr ins Wohnzimmer.
»Tee oder Kaffee? Ich meine, Sie hätten Kaffee getrunken, stimmt's?«
»Also, wenn ich die Wahl habe, nehme ich tatsächlich gerne einen Kaffee.«
Während Frau Feddersen in der Küche den Kaffee zubereitete, betrachtete Ralph interessiert die Bücher im Regal, das sich an der Stirnseite des großräumigen Wohnzimmers über die ganze Wand erstreckte. Überwiegend waren es Romane deutscher Schriftsteller aus der Zeit nach dem Zweiten Weltkrieg und eine auffallend große Anzahl an Biografien, hauptsächlich über Politiker und Wirtschaftsbosse. Der Titel ›Genosse Generaldirektor‹ stach ihm ins Auge, eine

1978 erschienene Autobiografie von Alex Möller, über den er in der Abiturklasse ein Referat gehalten hatte.
»Interessieren Sie sich für Literatur?«
»Ja, hauptsächlich für zeitgenössische.«
»Dem Klischee nach müssten ja eher Kriminalromane Ihr Genre sein«, zwinkerte Edda Feddersen ihm mit einem offenen Lächeln zu, während sie ihm eine Tasse reichte.
»Wie Sie schon sagen: dem Klischee nach. Ich wollte ursprünglich Germanistik studieren, doch nach dem Bund habe ich mich anders entschieden und bei der Polizei beworben.«
»Und – haben Sie es bereut?«
»Nein. Manchmal wird's schon ein wenig stressig, aber alles in allem ist es ein interessanter Beruf. Nur die Familie kommt gelegentlich zu kurz.«
Beide schwiegen eine kurze Zeit. Ralph blickte durch das große Panoramafenster in den Garten, in dem sich der Frühling zu entfalten begann und die unterschiedlichsten Grüntöne präsentierte.
»Weil Sie gerade da sind, Herr Seidel: Ich habe vorhin beim Aufräumen einen Tresorschlüssel gefunden, den ich nicht zuordnen kann. Ich würde Ihnen den gerne anvertrauen. Sie haben doch sicherlich Möglichkeiten herauszufinden, woher er stammt. Ich glaube nämlich nicht, dass es ein Schlüssel zu einem Safe der Nordrhein ist. Was hätte mein Mann für einen Grund gehabt, ein Schließfach im eigenen Unternehmen zu unterhalten? Er hatte doch einen großen Tresor in seinem Büro. Wenn Sie das herausfänden, würde ich Ihnen den Inhalt des Faches gerne überlassen – vorausgesetzt, er hätte im weitesten Sinn etwas mit der Geiselnahme und dem Tod meines Mannes zu tun.«
»Dazu wären Sie bereit?«

»Natürlich, ich bin doch mindestens genauso wie Sie an der Aufklärung interessiert«, sagte sie leise und wischte sich eine Träne aus dem Augenwinkel.
»Gut, ich verspreche Ihnen, dass wir uns den Inhalt in Ihrer Gegenwart anschauen werden, sobald wir das Schließfach ausfindig gemacht haben.«
»Ich bin sicher, dass ich Ihnen vertrauen kann.« Mit diesen Worten stand sie auf, ging hinaus und kam nach etwa einer Minute mit dem Schlüssel zurück, den sie dem Ermittler sofort aushändigte.
Ralph betrachtete ihn. »Es scheint tatsächlich ein Schließfachschlüssel zu sein. Ich bin sicher, dass wir das entsprechende Kreditinstitut finden werden.« Er zögerte, bevor er fortfuhr: »Warum wenden Sie sich eigentlich nicht an die Nordrhein? Das wäre doch am naheliegendsten.«
»Daran habe ich auch schon gedacht. Aber erstens glaube ich nicht, dass es sich um ein Schließfach der Nordrhein handelt, und zweitens wäre es mir gegenüber Sven-Erics Mitarbeitern peinlich, wenn sich dort doch Privates befände. Ich meine – sehr Privates. Es sollen erst gar keine Gerüchte entstehen.«
»Haben Sie denn einen Verdacht in diese Richtung?«
»Eigentlich nicht, aber es gibt so vieles, das man nicht für möglich hält.«
»Sie sollten sich darüber nicht den Kopf zerbrechen. Wahrscheinlich gibt es eine ganz einfache Erklärung, Sie werden sehen. Und wie gesagt: Wir werden nichts ohne Ihre Zustimmung unternehmen.«
Ralph stand auf, Frau Feddersen erhob sich ebenfalls.
»Sie können sich auf mich verlassen.«
»Ich weiß«, sagte sie und begleitete ihren Gast zur Tür.
»Und danke für den Kaffee!«

»Gern geschehen!« Sie blieb noch an der Tür stehen, bis er das Gartentor passiert hatte und in seinen Wagen gestiegen war.

Polizeipräsidium Berlin, Herders Büro
Donnerstag, 28. April, 10:12 Uhr

»Verzeihen Sie die Verspätung!« Mit diesen Worten betrat der Staatsanwalt Herders Büro, in dem dieser und Oltrogge bereits seit kurz vor zehn saßen. »Der Verkehr auf Berlins Straßen nimmt immer mehr zu. Die Avus war total überlastet, obwohl die eigentliche Rushhour längst vorbei ist.«
»Kein Problem! Mein Kollege hat mir gerade von interessanten Neuigkeiten berichtet.«
»In der Tat«, begann Oltrogge. »Wie ich schon vermutet hatte, stammt die bei beiden Anschlägen verwendete Munition aus derselben Waffe. Das hat die KTU zweifelsfrei festgestellt.«
»Aber das bedeutet ja, dass der Killer in Solingen am 20. April den ersten Auftrag erledigt und sich danach sofort auf den Weg nach Berlin gemacht haben muss, um dort den zweiten Anschlag zu verüben.«
»Exakt! Und das wirft neue Fragen auf.«
»Was meinen Sie?«
»Wenn er am 20. April spät abends noch in Solingen war und am Folgetag das Attentat am Gendarmenplatz beging, dann musste er eigentlich vor seiner Fahrt nach Berlin schon von Jaglas Termin bei der ukrainischen Bank gewusst haben«, erklärte Oltrogge.
»Nicht zwingend.«
»Doch, schon. Bei dem engen Zeitfenster ist es ganz und

gar unwahrscheinlich, dass der Killer sich erst in Berlin auf die Suche nach Jagla gemacht und den besten Standort für den Anschlag ausbaldowert hat.«

»Und das heißt?«

»Erstens: Er muss Helfer gehabt haben, um die Logistik für den Anschlag vorzubereiten. Zweitens: Er hat den Termin gekannt, wusste von dem Treffen in der OTB. Die Vermutung liegt nahe, dass Jagla nur die Marionette war und der Puppetstringer im Hintergrund agiert.«

»Wer?«

»Der Puppetstringer – ein Begriff aus Thornton Wilders ›Unsere kleine Stadt‹. Er meinte damit den Spielleiter, der die Fäden in der Hand hält, quasi die Puppen bewegt.«

»Aha, wieder was gelernt. Auf unseren Fall bezogen, meinen Sie jetzt also auch«, fragte Höfer zögerlich, als wolle er nicht glauben, was ihm Oltrogge anzudeuten versuchte, »dass hinter allem Bilanow steckt?«

»Ja, da bin ich mir inzwischen hundertprozentig sicher. Bilanow ist der Drahtzieher im Hintergrund und Jagla der weltmännische Geschäftsmann, der die Banker vom Nutzen gewaschenen Geldes überzeugte, vor allem auch durch die Vorlage gestochen scharfer Fotos von ziemlich eindeutigen Sexszenen. Im Zuge der Geiselaffäre haben wir uns zu sehr auf Jagla eingeschossen, weil wir uns von seiner kriminellen Vergangenheit und seinem imponierenden Aufstieg in der russischen Mafia-Organisation Tambowskaja haben blenden lassen. Wir wussten, dass er der logistische Koordinator von kriminellen Einsätzen russischer Exsoldaten bei Waffendiebstählen aus Munitionslagern und Überfällen auf Juweliere und Banken in Westeuropa war, ohne dass ihm seine Beteiligung jemals hätte nachgewiesen werden können. Haufenweise Indizien, aber letztlich

keine Beweise. Alle Verfahren gegen ihn endeten mit Freisprüchen – nicht erster Klasse, aber immerhin.«
Der Staatsanwalt schaute hinüber zu Herder, der die Theorie, dass Bilanow hinter allem stecken könnte, aufgeworfen hatte. »Woher haben Sie Ihre Kenntnisse?«
»Zum größten Teil aus den Unterlagen, die uns vom BKA zur Verfügung gestellt wurden, nachdem wir durch einen Fingerabdruck auf einer Zigarettenschachtel eindeutig Jaglas Tatbeteiligung an der Entführung der Wirtschaftsbosse und deren Ermordung festgestellt hatten.«
»Ziemlich unprofessionelles Vorgehen!«
»Nein, eigentlich war alles minutiös geplant und durchgeführt, Jagla und Bilanow trugen stets Masken und Latex-Handschuhe. Ein Missgeschick kam uns zu Hilfe, weil Jagla bei der ersten gescheiterten Geldübergabe offensichtlich seine Zigarettenschachtel beim Einsteigen in das Fluchtauto verloren hat.«
»Es spricht wirklich vieles für diese These«, stimmte nun auch der Staatsanwalt den Ausführungen Oltrogges zu. »Dann werden Sie sich Bilanow jetzt sicherlich noch einmal vorknöpfen. Bin gespannt, was er sagt, wenn wir ihn damit konfrontieren, dass es nun nicht mehr um Beihilfe geht, sondern wir ihn stattdessen für unseren Haupttäter halten. Sie informieren mich?«
»Klar«, schaltete sich Herder wieder ein. »Wir sollten unser nächstes Treffen vom weiteren Verlauf des Verhörs abhängig machen. Wie erreiche ich Sie?«
»Über meine Sekretärin, die Telefonnummer haben Sie ja. Dann bis in Kürze.«
Er stand auf und verließ mit kurzem Kopfnicken in Richtung der beiden Kommissare das Büro.

Polizeipräsidium Wuppertal
Donnerstag, 28. April, 14:15 Uhr

»Was gibt's Neues?«, fragte Fassbinder Ralph und Phillip, die sich zu ihm an den Schreibtisch gesetzt hatten.
»Frau Feddersen«, begann Ralph, »hat mir einen Schließfachschlüssel ausgehändigt. Ich bin gleich zur KTU gegangen, um feststellen zu lassen, bei welcher Bank wir den dazugehörigen Safe finden.«
»Und? Ich tippe auf die Nordrhein!«
»Stimmt genau! Aber komisch ist, dass der Safe sich nicht in der Zentrale befindet, sondern in der Bankfiliale, die in der Hauptverwaltung untergebracht ist.«
»Habt ihr ihn schon öffnen lassen?«
»Nee, ich wollte zunächst mit Ihnen sprechen. Erstens habe ich Frau Feddersen versprochen, den Safe nur in ihrer Anwesenheit aufzuschließen, und zweitens wurde er von Frau Körner, Feddersens Sekretärin, angemietet, wie mir der Filialdirektor mitgeteilt hat. Ich habe ihn zur absoluten Diskretion gegenüber jedermann verpflichtet und glaube auch, dass er sich daran hält.«
Fassbinder pfiff leise durch die Zähne, eine für ihn ungewöhnliche Reaktion. »Das klingt aber nach einer verdammt schlüpfrigen Geschichte.«
»Da bin ich mir nicht sicher, Sie kennen Frau Körner nicht – zwar freundlich, aber der Typ Vorzimmerdrache. Schwarze Kurzhaarfrisur, eine zierliche Person, alles in allem äußerlich unscheinbar und dennoch hellwach.«
»Dann sollten wir so schnell wie möglich gemeinsam mit Frau Feddersen zur Nordrhein fahren. Und es wäre gut, wenn ihr auch Dr. Zappa und Frau Körner informieren würdet. Am liebsten wäre mir, dass beide beim Termin

dabei sind.«
»Soll ich auch mitkommen?«, fragte Phillip.
»Ja, du kennst Frau Körner und Frau Feddersen. Komm ruhig mit, das entspannt die ganze Sache vielleicht.«
»Ist das nicht ein bisschen happig, wenn wir da in Kompaniestärke auflaufen?«
»Nee, nee, wir wissen ja nicht, was da noch auf uns zukommt, und dann ist es vielleicht ganz gut, wenn wir ein paar Mann mehr sind. Ralph, du koordinierst den Termin. Ihr sagt Bescheid, wenn wir starten können.«
Gemeinsam verließen Phillip und Ralph den Raum und gingen in ihr schräg gegenüberliegendes Büro.

Zunächst informierte Ralph den Filialleiter der Nordrhein, Herrn Joost Jacobsen, und nannte ihm den Grund seines Anrufs sowie die betroffenen Personen. Er bat erneut, den Inhalt des Gesprächs absolut vertraulich zu behandeln, dann vereinbarte man einen Termin für siebzehn Uhr.
Anschießend rief Ralph Frau Feddersen an, die schon nach dem zweiten Klingelton abhob. Sie war erstaunt, dass der Schlüssel nun doch zu einem Safe der Nordrhein gehörte, Ralph verschwieg ihr allerdings, dass nicht ihr verstorbener Mann das Schließfach gemietet hatte. Sie verabredeten sich für siebzehn Uhr in der Filiale.
Mit dem dritten Anruf hatte er Pech. Nachdem die Telefonzentrale ihn mit der Sekretärin von Dr. Zappa verbunden hatte, teilte diese ihm mit, dass er sich zu einer Verbandstagung in Berlin aufhalte und sie ihn erst am späten Nachmittag des folgenden Tages zurückerwarte.
Frau Körner, deren Durchwahl sich Ralph notiert hatte, meldete sich sofort am anderen Ende der Leitung. »Guten Tag. Gisela Körner, Vorstandssekretariat Nordrhein-Bank.

Was kann ich für Sie tun?«
»Guten Tag, Frau Körner. Hier ist Ralph Seidel von der Wuppertaler Polizei.« Bewusst vermied er, die Mordkommission als Dienststelle zu nennen. »Sie erinnern sich an mich?«
»Natürlich, Herr Seidel! Ich bin zwar alt, aber nicht vergesslich«, kam es etwas pikiert zurück. »Was verschafft mir die Ehre?«, fuhr sie dann deutlich verbindlicher fort, als habe sie sich über ihre eigene Bemerkung erschrocken.
»Frau Körner, ich falle gleich mit der Tür ins Haus und frage Sie ganz direkt: Haben Sie ein Schließfach bei der Nordrhein?«
Etwas zögerlich kam die Antwort: »Ja, habe ich.«
»Und Sie sind die Mieterin, haben aber keinen Schlüssel?«
»Nun, dann wissen Sie ja offensichtlich Bescheid. Aber ich habe das Schließfach für meinen Chef angemietet. Er hat mir versichert, dass es nichts Ungesetzliches sei, es sich aber um die künftige Ausrichtung der Bank handele.«
»Hat er wörtlich von ›künftiger Ausrichtung‹ gesprochen?«
»Ja, ich erinnere mich an den genauen Wortlaut.«
»Wann haben Sie das Schließfach gemietet?«
»In diesem Jahr – zwei oder drei Wochen, bevor die Bafin ihre örtliche Prüfung bei uns durchgeführt hat.«
»Und das kam Ihnen nicht irgendwie verdächtig vor? Mussten Sie da nicht annehmen, dass Ihr Chef irgendetwas vor der Aufsichtsbehörde in Sicherheit bringen wollte?«
»Normalerweise hätte ich so reagiert, aber doch nicht bei meinem Chef! Er ist – das heißt, er war – ein absoluter Ehrenmann. Er hätte nie etwas Illegales getan. Für ihn lege ich meine Hand ins Feuer!«

»Die hat sich aber schon so mancher verbrannt.«
»Sie sollten sich schämen, Sie haben ihn nicht gekannt!«
»Entschuldigen Sie bitte, Frau Körner. Das war ein wenig unsachlich. Ich hoffe, Sie haben mit allem recht, was Sie über ihn gesagt haben. Und das meine ich ganz ehrlich.«
»Entschuldigung angenommen«, erwiderte Frau Körner kühl.
»Gerade weil wir offensichtlich noch ein wenig im Dunklen tappen, möchte ich Sie bitten, über diese Angelegenheit nur mit uns zu sprechen. Es ist sehr wichtig!«
»Das ist mir klar. Über Vorgänge und Informationen, die mein Chef mir anvertraute, habe ich grundsätzlich nicht mit anderen gesprochen. Diese Loyalität gilt für mich auch jetzt noch. Das ist übrigens auch der Grund, weshalb ich das Schließfach in unserem Gespräch nicht erwähnt habe, zumal sich der Schlüssel in seinen persönlichen Sachen, die dann Frau Feddersen ausgehändigt worden sind, nicht finden ließ.«
»Den Schlüssel haben wir inzwischen. Und deswegen möchten wir Sie bitten, um siebzehn Uhr zur Filiale zu kommen. Können Sie das einrichten? Möglichst unauffällig?«
»Kein Problem, ich werde da sein. Sonst noch etwas?«
»Nein. Und erschrecken Sie nicht, wir kommen zu dritt. Mein Chef und Frau Feddersen werden ebenfalls anwesend sein. Wiedersehen, Frau Körner, bis nachher!«
»Auf Wiedersehen, Herr Seidel.«

»Ich spring mal eben rüber zum Riecher und sag ihm Bescheid«, wandte sich Ralph an seinen Kollegen.
»Okay. Sag mal, muss ich da wirklich mit?«
»Er wird schon wissen, warum er dich dabeihaben will.

Mach dir nichts draus, es kommen auch wieder bessere Zeiten«, grinste Ralph, die Hand schon an der Türklinke.

Filiale der Nordrhein-Bank AG, Düsseldorf
Donnerstag, 28. April, 16:42 Uhr

Fassbinder und seine beiden Mitarbeiter trafen um sechzehn Uhr zweiundvierzig auf dem Parkplatz der Nordrhein ein. Phillip fuhr den Wagen auf den Innenhof, auf dem sie vor gut einer Woche schon einmal gestanden hatten. Auch heute waren sie mit einem Zivilfahrzeug unterwegs. Sie betraten das Gebäude durch den Hintereingang und meldeten sich beim Empfang.

»Sie werden schon erwartet«, begrüßte sie der Pförtner leise und merkwürdig ahnungsvoll, als er Ralph und Phillip wiedererkannte.

Joost Jacobsen empfing die kleine Delegation im Vorraum seines Büros, in dem sie nach einer kurzen Begrüßung auf schlichten, klassischen Ledersesseln im Bauhausstil Platz nahmen. Er bat seine Sekretärin, Kaffee einzuschenken, die Teekanne blieb unberührt.

»Sie sind ja offensichtlich gut durch den Verkehr gekommen«, eröffnete Jacobsen das Gespräch unverbindlich, nachdem die Sekretärin den Raum verlassen hatte.

»Ja, die 46 war völlig frei, auf der Gegenseite stadtauswärts natürlich wie üblich nicht«, erwiderte Fassbinder. Nach ein paar Sekunden des allgemeinen Schweigens setzte er erneut an. »Herr Jacobsen, wir wissen noch nicht, wohin die Reise geht, deshalb möchte ich Sie sehr eindringlich bitten, den gesamten Vorgang äußerst vertraulich zu behandeln. Absolute Diskretion ist erforderlich. Sprechen Sie bitte mit

niemandem außer mit mir und meinen Mitarbeitern über die Angelegenheit.«
»Ich weiß, Herr Seidel hat mich schon entsprechend instruiert. Sie können sich völlig auf mich verlassen. Was ist mit Frau Körner und Frau Feddersen?«
»Sie wissen ebenfalls um die Brisanz der Angelegenheit. Auch ihnen gegenüber haben wir deutlich gemacht, wie wichtig es für die Aufklärung des Falles sein dürfte, die Angelegenheit absolut vertraulich zu behandeln. Ich denke, wir können uns auf beide hundertprozentig verlassen.«
Kaum hatte Fassbinder sich in dieser Weise geäußert, traten beide Damen – begleitet von der Sekretärin – ein, als wollten sie unterstreichen, was soeben über ihre Zuverlässigkeit gesagt worden war: Es war exakt siebzehn Uhr.
Nachdem sich alle miteinander bekannt gemacht hatten, kam Fassbinder schnell zur Sache. Frau Körner wiederholte noch einmal, wann und mit welchen Worten ihr Chef sie gebeten hatte, das Schließfach für ihn zu mieten. Anschließend begleitete der Filialleiter alle fünf in das Untergeschoss, wo sich die Schließfächer befanden.
Frau Feddersen, sonst immer selbstbewusst und souverän, war erkennbar nervös, an ihrem Hals zeigten sich rötliche Flecken. Sie öffnete mit ihrem Schlüssel das Schließfach, in dem nur ein dünner, klappbarer roter Aktendeckel lag, der rechtsseitig oben und unten mit zwei elastischen Kordeln zusammengehalten wurde. Auf ihm befand sich ein hellgrüner Aufkleber mit der Aufschrift ›OTB-UKRAINA-FORUM‹. Frau Feddersen schob die Kordeln beiseite und schlug den Ordner auf. Im Inneren lagen einige handbeschriebene Blätter und drei großformatige Fotos. Jede Aufnahme zeigte die Rückenpartie eines Mannes, der sich offensichtlich gerade dem Liebesspiel mit jeweils

verschiedenen, ebenfalls unbekleideten Frauen hingab. Frau Feddersen schaute nur kurz auf die Fotos und gab dann den Aktendeckel samt Inhalt an Fassbinder weiter: »Die handschriftlichen Notizen stammen von Sven-Eric, aber er ist nicht der Mann auf den Fotos.«

Sie wirkte geradezu erleichtert, denn insgeheim waren ihr Zweifel gekommen, ihren Mann in einem Punkt vielleicht doch nicht richtig eingeschätzt zu haben. Jetzt tat sie ihm Abbitte.

Fassbinder war wie elektrisiert, als er die Fotos betrachtete. »Es ist mir etwas peinlich, Frau Feddersen, aber ich muss Sie das fragen: Wieso sind Sie so sicher, dass das nicht Ihr Mann ist?«

»Mein Mann hasste Tattoos!«, kam die prompte Antwort.

Fassbinder warf einen erneuten Blick auf die Aufnahmen. Während er zuvor eher die Damen in Augenschein genommen hatte, galt seine ganze Aufmerksamkeit jetzt der Rückenpartie der abgebildeten männlichen Person: Sie gehörte zu einem gut durchtrainierten Mann, der zwischen Mitte dreißig und Ende vierzig sein mochte. Auf seinem Schulterblatt prangte ein etwa fünf Zentimeter großes Tattoo, das eine Spinne zeigte.

Fassbinder wollte die Angelegenheit nicht in die Länge ziehen, aber er musste auch Frau Körner bitten, sich die Bilder kurz anzusehen.

»Nur der Vollständigkeit halber, Frau Körner: Erkennen Sie jemanden wieder?«

Sie nahm die Fotos und betrachtete sie auffallend lange. Neugier war nicht ihr Metier, es entsprach vielmehr ihrem Wesen, alles korrekt und gründlich zu erledigen.

»Nein, weder ihn noch ... die Damen.«

Fassbinder hielt ihr die handbeschriebenen Blätter hin.

»Erinnern Sie sich vielleicht an diese Notizen?«
»Nein, nie gesehen. Es ist zwar die Schrift meines Chefs, aber er hat sich so gut wie nie handschriftliche Notizen gemacht. Grundsätzlich schrieb er alles in den PC. Auch die Eintragungen in seinem Terminkalender stammen fast ausschließlich von mir, hin und wieder mal eine Änderung mit Bleistift von ihm.«
Fassbinder räusperte sich, er hatte es jetzt sehr eilig. Gemeinsam mit Ralph und Phillip wollte er sich im Präsidium so schnell wie möglich die handschriftlichen Unterlagen anschauen. Außerdem sollte auch Jacobsen, dem er den Inhalt des Aktendeckels nicht gezeigt hatte, möglichst wenig von der Sache mitbekommen. Je weniger er wusste, umso leichter würde es ihm fallen, sein Versprechen in puncto Diskretion zu halten.
»Okay, das war's. Dann lassen Sie uns wieder hinaufgehen.«
»Wenn Sie keine Verwendung mehr für das Schließfach haben, würden wir es gerne anderen Bankkunden anbieten. Die Nachfrage hat in letzter Zeit stark zugenommen«, wandte sich Jacobsen auf dem Weg nach oben an Fassbinder.
»Aus unserer Sicht bestehen keinerlei Einwände. Was meinen Sie, Frau Körner?«
»Natürlich bin ich einverstanden. Es war ja eigentlich gar nicht *mein* Schließfach. Muss ich irgendetwas unterschreiben?«, fragte sie den Filialleiter.
»Nein, nicht nötig. Ich mache mir einen Vermerk.«
»Gut, dann brechen wir jetzt auf. Ich danke allen Beteiligten und möchte Sie nochmals bitten, dass Sie alles, wovon Sie hier Kenntnis bekommen haben, vertraulich behandeln und mit niemandem darüber sprechen.«

Alle nickten zustimmend, dann verabschiedeten sie sich voneinander. Draußen auf dem Parkplatz gab Fassbinder Frau Feddersen zu verstehen, dass er selbst oder einer seiner Mitarbeiter sie in den nächsten Tagen nochmals aufsuchen würde, falls sich noch Fragen ergäben. »Dieses Mal melden wir uns aber vorher telefonisch an«, fügte er mit einem Lächeln hinzu, das sie freundlich erwiderte.

Justizvollzugsanstalt Moabit, Berlin
Freitag, 29. April, 8:25 Uhr

Herder war am frühen Morgen mit Oberkommissar Volker Hanisch, einem seiner Mitarbeiter, zur JVA Moabit gefahren, in der Bilanow immer noch als Untersuchungsgefangener einsaß. Von oben betrachtet, ähnelte der panoptische Bau der JVA einem Seestern. Das im Jahr 1881 als königliches Untersuchungsgefängnis errichtete und an der nach dem Stadtteil benannten Straße Alt-Moabit gelegene Gebäude galt nach zahlreichen baulichen Veränderungen als modern und ausbruchsicher. Alle fünf Trakte waren von der Mitte eines jeden Stockwerks aus einsehbar. Die dafür errichteten und mit Panzerglas versehenen, fünfeckigen Schaltzentralen waren etwa um einen Meter höher als die Flure, die Zugangstüren konnten elektronisch verriegelt werden.
Nach der obligatorischen Kontrolle waren der Hauptkommissar und sein Mitarbeiter vom Eingangsbereich aus direkt in den Verhörraum gebracht worden. Wenige Minuten später erschien Bilanow.
Herder schaltete – wie zu Beginn jedes Verhörs üblich – das Aufzeichnungsgerät an. Als Tatvorwurf führte er ›Gei-

selnahme in vier Fällen‹ sowie ›Räuberische Erpressung in Tatmehrheit mit zweifachem Mord‹ an und nannte die Namen der am Verhör beteiligten Personen. Einen Anwalt hinzuzuziehen, hatte Bilanow erneut abgelehnt.

»Was Sie mir da vorwerfen, ist totaler Schwachsinn! Mir hat man gesagt, das Ganze wäre Teil eines Survival-Trainings für Großkopferte. Wir sollten eine möglichst echt wirkende Entführung inszenieren.«

»Und die Toten sind gar nicht tot, sondern es wurde nur mit Platzpatronen geschossen?«, warf Herder sarkastisch ein.

»Wieso Tote? Hat es Tote gegeben?«

»Wollen Sie uns verarschen?«

»Sehe ich so aus? Das ist das Erste, was ich höre!«

»Lassen wir das, so kommen wir nicht weiter. Andere Frage: Wie war Ihr Verhältnis zu Jagla?«

»Er war mein Boss, ich sein Fahrer.«

»Mehr nicht?«

»Ja, okay, quasi sein Mädchen für alles!«

»So, für alles? Also auch für die schmutzigen Geschäfte? Hier und da mal eine kleine Erpressung, eine kleine Drohung? Und wenn das nicht half, auch mal ein Mord?«

»Nun fangen Sie schon wieder damit an! Nein, ich habe nur manchmal Botengänge für ihn erledigt – Post und so was.«

»Aha, Botengänge! Und die haben Sie dann manchmal auch in geklauten Nobelkarossen erledigt oder wie muss ich das verstehen?«

»Weiß nicht, was Sie meinen!«

»Ich spreche von den circa drei Dutzend gestohlenen Fahrzeugen, die wir in der Tiefgarage Ihres Hauses im Stadtteil Krumme Lanke sichergestellt haben.«

»Welche Tiefgarage? Kenn ich nicht. Außerdem ist das nicht mein Haus, sondern das von meinem Boss.«
»Mag ja sein, aber Sie haben da mit ihm gewohnt!«
»Nee, hab ich nicht.«
»Und wie erklären Sie sich, dass wir in allen Zimmern Fingerabdrücke von Ihnen gefunden haben?«
»Okay, wenn ich meinen Boss spät abends nach Hause gebracht habe, hat er mir auch schon mal angeboten, bei ihm im Haus zu übernachten. Das hab ich dann natürlich angenommen.«
Herder resignierte, das alles machte keinen Sinn. Ihr Hauptverdächtiger würde immer nur das einräumen, was sie ohnehin schon wussten. Jagla war tot und so konnte Bilanow ihm alles in die Schuhe schieben.
Oltrogge hatte ihn über die Vorgänge bei der Ermordung der beiden Geiseln in Kenntnis gesetzt – auch darüber, dass Bilanow zusammen mit einem Komplizen die Geiseln weggebracht hatte, die dann nach entsprechendem Hinweis durch Jagla ermordet von den Ermittlern am Waldrand aufgefunden worden waren. Solange dieser Komplize noch auf freiem Fuß war, würde Bilanow auch nur zugeben, die Geiseln weggefahren, aber mit ihrer Tötung nichts zu tun gehabt zu haben.
»Na gut, Sie wollen es nicht anders. Wir werden Ihnen einen Pflichtverteidiger stellen, der dann wahrscheinlich kurzfristig einen Haftprüfungstermin beantragen wird.«
»Wie Sie meinen. Ich sag es noch mal: Ich bin unschuldig!«
Herder gab dem anwesenden Vollzugsbeamten ein Zeichen, dass das Verhör beendet war. Bilanow wurde daraufhin nach draußen geführt.
»So ein sturer Hund!«, entfuhr es Hanisch.
»Naja, der ist eben abgebrüht und weiß ganz genau, dass

unsere bisherigen Beweise ziemlich dünn sind. Trotzdem bin ich sicher, dass in Kürze einer dieser in der Szene bekannten Winkeladvokaten aufkreuzt und sich als Bilanows Anwalt legitimiert. Ich kenne diese Spielchen zur Genüge.«
Hanisch und Herder wurden zum Ausgang begleitet und verließen die JVA Moabit.

Polizeipräsidium Wuppertal
Freitag, 29. April, 9:00 Uhr

Auf der Rückfahrt von der Nordrhein-Bank am Abend zuvor waren weder Fassbinder noch Ralph und Phillip so wirklich schlau aus dem Inhalt der ohnehin schwer lesbaren handschriftlichen Notizen Feddersens geworden. Erneut bewies Fassbinder Verständnis für seine Mitarbeiter, indem er vorschlug, sich am nächsten Morgen um neun Uhr zu einer Besprechung bei ihm im Büro zu treffen und auch Svea sowie Britta Schulte vom LKA hinzuzuziehen.
»Vielleicht haben die Mädels ja ein feineres Gespür, was da gelaufen ist. Irgendwie passt das alles nicht zusammen. Also dann: noch einen schönen Abend!«, verabschiedete sich Fassbinder von seinen beiden Kollegen, die ihn zur Lortzingstraße gefahren hatten, weil sein eigener Wagen gerade in der Inspektion war.

Geschlossen betraten seine Mitarbeiter und Britta Schulte am nächsten Morgen um neun sein Büro.
»Pünktlich wie die Maurer«, strapazierte Fassbinder einen seiner üblichen Sprüche. »Irgendwas Neues?« Allgemeines Kopfschütteln. »Gut, dann zur Sache. Ralph, fang du an!«

Ralph fasste in kurzen Zügen zusammen, was sich tags zuvor ereignet hatte. Dann verteilte er Kopien von den Notizen Feddersens und verlas den vollständigen Text, weil die Handschrift für die meisten nicht einfach zu entziffern war:

Heute am Freitag, dem 25. Februar 2011, erhielt ich per Post den beigefügten, an mich persönlich adressierten und in Berlin abgestempelten Umschlag. Er enthielt drei Fotos und den per PC gefertigten Satz auf einem DIN-A4-Blatt (Anlage).

Ralph deutete auf das ebenfalls kopierte Blatt und legte die Fotos in die Tischmitte. Der Text auf dem Blatt lautete:

Letzte Warnung!
Wir haben noch mehr von diesen aussagekräftigen Argumenten!

Nach dieser kurzen Unterbrechung las Ralph weiter vor:

Da die Fotos nicht mich betreffen, kann ich nur mutmaßen, dass hier eine Verwechslung vorliegt, die Warnung hingegen ist als Erpressungsversuch zu interpretieren. Merkwürdig ist der zeitliche Zusammenhang mit einem ziemlich eindeutigen Angebot der OTB an den Gesamtvorstand. Sie will uns ›für die Beseitigung der Schieflage‹ unserer Bank, in die wir durch die Bankenkrise in den USA und unser dortiges Engagement geraten sind, ›Mittel und Wege aufzeigen‹. Im Vorstand sind wir uns darüber im Klaren, dass damit nur Geldwäsche im großen Stil gemeint sein kann. Inzwischen vermuten wir deshalb auch, dass die günstigen

Konditionen in puncto Kapitalbeteiligung und Aufteilung der Führungspositionen, die man uns von ukrainischer Seite bei der geplanten Equity Joint Venture einräumen will, mit diesem Angebot im Zusammenhang stehen. Höchste Vorsicht ist geboten!
Die eindeutigen Fotos, von deren Existenz ich meine Vorstandskollegen nicht unterrichtet habe, lassen mich vermuten, dass diese Postsendung an ein anderes Kreditinstitut gesandt werden sollte, um ein Vorstandsmitglied oder – noch wahrscheinlicher – den Vorstandssprecher selbst zu erpressen. Beim Versand der Fotos ist dem Absender offensichtlich ein Versehen unterlaufen, die Adressen dürften verwechselt worden sein. Das spricht auch für die Annahme, dass es sich um einen Vorstandsvorsitzenden handelt. Es war wohl ein Fehler, unsere Geschäftsbeziehungen in Richtung Osteuropa zu lenken. Noch habe ich das Problem mit meinen Kollegen nicht besprochen. Zunächst will ich die örtliche Prüfung der Bafin abwarten, weitere Erkundigungen über die OTB-Ukraina-Forum einholen und erst dann – sofern die Auskünfte dazu Anlass geben – im Vorstand vorschlagen, unser Engagement mit der OTB rückabzuwickeln.
Damit keinerlei Hinweise auf diese Unterlagen und meine Kommentierung im Unternehmen existieren, habe ich meine Gedanken zu dieser Angelegenheit handschriftlich festgehalten. Im Unternehmen weiß niemand von der ominösen Postsendung und ihrem brisanten Inhalt – auch Frau Körner nicht, da sie grundsätzlich keine Briefe öffnet, die an mich persönlich gerichtet sind. Über sie habe ich ein Schließfach in der im Gebäude unserer Hauptverwaltung untergebrachten Filiale anmieten lassen und sie gebeten, darüber Stillschweigen zu wahren. Auf ihre Diskretion kann ich mich absolut verlassen.

»Das ist ein echter Hammer!«, ereiferte sich Phillip, nachdem Ralph zu Ende gelesen hatte. »Die ganze Zeit haben wir geglaubt, Feddersen hätte im großen Stil mit den Ukrainern Geldwäsche betrieben und jetzt stellt sich heraus, dass die OTB offensichtlich eine andere Bank am Haken hat!«

»Sieht so aus«, stimmte Fassbinder seinem Mitarbeiter zu. »Aber irgendwas gefällt mir daran nicht. Warum hat man Feddersen erschossen? Das war doch dann eigentlich völlig unnötig.«

»Kann sein«, meldete sich jetzt Svea. »Aber lassen Sie uns doch einfach mal die verschiedenen Möglichkeiten aufzählen: Seine Ermordung könnte die logische Folge der misslungenen Geldübergabe gewesen sein, also lediglich die Umsetzung der angedrohten Erschießung. Zweite Möglichkeit: Sein Tod war von vornherein von den Geiselnehmern beabsichtigt. Dann gibt es wiederum zwei Alternativen: Es könnte sich quasi um die Rache dafür handeln, dass er sich geweigert hat, das osteuropäische Geld zu waschen, oder sein geplanter Tod sollte eine deutliche Warnung für die Bank sein, mit der die Ukrainer – anstatt mit der Nordrhein – den Geldwäsche-Deal einfädeln wollten.«

»Interessant. Die letzte Variante halte ich für die wahrscheinlichste. Was meint ihr?«

Britta Schulte antwortete als Erste. »Ich glaube das auch. Dann wäre es aber nicht mehr unsere Baustelle. Unsere Aufgabe besteht doch ausschließlich darin, die Entführung und die Ermordung der beiden Geiseln hier im Bergischen aufzuklären. Präventiv können wir doch allenfalls für Dr. Zappa tätig sein, denn die Ukrainer betrachten ihn offensichtlich als mitverantwortlich dafür, dass der Deal mit ihnen nicht zustande gekommen ist. Das hat ja auch der Anschlag auf ihn gezeigt.« Und nach einer kurzen Pause fuhr sie fort: »Was aber die wie ein Damoklesschwert über allem schwebende Geldwäsche anbelangt, so ist das ganz allein Sache des BKA.«

»Stimmt, Analyse und Fazit sind richtig. Ihr Chef Oltrogge hat mir im Übrigen gestern telefonisch mitgeteilt, dass sich das BKA inzwischen mit der für Geldwäsche zuständigen Kriminalmiliz in der Ukraine in Verbindung gesetzt hat und mit einer kleinen Delegation schon auf dem Weg nach Kiew ist.«

»Und was ist mit Bilanow?«, fragte Ralph.

»Den nehmen die Berliner und Oltrogge in die Mangel – bisher aber wohl ohne Erfolg. Er schweigt wie ein Grab.«

Fassbinder stemmte sich mit beiden Händen am Schreibtisch ab und presste seinen Körper in die Rückenlehne seines Ledersessels. »Wir stehen vor einem Scherbenhaufen: Der Anführer in Berlin erschossen, Bilanow stumm wie ein Fisch und sämtliche Mittäter längst wieder in Osteuropa auf Nimmerwiedersehen untergetaucht. Prost Mahlzeit!«

So kannten seine Mitarbeiter ihn nicht. Bisher hatte er stets positiv nach vorne geschaut und jetzt bestand ihr Chef nur noch aus Resignation. Die Kraft, die ihn ständig getrieben hatte, war wie weggeblasen. Sollten das etwa erste Anzeichen von Amtsmüdigkeit sein? War er der täglichen Konfrontation mit Kriminalität überdrüssig? Keiner wagte, etwas zu sagen.

Da schrillte das Telefon. Am anderen Ende der Leitung meldete sich einer der für den Personenschutz abgestellten Polizeibeamten. Fassbinder stellte nach den ersten Sätzen den Lautsprecher ein.

»Nein, keine besonderen Vorkommnisse. Sollen wir die

Rund-um-die-Uhr-Bewachung auch am Wochenende beibehalten?«
»Ja, tut mir leid. Aber solange wir mit einem weiteren Anschlag auf Dr. Zappa rechnen müssen, ist das leider unumgänglich. Haben Sie die Liste seiner auswärtigen Termine für die nächste Woche?«
»Ja, sie ist ziemlich umfangreich. Doch außer einer Vorstandssitzung des Arbeitgeberverbandes Banken am Dienstag in Frankfurt bei der Commerzbank finden alle seine Termine in NRW statt, meistens sogar in Düsseldorf.«
»Gut, dann faxen Sie mir seine Abwesenheitsliste zu, damit wir auf dem Laufenden sind. Melden Sie sich bitte nach dem Wochenende wieder, es sei denn, es geschieht etwas Unvorhergesehenes. Aber das wollen wir nicht hoffen.«
»Gut. Dann ein schönes Wochenende!«
Fassbinder erwiderte den Wunsch nicht, denn es hätte wie pure Ironie geklungen, stattdessen bedankte er sich und legte auf.
Nach ein paar Sekunden der Stille, während der er auf das Telefon gestarrt hatte, wandte er sich wieder an seine Mitarbeiter. »Ich mache am Mittag Schluss für heute. Schaut auf euren Schreibtischen mal nach, was so in den letzten Tagen liegen geblieben ist, und dann macht euch auch ein bisschen früher vom Acker. Vielleicht fällt euch ja am Wochenende noch was ein, wie wir die Kuh vom Eis kriegen. Besprechung am Montagmorgen um neun Uhr bei mir. Okay?«

Wuppertal, Lortzingstraße 7
Sonntag, 1. Mai, 23:48 Uhr

Mehr als eine halbe Stunde hatte Fassbinder grübelnd im Bett gelegen. Immer wieder tauchte ein Bild vor ihm auf. Doch wenn es gerade Konturen annahm, verschwamm es schlagartig vor seinen Augen, bis ihn endlich Morpheus' Arme umfingen.
Im Halbschlaf hörte Fassbinder von ferne Simones vertraute Stimme. »Guten Abend, Liebster! Was treibt dich um, lässt dich nicht zur Ruhe kommen?«
»Wie schön, dass du da bist. Vielleicht kannst du mir helfen? Ich sehe etwas und kann es nicht greifen.«
»Ist es ein Mensch?«
»Nein.«
»Ein Tier?«
»Ja, es ist tatsächlich ein Tier.«
»Wann und wo hast du es gesehen?«
»In dieser Woche, aber ich erinnere mich nicht genau.«
»War es lebendig? War es groß? War es klein?«
»Es war klein und doch groß!«
»Was für ein Unsinn!«
»Nein, lass mich nachdenken. Es war ein kleines Bild von einem großen Tier!«
»War es hell, war es dunkel?«
»Dunkel ... schwarz ... unheimlich!«
»Furcht einflößend?«
»Ja. Warte einen Moment – das Bild – es taucht wieder auf. Ich hab's! Es ist die Spinne auf dem Rücken.«
»Welcher Rücken?«
»Der Rücken auf dem Foto – mit dem Tattoo einer Spinne! Und ich weiß jetzt auch, dass ich die Spinne schon einmal

gesehen habe. Aber wo?«
»Eine Furcht einflößende Spinne, sagst du? Da fällt mir eigentlich nur unsere Silberhochzeitsreise nach Kanada ein. Erinnerst du dich an den Bronzeguss von der riesigen Spinne auf dem Platz vor der National Gallery in Ottawa?«
»Simone! Das ist sie! Ja, das ist sie! Ich weiß noch, dass du sie fotografiert hast. Gleich morgen werde ich das Foto heraussuchen.«
»Hilft dir das bei deinem Fall?«
»Das weiß ich noch nicht, aber es ist ein Ansatzpunkt. Bis bald, mein Engel, jetzt werde ich schlafen. Ich danke dir.«
»Gute Nacht, mein Liebster.«
Fassbinder fiel in einen tiefen Schlaf. Erst am Morgen erinnerte er sich an das Ungetüm vor dem Museum in Ottawa. Er suchte im Bücherschrank nach dem Album. Als er es schließlich gefunden hatte, trennte er vorsichtig das Foto von der Spinne heraus und steckte es in seine Brieftasche. Eine Spur – eine neue Spur, die nach Ottawa führte.

Polizeipräsidium Wuppertal
Montag, 2. Mai, 8:49 Uhr

Als Fassbinder im Präsidium eintraf, lag ein Zettel mit der Telefonnummer von Frau Feddersen auf seinem Schreibtisch und darüber ein Hinweis mit der Bitte um Rückruf. Er wählte die Nummer.
»Edda Feddersen.«
»Guten Morgen, Frau Feddersen. Wo brennt's?«
»Guten Morgen, Herr Fassbinder. Es brennt nirgendwo. Aber Sie hatten ja angedeutet, dass Sie vielleicht noch mal vorbeikämen. Am Samstag habe ich ein ziemlich großes

Paket mit der Post bekommen.«

»Von wem?«

»Von Frau Körner. Sie hat mir alles geschickt, was noch in den letzten Wochen an Post für meinen Mann angekommen ist. Sie ist wirklich eine treue Seele, Sven-Eric wusste schon, was er an ihr hatte.« Während des letzten Satzes wurde erkennbar, wie sehr sie die Erinnerung an ihren Mann schmerzte – die Stimme hatte sich verdunkelt, Frau Feddersen schluckte mehrfach. »Einige persönliche Sachen möchte ich natürlich behalten, aber mit den geschäftlichen Unterlagen kann ich nichts anfangen. Vielleicht ist ja was für Sie dabei.«

»Nett von Ihnen, Frau Feddersen. Ja, es ist einen Versuch wert. Sind Sie heute gegen Mittag im Haus?«

»Ja, ich habe erst heute Nachmittag um vier einen Termin.«

»Gut. Wenn's Ihnen passt, würde ich um zwölf bei Ihnen reinschauen.«

»Ich freue mich auf Ihren Besuch. Tee oder Kaffee?«

»Gerne Kaffee. Bis dann.«

»Auf Wiedersehen, Herr Fassbinder.«

Kaum hatte er das Telefonat beendet, traten schon seine Mitarbeiter und Britta Schulte vom LKA in sein Büro und begrüßten ihn.

»Morgen!« Im Gegensatz zu Freitag wirkte Fassbinder aufgeräumt und gut gelaunt, von Resignation keine Spur mehr. »Was gibt's Neues? Irgendwelche Geistesblitze übers Wochenende?«

Kollektives Gemurmel war die Folge, aber niemand meldete sich zu Wort.

»Nachrichten aus Berlin?«

»Nein«, antwortete Phillip, »an Bilanow beißen sie sich

immer noch die Zähne aus. Aber das BKA hat in Sachen Geldwäsche Verbindung mit der ukrainischen Kriminalmiliz und dem Innenministerium aufgenommen. Das scheint zu laufen.«

»Ist bekannt, Marc, ich hab die anderen schon informiert. Konntest du nicht wissen, du hattest ja am Freitag Stallwache. Okay. Also gestern, am Tag der Arbeit, keine neuen Erkenntnisse«, witzelte Fassbinder. »Aber ich habe eine winzig kleine Spur. Ob sie uns weiterhilft, muss sich jedoch erst noch zeigen.«

»Und die wäre?« Fassbinders Andeutung hatte Svea neugierig gemacht.

»Ihr kennt alle diese eindeutigen Fotos.« Er hielt die Aufnahmen in die Höhe. »Hat jemand von euch diese Spinne schon einmal anderswo gesehen?«

Alle schauten ihn fragend an. Fassbinder griff in seine Brieftasche und entnahm ihr das Foto mit dem Kunstwerk vor dem Museum in Ottawa. Dann gab er es Marc, der es sich genau ansah und anschließend an die Kollegen weiterreichte.

»Das sind ja Sie, Chef«, rief Phillip. »Also, ich meine natürlich nicht die Spinne«, fügte er belustigt hinzu.

»Richtig! Ein Foto von meiner Silberhochzeitsreise nach Kanada. Die Spinne steht auf einem sehr großen Platz vor der National Gallery in Ottawa.«

»Interessant, das Tattoo stellt also die Spinne in Ottawa dar. Aber hilft uns das weiter?«

»Nicht zwingend, jetzt brauchen wir die Hilfe von Kommissar Zufall. Aber immerhin wissen wir nun zweierlei: Erstens soll offensichtlich ein verheiratetes Vorstandsmitglied einer Bank – wahrscheinlich sogar ein Vorstandsvorsitzender – mit diesen Fotos erpresst werden, um dort künftig für die Ukrainer Geld zu waschen. Zweitens könnte derjenige eine besondere Beziehung zu Ottawa haben.«

»Ziemlich vage das Ganze«, erwiderte Marc.

»Zugegeben etwas dünn, aber wenn man nichts in der Hand hat, greift man nach jedem Strohhalm!«, verteidigte Fassbinder seine Theorie.

Fürs Erste beließen sie es dabei, die Mitarbeiter tauschten noch kopierte Unterlagen untereinander aus und übergaben ihrem Chef diverse Berichte. Nachdem auch das Wochenprogramm in groben Zügen besprochen war, informierte Fassbinder über das Telefonat mit Frau Feddersen und bat Phillip, ihn um Viertel nach elf nach Düsseldorf zu fahren. Es war neun Uhr vierunddreißig, als die Besprechung endete.

Düsseldorf-Hubbelrath, Dorfstraße 32
Montag, 2. Mai, 11:55 Uhr

»Fünf Minuten vor der Zeit ist des Soldaten Pünktlichkeit!« Lächelnd öffnete Frau Feddersen die Tür. »Guten Tag, die Herren!«

»Guten Tag, Frau Feddersen! Ich hoffe, Sie sehen es uns nach: eine dumme Angewohnheit von mir, immer ein wenig zu früh zu sein.«

»Besser als zu spät. Ich hasse Unpünktlichkeit!«

»Dann haben wir ja mindestens eine Gemeinsamkeit.«

»Nett, dass Sie Ihren jungen Kollegen mitgebracht haben.«

Phillip räusperte sich etwas verlegen.

»Sie trinken doch auch Kaffee, wenn ich mich recht erinnere?«

»Ja, gerne!«

Sie setzten sich in eine der gemütlichen Sitzecken, die sich in dem großen, länglichen Wohnzimmer befanden, von wo aus sich ein guter Blick durch die Fensterfront auf den prächtigen Garten bot. Zarte, grüne Blätter in den unterschiedlichsten Farbnuancen stritten mit den bunten Frühlingsblumen um die Vorherrschaft. So drehte sich das Gespräch auch in erster Linie um den beginnenden Frühling und die erwachende Natur. Vom Fall war zunächst nicht die Rede.

Als Fassbinder einen verstohlenen, aber doch wahrnehmbaren Blick auf seine Armbanduhr warf, reagierte Frau Feddersen lachend: »Ich vergesse immer, dass andere ja noch arbeiten müssen. Sie haben heute sicherlich eine Menge zu tun.« Damit stand sie auf, nahm das auf der Fensterbank bereitstehende Paket in beide Hände und reichte es Fassbinder. »Ich habe nur einige persönliche Sachen entnommen. Das meiste sind Einladungen zu Kongressen, Seminaren, Fachtagungen und Ähnliches. Ein paar Broschüren über die diversen Ausschüsse und Verbände sind vielleicht am ehesten interessant für Sie. Wenn Sie die Unterlagen nicht mehr brauchen, können Sie sie vernichten. Für mich ist das Kapitel abgeschlossen.«

Fassbinder erhob sich. »Vielen Dank, Frau Feddersen. Eventuell ist ja wirklich etwas dabei, was uns weiterhilft. Momentan sind wir nämlich recht ratlos, aber wir bleiben am Ball. Und ich verspreche Ihnen, wir finden ihn, der ...« Weiter kam er nicht, denn Frau Feddersen, die beide zur Tür begleitet hatte, unterbrach ihn. »Schon gut, ich bin fest davon überzeugt, dass Sie ihn finden werden.« Wieder verdunkelte sich ihre Stimme, die Frau kämpfte sichtbar um Fassung. »Auf Wiedersehen. Und vielen Dank für Ihren Besuch!«

»Wir haben zu danken. Sie hören von uns. Auf Wiedersehen!«
Frau Feddersen wartete an der Haustür, bis Fassbinder neben Phillip auf dem Beifahrersitz Platz genommen hatte. Er winkte ihr noch zu, bevor sie losfuhren.

Wuppertal, Lortzingstraße 7
Montag, 2. Mai, 22:09 Uhr

Im Präsidium fand er nicht die Ruhe zur Durchsicht der ihm anvertrauten Unterlagen. Zu viel hatte sich in den letzten Tagen auf seinem Schreibtisch angehäuft, was unbedingt erledigt werden musste. Also beschloss er, das Paket mit nach Hause zu nehmen und dort in aller Ruhe zu sichten. Ohnehin glaubte er nicht, einen entscheidenden Hinweis zu finden.
Wenn Fassbinder bisher in den Zeitungen über horrende Gehälter und Boni von Bankvorständen gelesen hatte, war ihm immer die Galle hochgekommen. Der Gedanke daran, dass die Erfolgsprämien der Banker schon ein Jahr, nachdem die Lehman-Pleite die Finanzkrise ausgelöst hatte, wieder das ehemalige Niveau erreicht hatten, verärgerte ihn. Doch beim Studium der Unterlagen wurde ihm auch bewusst, in welchem Ausmaß die Vorstände ihr Privatleben opferten. Offensichtlich blieben nur wenige Abende im Monat, die man tatsächlich als privat bezeichnen konnte. Eine Veranstaltung jagte die andere, die Wochenenden waren meist sämtlich blockiert. Und die Verantwortung – mehr den Anteilseignern als den Kunden gegenüber – war gewaltig, ebenso der psychische Druck. Aber was trieb diese Menschen an? Geld allein konnte es nicht sein,

davon hatten sie in diesen Positionen schließlich genug – und wohl kaum die entsprechende Zeit, um es auszugeben. Also blieben als Motive nur Macht und Gier. Und das war wahrscheinlich auch der Nährboden, aus dem die Bereitschaft erwuchs, das hohe Risiko der Geldwäsche einzugehen, um sich noch mehr zu bereichern.
So hing Fassbinder seinen Gedanken nach. Vor ihm lag eine gerade neu aufgelegte Hochglanzbroschüre des Arbeitgeberverbandes Banken, in der die einzelnen Mitglieder mit Pressefoto und Vita vorgestellt wurden, allesamt ordentliche Vorstandsmitglieder deutscher Banken mit Rang und Namen, in einem Fall sogar der Sprecher des Vorstands. Derzeitiger Vorsitzender des Gremiums, der alle zwei Jahre in Berlin, am Sitz des Verbandes, von der Mitgliederversammlung für diesen Zeitraum gewählt wurde, war ein Vorstandsmitglied der Commerzbank AG.
Fassbinder erinnerte sich daran, dass mit den Fotos, die Feddersen irrtümlich zugegangenen waren, vermutlich ein Vorstandsmitglied eines anderen Bankenkonzerns, eventuell sogar ein Vorstandsvorsitzender, erpresst werden sollte. Nun war seine Neugier vollends geweckt.
Er blätterte weiter in der Broschüre. Zunächst informierte er sich über die Historie und die Aufgabenfelder des Arbeitgeberverbandes, dann widmete er sich akribisch jeder einzelnen Vita der insgesamt sieben Mitglieder. Bei der fünften angekommen, fielen ihm schon fast die Augen zu. Doch plötzlich war er hellwach. Da stand es: Geboren in Toronto, drittes von vier Kindern eines 1958 nach Kanada ausgewanderten Arztehepaares, Studium der Betriebswirtschaft an der bilingualen Universität in Ottawa, Promotion magna cum laude, zweijährige Vorstandsassistententätigkeit bei der Royal Bank of Canada in Toronto und anschließend

Rückkehr nach Ottawa, wo er bei der Bank of Canada zum Abteilungsleiter für das Auslandsgeschäft Europa avancierte. Dann folgte der Ruf in den Vorstand zu einem der europäischen Vertragspartner.
Fassbinder jubilierte innerlich. Ottawa! Die Riesenspinne vor der National Gallery! Gab es tatsächlich einen Zusammenhang oder war alles reiner Zufall? Sollte dies die Spur sein, die ihn zum Erfolg in seinem letzten Fall führte? Der morgige Tag könnte zum Tag der Wahrheit werden. Er beschloss, sein Wissen zunächst für sich zu behalten, denn wäre er auf dem Holzweg, bliebe ihm die Häme seiner Mitarbeiter erspart.

Polizeipräsidium Wuppertal
Dienstag, 3. Mai, 8:07 Uhr

Obwohl es am Abend zuvor spät geworden war, saß Fassbinder an diesem Morgen schon kurz nach acht an seinem Schreibtisch. Vom Telefonat mit dem Personenschützer am Freitag wusste er, dass der Arbeitgeberverband Banken heute bei der Commerzbank in Frankfurt tagte. Es würde einschlagen wie eine Bombe, wenn er dort gegen Mittag aufkreuzte – vorausgesetzt, er läge mit seiner Vermutung richtig. Fassbinder war sichtlich nervös. Schon zweimal hatte er in Marcs Büro nachgeschaut, aber ausgerechnet heute war sein Stellvertreter spät dran.
Wieder und wieder blätterte Fassbinder in der Broschüre des Verbandes, als könne er ihr so weitere Geheimnisse entlocken. Dann klopfte es an der Tür und Marc trat ein, in der Hand den Zettel seines Chefs mit einer einzigen Notiz: ›*Dringend!!!*‹

»Endlich!«, entfuhr es Fassbinder.
»Was ist denn so eilig, dass Sie schon vor halb neun die Pferde verrückt machen, Chef?«
»Eine heiße Spur!«
»Und die wäre?«
»Kann ich noch nicht sagen!«
»Und dafür machen Sie eine solche Welle?«, lachte Marc, der es sich als einziger Mitarbeiter erlauben konnte, seinem Vorgesetzten gegenüber diesen vertraulichen Ton anzuschlagen.
»Marc, hör bitte zu! Wenn meine Vermutung falsch ist, bin ich der Depp der Nation. Wenn sie aber richtig ist, sind wir ganz nah an der Lösung. Und dich will ich dabeihaben.«
»Als Blitzableiter?«
»Nun komm mal wieder runter! Nein, wenn meine Nase mich nicht täuscht«, nahm Fassbinder seinen Faden wieder auf, wohl wissend, warum Marc bei dieser Bemerkung grinste, »dann finden wir heute die Lösung des Falles. Es wäre der perfekte Einstieg für dich als meinen Nachfolger!«
Marc war sprachlos, was bei ihm eher selten vorkam. Es vergingen ein paar Augenblicke, bis er sich gefangen hatte.
»Mensch, Chef, ich weiß gar nicht, was ich sagen soll.«
»Schon gut, Marc. Ich hätt's dir schon lange mitteilen sollen, aber ich hab eben geglaubt, es reicht, dass ich dir immer mehr Verantwortung übertrage und mich ein bisschen rarer mache. Wenn wir heute den Fall lösen, ist der 30. Juni mein letzter Arbeitstag.«
Marc schwieg, aber es war ihm anzusehen, wie ihn die Worte seines Chefs aufwühlten. So lange hatte er auf diesen Moment gewartet!
»Jetzt zum Ablauf: Wir werden gleich nach Frankfurt

fahren, wo heute der Arbeitgeberverband Banken bei der Commerzbank tagt. Wenn ich mich nicht irre, nimmt dieser Mann«, sagte Fassbinder und fuchtelte dabei mit den drei Fotos vor Marcs Gesicht herum, »an der Sitzung teil. Wir werden ihn damit konfrontieren und dann bin ich gespannt, wie er reagiert.«

»Es ist wohl zwecklos, wenn ich frage, um wen es sich handelt?«

»Völlig zwecklos! Lass mir diesen kleinen Vorsprung noch ein Weilchen. Auf geht's, pack deine Sachen zusammen! Ich melde mich noch bei Dr. Sauer ab und dann treffen wir uns um Viertel vor neun auf dem Parkplatz.«

Commerzbank AG Frankfurt, Kaiserplatz
Dienstag, 3. Mai, 11:09 Uhr

»Todschick!«, entfuhr es Marc, als er mit seinem Chef die Eingangshalle zur Hauptverwaltung der Commerzbank betrat.

»Nicht nur schick, war irgendwann in den Neunzigern auch das höchste Bürogebäude Europas und wurde vor zwei Jahren als ›Green Building‹ ausgezeichnet. Aber es ist nicht alles Gold, was glänzt!«

Fassbinder zeigte dem Pförtner seinen Dienstausweis.

»Wir müssen Herrn Rebeis in einer dringenden Angelegenheit sprechen.«

»Da haben Sie Pech«, erwiderte der Pförtner etwas von oben herab. »Zurzeit findet eine Sitzung des Arbeitgeberverbandes Banken statt, dessen Vorsitzender Herr Direktor Rebeis ist. Und da kann ich ihn unter gar keinen Umständen stören.«

»Oh doch, Sie können und Sie werden Ihren Herrn Direktor stören!«
»Ich rufe mal im Sekretariat an, vielleicht kann seine Sekretärin Ihnen weiterhelfen.« Der Pförtner wirkte etwas verunsichert, aber jetzt schon eine Spur höflicher.
»Guten Tag, Frau Wüstekamp, hier sind zwei Herren von der Polizei, die Ihren Chef sprechen wollen.« Fassbinder konnte nicht hören, was die Sekretärin antwortete. Dann fuhr der Pförtner fort: »Ich fürchte, da müssen Sie sich wohl doch herunterbemühen.«
Es dauerte ungefähr zehn Minuten, bis die Sekretärin erschien: eine Size-Zero-Figur wie aus dem Modejournal, groß und gertenschlank. Ihr Alter war schwer zu schätzen, vermutlich zwischen Anfang und Ende dreißig. Sie trug einen blauen Hosenanzug in Leinenstruktur, der bis auf die Spitzen ihrer ebenfalls blauen, mit kleinem Blockabsatz versehenen Schuhe reichte. Die längs gestreifte blau-weiße Bluse vervollständigte ihr perfektes Outfit, das dunkelblonde, kurz geschnittene Haar war von helleren Strähnen durchzogen und hinter einer kaum wahrnehmbaren randlosen Brille blitzten zwei wachsame, grüne Augen.
Mit ausgestreckter Hand nahm sie zielsicher Kurs auf Fassbinder. »Maren Wüstekamp, was kann ich für Sie tun?«
Fassbinder stellte sich und seinen Kollegen vor. Die selbstsichere, doch auch freundliche Art der Sekretärin imponierte ihm. »Wir wissen, dass wir ungelegen kommen, aber es ließ sich nicht vermeiden. Wir ermitteln in einer Mordsache und Geiselnahme, daher ist ein Aufschub nicht möglich. Wir müssen dringend Ihren Chef sprechen, auch wenn er dadurch die augenblickliche Sitzung unterbrechen müsste.«
»Dann darf ich Sie bitten, mich hinaufzubegleiten. Die Sit-

zungsräume sind im achtundvierzigsten Stock, direkt unter der Vorstandsetage.« Erstaunlich schnell überwand der Fahrstuhl die deutlich mehr als zweihundert Meter, ohne das Gefühl übermäßiger Geschwindigkeit zu vermitteln. Maren Wüstekamp führte Fassbinder und Marc in einen Besprechungsraum, in dessen Mitte ein Konferenztisch aus edlem Mahagoniholz sowie zwölf hochlehnige Lederstühle standen, und bat, Platz zu nehmen.

»Ich lasse Ihnen gleich Kaffee und Tee bringen. Es könnte noch ein paar Minuten dauern, bis Herr Direktor Rebeis sich Ihnen widmen kann.«

»Ja, wenn es nicht zu lange dauert. Und Kaffee genügt, danke!«

Nach einer knappen Viertelstunde, in der Fassbinder und Marc den eindrucksvollen Ausblick auf die anderen, winzig klein erscheinenden Bürogebäude des Bankenviertels, die historischen Bauten des Städels und die Frankfurter Museen am gegenüberliegenden südlichen Mainufer genossen hatten, betrat Frau Wüstekamps Chef den Besprechungsraum.

Man machte sich miteinander bekannt, dann kam Fassbinder gleich zur Sache. »Es tut mir wirklich leid, sie stören zu müssen, aber die Sache ist dringend. Schließlich geht es um Geiselnahme und Mord. Wir müssen dazu einen Ihrer Kollegen befragen.«

»Ein Vorstandsmitglied der Commerzbank ist involviert?«

»Nein, es geht um einen Kollegen des AGV Banken, der ja gerade in Ihrem Haus tagt.«

»Und wen wollen Sie sprechen?«

»Herrn Dr. Zappa. Er könnte uns in der Angelegenheit weiterhelfen. Wir wollen ihn als Zeugen befragen.«

»Gut, dann sage ich ihm gleich Bescheid.« Rebeis klang

erleichtert. »Es wäre auch nur schwer vorstellbar gewesen, dass ein Mann wie Dr. Zappa mit Mord und Totschlag zu tun haben könnte. Man wirft uns Bankern seit der Lehman-Brothers-Pleite ja so manches Verbrechen am Kapital vor, aber Kapitalverbrechen wohl eher nicht«, freute er sich selbst über sein Wortspiel. Dann verabschiedete er sich.

Kaum hatte Rebeis die Tür hinter sich geschlossen, platzte es aus Marc heraus: »Dr. Zappa? Wie kommen Sie denn auf den? Der ist doch beinahe selbst zum Mordopfer geworden.«

»Abwarten, junger Kollege«, spannte ihn Fassbinder auf die Folter. »Zunächst handelt es sich nur um eine informelle Befragung. Aber ich hoffe sehr, dass sie schnell zu einem Verhör werden wird. Wenn er gleich kommt, lassen Sie mich nur machen. Achten Sie aber vor allem auf seine Reaktionen und notieren Sie sich die wesentlichen Punkte des Gesprächs!«

»Okay, Chef. Da bin ich aber sehr gespannt, ob Sie mit Ihrer Vermutung richtig liegen.«

Dr. Zappa betrat den Raum, begrüßte Fassbinder wie einen alten Bekannten, nickte Marc kurz zu und nahm den beiden Kommissaren gegenüber Platz. »Wie kann ich helfen?«

Fassbinder setzte alles auf eine Karte. Er öffnete die vor ihm liegende Akte, legte wortlos und sehr langsam ein Foto nach dem anderen vor Dr. Zappa auf den Tisch. Als das Gesicht seines Gegenübers kalkweiß wurde, wusste Fassbinder, dass die Spur unweigerlich zum Ziel führen würde.

»Sie erkennen sich wieder?«

Die Gegenfragen kamen einem Bekenntnis gleich: »Wie kommen Sie an diese Aufnahmen? Haben Sie meinen Safe öffnen lassen?«

Die Leimrute war gelegt, Dr. Zappa klebte fest. Fassbinder

wusste, was zu tun war, und belehrte ihn über seine Rechte.
»Nein, es sind nicht die Abzüge aus Ihrem Safe. Sie hatten das große Pech, dass Ihre – wie soll ich sagen? – ukrainischen Freunde im ersten Versuch, Ihnen die Fotos zu schicken, den falschen Adressaten, nämlich Feddersen, gewählt hatten.« Fassbinder zauderte nur einen winzigen Moment, ob er die augenblickliche Verwirrung Dr. Zappas nicht zu einem weiteren Vorstoß nutzen sollte. Dann stürzte er sich wie ein Adler auf seine Beute.
»Sie wurden erpresst, sollten von Jagla und Bilanow, der inzwischen im Untersuchungsgefängnis in Moabit sitzt, gefügig gemacht werden – für eine Geldwäsche in großem Stil. Bei Feddersen konnten die Ukrainer nicht landen, deshalb hat man es bei Ihnen versucht. Und wie ich sehe«, sagte Fassbinder und warf dabei einen Blick auf die Fotos, »mit durchschlagendem Erfolg.«
Der in den bisherigen Begegnungen immer so selbstsicher aufgetretene Bankmanager war Geschichte. Dr. Zappa taumelte wie ein angeschlagener Boxer, aber er war noch nicht am Boden.
Fassbinder holte zum entscheidenden Schlag aus. »Wir sind sicher, dass Sie bei der Geiselnahme Ihre Finger im Spiel hatten und Feddersen ermorden ließen.«
Dr. Zappa brauste auf. »Mit der Geiselnahme habe ich absolut nichts zu tun! Und mit der Ermordung Feddersens schon gar nicht! Das dürfte allein Bilanows Werk gewesen sein.«
»Wieso Bilanow? War nicht Jagla der Kopf der Bande?«, fuhr ihm Fassbinder dazwischen.
»Nein, der hatte als Aushängeschild nur für die geschäftlichen Kontakte zu sorgen. In diesem Punkt war Jagla Feddersen und mir gegenüber in den Verhandlungen immer

ganz offen. Der eigentliche Kopf ist Bilanow, quasi Jaglas Chef.«

»Soso, der Chauffeur als Saubermann!«

»Und der dürfte auch Feddersen umgebracht haben.«

»Aber in Ihrem Auftrag!«

»Nein, nein und nochmals nein! Wie oft soll ich es Ihnen noch sagen, dass ich mit der Entführung nichts zu tun habe!«

»Okay, selbst wenn Sie den Auftrag nicht gegeben haben sollten, so hat es Ihnen doch prima ins Konzept gepasst. Von Feddersen hätten Sie doch niemals das Placet für den Geldwäsche-Deal mit den Ukrainern bekommen.«

»Das stimmt. Auf mich wurde mit diesen Fotos Druck ausgeübt und gleichzeitig war mit der Ermordung Feddersens – offensichtlich durch Bilanow – der Weg für die Umsetzung des Geldwäsche-Deals frei.«

»Wir wissen von dem geplanten Equity Joint Venture mit der OTB-Ukraina-Forum und den für Sie und die Nordrhein günstigen Konditionen. Sie sehen, wir haben unsere Hausaufgaben gemacht.«

»Hm.« Dr. Zappa war ein Zocker. »Ich bin mir keinerlei Schuld bewusst. Aber wenn gegen mich ein Verfahren wegen der geplanten Geldwäsche eingeleitet werden sollte«, sagte er und hielt an dieser Stelle für einen Moment inne, »könnte es mir dann etwas nutzen, wenn ich Ihnen jetzt alles erzähle, was ich über den Deal mit den Ukrainern weiß, quasi die Hosen herunterlasse?«

Marc, der die ganze Zeit ruhig neben seinem Chef gesessen und sich Notizen gemacht hatte, schaute auf die Fotos und musste nach Dr. Zappas letzter Formulierung unwillkürlich grinsen. Er verkniff sich eine passende Bemerkung und notierte wortlos weiter.

»Natürlich werde ich hier keine Garantien abgeben, aber Sie können mir glauben, wenn wir in unserem Bericht an die Staatsanwaltschaft ausdrücklich auf Ihre Kooperationsbereitschaft hinweisen, wird sich das auf das Verfahren gegen Sie positiv auswirken.«

»Sicher?«

»Ganz sicher!«

Nun berichtete Dr. Zappa ausführlich, wie und wann die Anbahnung mit der OTB-Ukraina-Forum erfolgt war. Er schilderte alle Details und nannte auch die ausländischen Banken, über die die Finanztransaktionen künftig gelaufen wären. Eine besondere Rolle sollten dabei Bankenstützpunkte in São Tomé und Príncipe bilden, die gerade erst von der FATF, dem Arbeitskreis Maßnahmen zur Geldwäschebekämpfung, auf die schwarze Liste der sogenannten NCCT-Länder, der nicht kooperierenden Territorien, gesetzt worden waren.

Nachdem Dr. Zappa seine Ausführungen beendet hatte, betonte er nochmals, dass bisher keinerlei Geldwäschehandlungen vollzogen, sondern ausschließlich entsprechende Vorbereitungen getroffen worden seien.

»Dann habe ich nur noch eine Frage: Weshalb ist auch auf Sie ein Attentat verübt worden?«

»Wissen Sie das wirklich nicht?«

»Ich habe zumindest eine Vermutung.«

»Der Anschlag auf mich war nach den mir zugesandten Erpresserfotos quasi eine letzte Warnung. Mit Sicherheit hat einer von Bilanows Leuten die Schüsse abgegeben. Es würde mich nicht wundern, wenn sein Spezi auch das Attentat auf Jagla verübt hat. Jede Wette, dass das auch Bilanows Werk gewesen ist.«

»Tatsächlich konnten wir feststellen, dass bei beiden

Anschlägen dasselbe Präzisionsgewehr benutzt wurde.«
Nach einem kurzen Schweigen sagte Dr. Zappa kleinlaut: »Würde es Ihnen etwas ausmachen, mir keine Handschellen anzulegen, wenn Sie mich jetzt mitnehmen?«
»Nein. Wir gehen nicht davon aus, dass Sie auf dem Weg zum Parkplatz einen Fluchtversuch unternehmen werden.«
»Danke.«
»Von Ihren Vorstandskollegen werden Sie sich jedoch nicht mehr verabschieden können, aber darauf legen Sie wahrscheinlich sowieso keinen Wert. Wir sagen noch schnell der Sekretärin von Herrn Rebeis Bescheid, sie wird auch sicherlich Ihren Fahrer entsprechend informieren. Sie sind doch nicht selbst gefahren, oder?«
»Nein, ich habe mich wie üblich fahren lassen. Ich kann im Auto immer gut arbeiten.« Dr. Zappa schien noch irgendetwas auf dem Herzen zu haben. Er starrte vor sich hin. »Darf ich Ihnen noch eine Frage stellen?«
»Fragen Sie!«
»Der Mann auf den Fotos hätte doch jeder x-Beliebige sein können. Wie sind Sie gerade auf mich gekommen?«
»Kurze Frage, kurze Antwort: Ottawa!«
»Verstehe!«
»Okay, gehen wir.«

Marc wollte seinem Chef nach dieser für ihn überraschenden Wende noch ein paar Fragen stellen, aber er musste sich gedulden, bis sie ihren Fahrgast, der neben Fassbinder auf dem Rücksitz Platz genommen hatte, im Simonshöfchen abgeliefert hatten.
»Glauben Sie ihm, dass er von der Entführung nichts gewusst hat, sich also auch nicht wegen der Ermordung Feddersens wird verantworten müssen?«

»Lass es mich so sagen: Wir haben verdammt schlechte Karten. Mit einem einigermaßen gewieften Anwalt geht er nicht mal in den Bau und erhält maximal eine zweijährige Bewährungsstrafe. Die Staatsanwaltschaft wird ihm kaum beweisen können, etwas mit der Geiselnahme zu tun gehabt zu haben. Und was bleibt dann noch?«

»Die Geldwäsche!«

»Okay, Marc. Aber das waren – wenn auch schon ziemlich minutiös ausgearbeitet – lediglich Vorbereitungshandlungen. Offenbar wurden aber bisher noch keine Geldwäschetransaktionen durchgeführt. Und wenn dennoch irgendwas in dieser Richtung nachzuweisen wäre, könnte er sich wegen der Erpressung und des gegen ihn verübten Anschlags auf übergesetzlichen Notstand berufen.«

Polizeipräsidium Wuppertal
Dienstag, 3. Mai, 15:34 Uhr

Als Erstes rief Fassbinder seinen Kollegen Oltrogge in Berlin an, der sich von den neuesten Erkenntnissen völlig überrascht zeigte.

»Ziemlich hoch gepokert, aber Kompliment, mal wieder den richtigen Riecher gehabt«, meinte er, denn auch Oltrogge kannte Fassbinders Spitznamen. »Wäre gut, wenn wir Haarmanns Bericht so schnell wie möglich bekämen. Damit hätten wir hier neue Trumpfkarten für das nächste Verhör Bilanows in der Hand. Mit Sicherheit gibt's in Kürze einen Haftprüfungstermin und dann brauchen wir bessere Munition als die bisherige.«

»Hat Zappa selbst auf sich schießen lassen oder war es Bilanow?«

»Es sollte wohl eine weitere Warnung an Zappa sein, offensichtlich auf Anweisung Bilanows von demselben Typ ausgeübt wie das Attentat auf Jagla.«
»Hm, dachte ich mir. Da haben die Ukrainer aber ziemliche Geschütze aufgefahren.«
»Das kann man wohl sagen, die sind nicht zimperlich«, antwortete Fassbinder. »Also, wir schicken den Bericht noch heute an Sie nach Berlin. Good luck!«
»Können wir gebrauchen. Ich halt Sie auf dem Laufenden. Also bis dann. Grüße an die ganze Crew.«
»Okay, richte ich aus. Tschüss!«
Erstmals seit langer Zeit hatten Oltrogge und Fassbinder wieder zu einem kollegialen Miteinander gefunden, das sich auch im Umgangston zeigte. Der Machtkampf war offensichtlich zu Ende. Jetzt, so kurz vor dem schon greifbaren Erfolg, begruben die beiden Streithähne ihr Kriegsbeil.

Fassbinder hatte bereits von unterwegs mit seinem Chef, dem Direktionsleiter der Kriminalpolizei, gesprochen. Sie vereinbarten für sechzehn Uhr eine Besprechung mit allen beteiligten Mitarbeitern. Dr. Sauer sagte zu, den Leitenden Oberstaatsanwalt sowie den Polizeipräsidenten zu verständigen und einzuladen. Von einer Pressemeldung zum jetzigen Zeitpunkt riet Fassbinder ab, da den Journalisten noch nicht die gesamten Tatumstände und -beteiligungen lückenlos mitgeteilt werden konnten.
»Schade, die Erfolgsmeldung hätte ich gerne jetzt schon präsentiert«, meinte Dr. Sauer. »Wäre vor allem bedauerlich, wenn die Presse doch Wind von Zappas Verhaftung bekäme, bevor wir irgendeine Information rausgegeben haben!«
»Das können Sie sowieso nicht ausschließen. Aber die

Vertreter der Banken aus dem Arbeitskreis werden sich hüten, etwas verlauten zu lassen. Das würde nur dunkle Schatten auf die ganze Branche werfen. Und einen Flächenbrand können die Banken derzeit wirklich nicht gebrauchen. Wir sollten die Entwicklung in Berlin abwarten, bevor wir an die Presse treten.«

»Wahrscheinlich haben Sie recht«, gab sich Dr. Sauer geschlagen. »Wann meinen Sie, sind Sie soweit?«

»Sie lassen aber auch nicht locker. Ich denke, bis spätestens Ende der Woche sollten wir alles in trockenen Tüchern haben.«

Die Besprechung verlief ruhig – ohne viele Zwischenfragen – und war schon nach einer knappen halben Stunde beendet.

Dr. Riewers ließ es sich nicht nehmen, die ganze Mannschaft unter ausdrücklicher Erwähnung der LKA-Leute für ihren hervorragenden Einsatz zu loben. Er bat die Mitarbeiter, seinen Dank auch an die Familienmitglieder weiterzugeben, die wegen des Entführungsfalls ebenfalls unter dem besonderen Arbeitsdruck der letzten Wochen gelitten hätten.

Um kurz vor halb fünf löste der Polizeipräsident die Versammlung auf, für Fassbinder und Marc war der Arbeitstag damit aber noch nicht zu Ende. Der Bericht über Dr. Zappas Vernehmung musste so schnell wie möglich fertiggestellt, nach Berlin gefaxt und das Original am nächsten Tag ins Untersuchungsgefängnis gebracht werden. Fassbinder hoffte inständig, dass Zappas Unterschrift unter dieses Dokument nicht durch den sicherlich inzwischen schon beauftragten Anwalt verhindert würde.

Justizvollzugsanstalt Moabit, Berlin
Mittwoch, 4. Mai, 9:02 Uhr

Herder und Oltrogge hatten noch am Abend zuvor, als der Bericht aus Wuppertal eingetroffen war, beschlossen, Bilanow am nächsten Morgen mit den Aussagen von Dr. Zappa zu konfrontieren. Gemeinsam mit Oberkommissar Hanisch saßen sie nun dem Untersuchungsgefangenen gegenüber, der seine bisher an den Tag gelegte Selbstbeherrschung verloren zu haben schien.

»Das ist eine absolute Sauerei!«, brauste Bilanow auf. »Der feine Pinkel will seinen Kopf aus der Schlinge ziehen und schiebt jetzt alles auf mich. Ich sag es noch mal: Ich war nur das Mädchen für alles. Okay, ich war bei der Entführung dabei. Aber ich habe immer nur das getan, was man mir aufgetragen hat.«

»Eben – also auch den Mord an Huber und Feddersen!«, meinte Herder süffisant.

»Verdammt noch mal! Kapieren Sie das denn nicht? Nein, den Huber hat der Jagla erschossen und den Feddersen der Mats! Ich hatte damit nichts zu tun!«

Herder blätterte in seinen Unterlagen. »Aber Sie waren beide Male dabei, als Huber und Feddersen erschossen wurden.«

Bilanow zögerte einen Moment. Er musste davon ausgehen, dass die überlebenden Geiseln detailliert darüber berichtet hatten, was in der Scheune geschehen war. »Stimmt, aber ich war in beiden Fällen nur der Fahrer, ich bin immer im Auto sitzen geblieben. Habe jedes Mal nur den Schuss gehört, aber nichts gesehen.«

»Das heißt, Jagla ist alleine zurück zum Auto gekommen?«

»Genau! Und bei Feddersen war es der Mats.«

»Und wer verbirgt sich hinter Mats?«

»Weiß ich nicht. Von Jagla habe ich nur mal gehört, dass Mats und die anderen zu einer ganzen Armada von ehemaligen russischen Soldaten gehören, die hier in Deutschland noch nicht polizeilich registriert sind und immer nur ein einziges Mal zu solchen Sachen nach Westeuropa eingeschleust werden. Danach begeben sie sich sofort wieder nach Russland oder bleiben in der Ukraine.«

»Über das Geld haben wir noch gar nicht gesprochen. Was ist mit den acht Millionen?«

»Jagla hat mir mal erzählt, dass der Löwenanteil für die Finanzierung eines neuen Unternehmens, Joint Venture oder so was, gedacht war. Und ungefähr ein Viertel hätte er für die Vorbereitungen der Entführung und die Entlohnung der russischen Ex-Soldaten verbraucht.«

»Sie wissen ja eine Menge, wollen aber mit all dem nichts zu tun gehabt haben. Das war also alles Jaglas Plan?!«

»Exakt, Sie sagen es! Jetzt haben Sie es endlich kapiert«, grinste Bilanow, jetzt schon wieder etwas selbstsicherer.

»Und was ist mit Harald Iversen?«

»Sie meinen den Veranstalter des Survival-Camps?«

»Ja, genau den!«

»Der soll keinen blassen Schimmer gehabt haben. Jagla hat ihn nur deshalb für die Geldübergabe bestimmt, weil er davon ausging, dass er bei ihm als ehemaligem Z-12-Soldaten am ehesten auf seine Zuverlässigkeit bauen konnte. Und das hat sich ja wohl auch als richtig herausgestellt.«

»Gut, nächstes Kapitel: Dr. Zappa sagt, Sie hätten die Schüsse auf ihn in Auftrag gegeben, ebenso wie Jaglas Ermordung.«

»Das ist wieder so eine bodenlose Unverschämtheit«, ereiferte sich Bilanow erneut. »Wann war das mit den Schüssen auf den Zappa?«

Wieder blätterte Herder in der Akte. »Am frühen Abend des 20. April.«
»Also kann ich es gar nicht gewesen sein. Da habe ich meinen Chef nach Berlin zur OTB kutschiert.«
»Wir sagen ja auch nicht, dass Sie der Täter waren, aber Sie sollen den Auftrag zu dem Anschlag gegeben haben!«
»Noch mal zum Mitschreiben: Ich war das nicht! Und in Berlin kann ich ja wohl schlecht auf mich selbst geschossen haben, als Jagla ermordet wurde.«
»Lassen wir das. Zurück zur Ermordung von Huber und Feddersen: Auch wenn Sie nicht der Täter waren, kriegen wir Sie auf jeden Fall wegen Mittäterschaft dran.«
In dem kahlen Vernehmungszimmer wurde es still. Bilanow schien nachzudenken. »Was wäre denn, wenn ich beweisen könnte, wer den Auftrag für Feddersens Ermordung gegeben hat?«
»Können Sie das denn?«
»Und ob!«
»Erzählen Sie!«
»Nee, so billig soll das für Sie nicht werden. Ich will einen Deal mit dem Staatsanwalt.«
»Vergessen Sie's, dafür hängen Sie zu dick mit drin.«
»Aber es macht ja schon ein paar Jährchen Unterschied, ob Mittäterschaft oder Beihilfe. Das sehe ich doch richtig?«
Herder und Oltrogge sahen sich an. Still verständigten sie sich darüber, dass sie an einem entscheidenden Punkt angelangt waren, den sie miteinander besprechen sollten.
»Okay, wir machen eine kleine Pause und reden mit dem Staatsanwalt. Ich denke, wir sind in einer Viertelstunde wieder zurück.« Herder gab dem anwesenden Beamten einen Wink und gemeinsam mit Oltrogge und Hanisch verließ er den Raum.

In der Wache ließ er sich mit dem Sekretariat des Leitenden Oberstaatsanwalts Höfer verbinden und berichtete ihm vom bisherigen Ablauf der Vernehmung sowie von Bilanows Angebot, einen Beweis zu liefern, wer Feddersens Ermordung in Auftrag gegeben hatte.
Höfer schwieg zunächst, er schien zu überlegen, ob er sich einen Deal leisten konnte. »Okay, wir brauchen Erfolge, müssen Ergebnisse liefern. Der Innensenator macht schon mächtig Druck. Also sagen Sie ihm zu, dass ich hinsichtlich beider Morde die Anklage auf Beihilfe beschränken werde, wenn er einen echten Beweis hat, von wem der Auftrag zur Ermordung Feddersens kam. Aber wie gesagt: einen hieb- und stichfesten Beweis. Für heiße Luft gibt es keinen Rabatt!«
»Gut. Wir nehmen den Deal ins Protokoll auf.«
»Machen Sie das! Wünschen wir uns Glück – und informieren Sie mich umgehend, sobald Sie den Beweis haben.«
»Wir melden uns.«

Berlin-Zehlendorf, Krumme Lanke, Wasserkäfersteig 1b
Mittwoch, 4. Mai, 12:10 Uhr

Um zehn nach zwölf rief Herder von Zehlendorf aus den Staatsanwalt an, um ihm die neueste Entwicklung mitzuteilen. »Wir haben von Bilanow höchstwahrscheinlich den versprochenen Beweis erhalten – aber erst, als sein Anwalt in Moabit eingetroffen war. Bilanow hat uns wohl nicht getraut und wollte deshalb unbedingt seinen Rechtsbeistand dabei haben. Daher hat es auch etwas gedauert.«
»Erzählen Sie!«
»Wir haben jetzt den Tresorschlüssel von seinem Bank-

schließfach bei der Berliner Bank am Mexikoplatz. Bilanow hatte ihn am Fuß eines Rosenstocks im Garten von Jaglas Haus vergraben, wo wir uns auch im Augenblick befinden. Im Schließfach soll sich ein I-Phone befinden, das Bilanow Jagla nach dessen Ermordung abgenommen haben will. Seinen Schilderungen nach ist auf dem Gerät ein Mitschnitt zu hören, wie Jagla den Auftrag zur Ermordung von Feddersen erhält. Wir werden das I-Phone jetzt holen. Könnten Sie um vierzehn Uhr dreißig im Präsidium sein? Oder sollen wir zu Ihnen kommen?«
»Nein, ist schon in Ordnung. Ich bin um halb drei bei Ihnen.«

Polizeipräsidium Berlin, Herders Büro
Mittwoch, 4. Mai, 14:30 Uhr

Ohne Probleme hatte Herder den Inhalt des Schließfachs an sich nehmen können, es enthielt tatsächlich nur das I-Phone. Wie sie den übrigen Nachrichten auf der Mailbox entnehmen konnten, gehörte es offensichtlich Jagla.
»Dann wollen wir uns das Ganze mal anhören«, forderte Höfer, der pünktlich eingetroffen war, Herder auf.
Der Hauptkommissar schaltete das I-Phone an der entscheidenden Stelle ein.

»Der Deal mit der OTB kommt nur zustande, wenn Feddersen tot ist. Mit ihm ist da nichts zu machen. Auch Sie werden keinen schwarzen Fleck auf seiner Weste finden. Er ist ein absoluter Saubermann.«
»Das mit Huber hatten wir ja eingeplant, aber Feddersen haben wir nicht auf der Rechnung. Wir fürchten, dass das

SEK nach einem zweiten Mord keinerlei Rücksicht mehr auf das Leben der letzten Geiseln nehmen wird und die Bedrohung damit auch für uns beträchtlich steigt.«
»Dafür müssen die Sie erst einmal aufstöbern. Und bisher tappen die ja noch mächtig im Dunkeln.«
»Mag sein, aber das Ganze gefällt mir gar nicht!«
»Auf Ihre Gefühle kann ich keine Rücksicht nehmen. Liquidieren Sie Feddersen – oder der Deal platzt!«

Herder schaltete das Gerät aus. »Und Sie sind sicher, dass es sich bei dem Anrufer um Dr. Zappa handelt?«, wandte er sich an seinen Kollegen vom LKA.
»Hundertprozentig, das ist seine Stimme«, antwortete Oltrogge. »Ich habe einmal mit Zappa telefoniert, als wir die Stellvertreter der Wirtschaftsbosse wegen der Geiselnahme nach Wuppertal beordert hatten. Seine markante Stimme würde ich unter Hunderten wiedererkennen.«
»Dann müssen wir jetzt das weitere Vorgehen mit den Wuppertalern koordinieren«, ordnete Höfer an. »Haben Sie die Aufzeichnung schon kopiert und dorthin übermittelt?«
»Geschieht gleich anschließend!«
»Sobald die Wuppertaler Zappa mit dieser Aufzeichnung konfrontiert haben und dann hoffentlich letzte Zweifel ausgeräumt sind, sollten Sie eine Pressemeldung miteinander abstimmen, die dann zeitgleich in NRW und in Berlin über den Ticker geht. Entwerfen Sie das zusammen mit – wie heißt der Kommissar noch, der sich um die Entführung kümmert?«
»Fassbinder, Hauptkommissar Fassbinder«, warf Oltrogge ein. »Ich muss ihn sowieso gleich anrufen, um ihm über die neueste Entwicklung zu berichten. Jeder sollte seinen Part zu Papier bringen und dann legen wir Ihnen«, sagte er

und blickte hinüber zu Herder, »morgen den gemeinsamen Entwurf vor.«
»Prima, kümmern Sie sich darum. Vielen Dank, ich muss los, habe noch einen dringenden Termin heute Abend.« Schon stand Höfer auf und verließ das Büro.
»Vermutlich eine wichtige Golfpartie«, spottete Herder. »Sprechen Sie erst mal mit Ihrem Kollegen aus Wuppertal und dann machen wir uns an die Arbeit.«

Was Oltrogge ihm da am Telefon berichtete, konnte Fassbinder kaum glauben, denn Dr. Zappa hatte ihn davon überzeugt, nur die Transaktionen zum Zwecke der Geldwäsche geplant zu haben. Und nun sollten Geiselnahme oder gar Morde doch auf seine Kappe gehen?
»Unmöglich! Und das steht unumstößlich fest? Könnte die Gesprächsaufzeichnung nicht auch eine Fälschung sein?«
»Natürlich wäre ein Spezialist imstande, letzte Zweifel auszuräumen, aber das dürfte gar nicht nötig sein. Wenn Sie Dr. Zappa mit der Aufzeichnung konfrontieren, wird er umkippen. Er weiß am besten, was er gesagt hat. Der Mann ist sicherlich ein Zocker, aber er weiß, wann Schluss ist«, antwortete Oltrogge. »Wir haben das Gespräch schon kopiert und an Sie weitergeleitet, Sie müssten es gleich vorliegen haben. Hören Sie es sich an und spielen sie es ihm möglichst schnell vor, denn wir wollen spätestens morgen Abend eine gemeinsame Presseerklärung herausgeben. Können Sie uns Ihren Part dann zumailen, sagen wir bis morgen gegen elf? Dann würden wir das mit unserem Text kombinieren und auch Ihnen den Entwurf zur Abstimmung zuleiten. Ist das okay?«
»Wird gemacht. Wir sind nachher beim Haftrichter. Die Neuigkeiten aus Berlin sind gerade noch rechtzeitig einge-

troffen. Ohne die hätten wir keine Chance gehabt, Zappa noch länger im UG festzuhalten. Jetzt sieht das schon anders aus. Das Ergebnis vom Termin beim Haftrichter arbeiten wir dann noch in unsere Stellungnahme ein. Tschüss, bis morgen!«

Amtsgericht Wuppertal, Büro des Haftrichters Vitus
Mittwoch, 4. Mai, 17:00 Uhr

Fassbinders Wunsch, einen möglichst späten Termin beim Haftrichter zu bekommen, war nicht gerade auf Gegenliebe gestoßen. Vitus hatte sich aber schließlich seinen Argumenten gebeugt, dass er die Zeit noch brauche, um weitere Beweise vorlegen zu können. Es war ein reines Bauchgefühl, auf das sich Fassbinder in seiner langen Dienstzeit schon so manches Mal hatte verlassen können. So auch heute: Wieder war ihm in letzter Sekunde der fehlende Beweis ins Haus geflattert.

Zusammen mit Marc saß er nun Dr. Zappa und Rechtsanwalt Kohlmeis, einem gefürchteten Strafverteidiger aus Köln, im Büro des Haftrichters gegenüber. Vitus selbst hatte – wie üblich – am Tischende Platz genommen.

Sachlich trug Fassbinder den Tatvorwurf vor. Aus dem vor ihm liegenden, von Marc gefertigten, aber noch nicht gegengezeichneten Vernehmungsprotokoll verlas er sämtliche Details zu dem geplanten Geldwäsche-Deal mit der OTB-Ukraina-Forum. Er erwähnte auch die schon festgelegten Bankenstützpunkte in den von der FATF auf die schwarze Liste gesetzten nicht kooperierenden Ländern. Damit wollte er bewusst untermauern, dass Dr. Zappa – als verantwortliches Vorstandsmitglied der Nordrhein AG –

durch diese Handlungen bereits mit der Geldwäsche begonnen hatte.
Nun unterbrach ihn der Strafverteidiger. »Das waren doch nur reine Vorbereitungshandlungen!«
»Herr Kohlmeis, ich erteile Ihnen gleich gerne das Wort«, tadelte Vitus, »aber lassen Sie doch bitte erst einmal Herrn Hauptkommissar Fassbinder vortragen.«
»Pardon, Herr Richter«, erwiderte Dr. Zappas Anwalt. »Kommt nicht wieder vor.«
»Wollen wir's hoffen, allein mir fehlt der Glaube«, grantelte der Haftrichter, der Kohlmeis schon mehrfach in Aktion erlebt hatte. »Also, fahren Sie fort«, beendete er den kleinen Disput mit dem Strafverteidiger und blickte aufmunternd in Fassbinders Richtung.
»Der zweite Tatvorwurf betrifft die Ermordung von Dr. Sven-Eric Feddersen, den verstorbenen Generaldirektor der Nordrhein Bank AG, während seiner Entführung«, nahm Fassbinder den Faden wieder auf. Bewusst legte er nun eine kleine Pause ein, um die Aufmerksamkeit des Haftrichters auf die Reaktion Dr. Zappas zu richten, der sich nervös zeigte. Eben noch davon überzeugt, dass er das Büro nach dem Termin gemeinsam mit seinem Anwalt als freier Mann würde verlassen können, wirkte er nun doch verunsichert.
»Haben Sie dafür Beweise?«, fuhr der Strafverteidiger nun erneut dazwischen.
»Herr Kohlmeis, bitte!«
»Pardon«, kam erneut die kleinlaute Antwort.
»Aber das würde mich natürlich auch interessieren«, wandte sich der Haftrichter an Fassbinder.
»Ja, haben wir. Erlauben Sie, dass wir ein aufgezeichnetes Gespräch abspielen?«

»Bitte sehr, wenn's der Wahrheitsfindung dient«, meinte Vitus, doch seine Stimme verriet Ungeduld. »Einverstanden, Herr Kohlmeis?«

»Ja, keine Einwände«, zischte der Strafverteidiger.

»Marc, würdest du mal bitte das Gerät einschalten?«

Das aufgezeichnete Gespräch wurde abgespielt. Alle blickten auf Dr. Zappa, dessen Gesichtsfarbe sich deutlich verändert hatte. Sein Blick sprach Bände.

»Das ist eine Fälschung!«, fand Kohlmeis als Erster seine Sprache wieder. »Eine plumpe Fälschung! Woher haben Sie das?«

»Lassen Sie's gut sein!«, fuhr ihm Dr. Zappa in die Parade. »Könnten wir mal eben unterbrechen? Ich muss dringend mit meinem Mandanten reden!«

»Nein, es ist vorbei! Ich will reinen Tisch machen!«

Während Fassbinder ein Stein vom Herzen fiel, war dem Strafverteidiger der Unmut über den Zusammenbruch seines Mandanten unschwer anzusehen. Er hatte sich schon im Vorfeld darüber geärgert, dass Dr. Zappa so viele Details des geplanten Geldwäsche-Deals preisgegeben hatte. Demonstrativ klappte der Anwalt die vor ihm liegende Handakte zu.

»Ja, das Gespräch hat es gegeben. Es ist meine Stimme«, sagte Dr. Zappa leise. »Ich wurde mit den Fotos, die der Polizei vorliegen, erpresst und sah keinen Ausweg mehr. Ich war es auch, der den Ukrainern den Zeitpunkt für das Survival-Camp genannt hat. Sie hatten mich völlig in der Hand. Feddersens Tod tut mir leid.« Dr. Zappa stützte sein Gesicht in beide Hände und nahm – nach etlichen Sekunden des Schweigens – nur noch die letzten Worte des Haftrichters wahr: »... wird die Fortdauer der Untersuchungshaft angeordnet.«

Polizeipräsidium Wuppertal
Mittwoch, 4. Mai, 18:37 Uhr

»Hoffentlich einer der letzten langen Abende, Chef«, stöhnte Marc, als er mit Fassbinder in dessen Büro am Bericht für die Pressemitteilung feilte.
»Ganz sicher. Morgen wird es zwar noch einmal turbulent, aber dann können wir uns auf ruhigeres Fahrwasser einstellen.«
»Was liegt denn morgen noch an?«
»Ich will mal schauen, dass wir gemeinsam einen Termin bei Dr. Sauer kriegen. Außerdem will ich Iversen anrufen. Wir haben ihn ja ein bisschen unsanft angefasst.«
»Stimmt, aber er schien auch lange Zeit ziemlich verdächtig. Und was gibt's sonst noch?«
»Bevor die Pressemitteilung rausgeht, will ich unbedingt noch mit Frau Feddersen persönlich sprechen. Ich meine, das hat sie verdient. Sie hat uns wirklich tatkräftig unterstützt. Erst durch das Material, das sie mir überlassen hat, haben wir den entscheidenden Hinweis auf Zappa erhalten.«
»So kann man's auch sehen. Aber eigentlich war es ja Ihre Silberhochzeitsreise.«
»Und Simones …«, murmelte Fassbinder so leise, dass Marc es nicht hören konnte. Aber er hätte es ohnehin nicht verstanden.

Polizeipräsidium Wuppertal
Donnerstag, 5. Mai, 9:30 Uhr

Um halb zehn erreichte Fassbinder Dr. Sauer und berichtete ihm alles Wissenswerte. So ganz zufrieden war sein Boss nicht mit der Aufklärung des Falles, schließlich blieb ungeklärt, wer von den Verdächtigen nun tatsächlich die tödlichen Schüsse auf Huber, Feddersen und Jagla abgegeben hatte.

»Aber das lässt sich ja eventuell noch in den folgenden Prozessen klären. Sie haben Ihren Job wie immer bestens erledigt. Ich gratuliere Ihnen zum Erfolg in Ihrem letzten Fall – oder haben Sie es sich noch mal anders überlegt?«, fragte er Fassbinder, immer noch in der Hoffnung, sein bester Mitarbeiter könnte seine Absicht, sich zurückzuziehen, nochmals überdacht haben.

»Nein, ganz bestimmt nicht. Aber ich hätte da noch eine Bitte: Ich würde gleich gern mit Marc zu Ihnen kommen, damit Sie Ihr Versprechen einlösen.«

»Pistole auf die Brust – oder wie nennt man das?«, lachte Dr. Sauer. »Aber gut, das haben Sie sich beide verdient. Sagen wir um halb elf?«

»Das passt. Bis nachher!«

Wie aufs Stichwort platzte Marc herein, sodass Fassbinder ihm gleich den Termin mitteilen konnte.

»Danke, Chef!«

»Wofür?«

»Nun, Sie wissen schon.«

»Gar nichts weiß ich. Und jetzt raus, ich will noch mit Iversen telefonieren.«

Fassbinder ließ sich mit Iversen verbinden, den er in seinem Büro in der Villa Braus erreichte.
»Harald Iversen. Was kann ich für Sie tun?«
»Guten Morgen, Herr Iversen. Ich bin's, Fassbinder.«
»Morgen, Herr Kommissar!«
»Wenn schon förmlich, dann bitte Hauptkommissar«, witzelte Fassbinder. »Doch lassen wir den Blödsinn, der Kommissar ist sowieso Ende nächsten Monats passé.«
»Man hat Sie doch nicht etwa rausgeworfen?«, lachte Iversen vernehmlich in den Hörer.
»Nee, ich glaube, die würden mich sogar gerne noch länger hier behalten. Aber ich habe klar gesagt, dass das mein letzter Fall war!«
»Und wie sieht's damit aus?«
»Deshalb rufe ich an. Wir haben die Geiselnahme und die Ermordung von Huber und Feddersen weitestgehend aufgeklärt. Die Helfershelfer sind offensichtlich in Osteuropa untergetaucht, aber die Drahtzieher sind hinter Schloss und Riegel.«
»Und um mir das mitzuteilen, rufen Sie an?«, fragte Iversen. »Naja, hier im Präsidium sind wir schon der Meinung, dass wir Ihnen das schuldig sind. Schließlich haben Sie …«, Fassbinder stockte, bevor er fortfuhr, »… kurzzeitig zum erweiterten Kreis der Verdächtigen gehört.«
»Ist das Ihr Ernst?«
»Ja. Es gab im Führungskreis den einen oder anderen, der nach der Geldübergabe Ihre späte Bekanntgabe der Einzelheiten als Indiz für eine Beteiligung angesehen hat.«
»Das können aber nur Leute gewesen sein, die selbst nicht beim Bund waren.«
»Apropos Bundeswehr: Auch Ihre zwölfjährige Dienstzeit war eine seltsame Duplizität, denn der inzwischen eben-

falls erschossene Anführer der Geiselnehmer hatte auch zwölf Jahre gedient, ungefähr zur selben Zeit wie Sie.«

»Gut, dass ich von all dem nichts wusste. Aber nett von Ihnen, mir wenigstens jetzt reinen Wein einzuschenken. Bin ich damit nun endgültig von der Liste gestrichen?«

»Das kann ich Ihnen versichern. Machen Sie's gut. Wenn das hier alles vorbei ist, würde ich mich gerne mal bei Ihnen zu einem kleinen Plausch blicken lassen.«

»Sie sind herzlich auf einen Kaffee eingeladen – aber nicht zum Survival-Training.«

»Das muss wirklich nicht sein. Habe gehört, dass da manchmal was schief läuft«, ulkte Fassbinder. »Aber zum Kaffee-Klatsch komme ich gern.«

Polizeipräsidium Wuppertal
Donnerstag, 5. Mai, 10:30 Uhr

Der Kriminaldirektor war offensichtlich bester Laune. Die Neuigkeiten hatten den Druck, den der Polizeipräsident in den letzten Tagen auf ihn ausgeübt hatte, abklingen lassen. Auf dem Besprechungstisch standen Mineralwasser, Kaffee und etwas Gebäck bereit. Fast gewann man den Eindruck, es gelte, einen Geburtstag zu feiern.

»Meine Herren«, begrüßte Dr. Sauer die beiden Kommissare und bot ihnen mit einer einladenden Geste Platz an. »Schön, dass Sie sich die Zeit nehmen konnten.« Beinahe klang es, als sei diese Zusammenkunft seine Idee gewesen. Fassbinder fiel es schwer, sich ein Grinsen zu verkneifen.

»Zuerst einmal meinen Glückwunsch an Sie, mein lieber Fassbinder«, fuhr Dr. Sauer fort, »für die hervorragende Arbeit. Aber wie mir zu Ohren gekommen ist, mein lieber

Haarmann, waren Sie am Erfolg nicht ganz unbeteiligt.«
Marc war etwas verlegen und blickte verstohlen zu seinem Chef, der ihm gegenübersaß. Stilles Einverständnis traf sich in ihren Blicken. Beide konnten ausufernde Schwafeleien nicht leiden, sie waren ihnen fremd.
»Ich war ja kaum vor Ort, habe mich mehr um die Organisation, den Mitarbeitereinsatz, also um die Logistik gekümmert.«
»Nun mal nicht so bescheiden, mein lieber Haarmann«, wiederholte Dr. Sauer seine joviale Anrede, »stellen Sie Ihr Licht nicht unter den Scheffel!«
Blabla – ob er das noch lange aushielt? Marc goss seinem Chef und sich zur Ablenkung eine Tasse Kaffee ein.
»Wie unaufmerksam von mir«, meinte Dr. Sauer und nahm einen Schluck aus seinem Teeglas. »Nehmen Sie sich auch ein paar Plätzchen, dafür stehen sie ja da.«
»Weshalb ich Sie eigentlich hergebeten habe«, wandte sich Dr. Sauer nun an Marc, nachdem er Fassbinder bedeutungsvoll angesehen hatte, »also, um es kurz zu machen: Ich möchte Sie, mein lieber Haarmann, gerne mit der Nachfolge Ihres bisherigen Chefs betrauen. Vielleicht haben Sie es ja schon geahnt, dass er sich zur Jahresmitte in den wohlverdienten Ruhestand begeben möchte. Was sagen Sie?«
Einen kurzen Moment lang überlegte Marc, ob er überrascht tun sollte, aber dann schien es ihm unangemessen und vor allem zu unaufrichtig. »Vielen Dank, dass Sie mir zutrauen, die Leitung der Mordkommission zu übernehmen. Aber – ganz ehrlich – so völlig überraschend kommt das nicht. Mein Chef hat mir ja schon mindestens seit Jahresanfang immer mehr Aufgaben übertragen, um die er sich zuvor selbst gekümmert hatte. Also irgendwie habe ich schon damit gerechnet.«

»Soso«, nickte Dr. Sauer, offensichtlich enttäuscht, dass er nicht mit einer großen Neuigkeit aufwarten konnte. »Dann bleibt mir nur zu sagen: Auf gute Zusammenarbeit – und hoffentlich werden Sie genauso erfolgreich sein wie Ihr Vorgänger!«

»Da bin ich mir sicher«, schaltete sich nun Fassbinder ein. »Herzlichen Glückwunsch, Marc. Du hast es verdient!«

»Gut, dann können wir ja jetzt wieder an unsere Arbeit gehen. Steht noch viel an im Fall Feddersen?«

»Nein, den Entwurf für die Pressemitteilung haben Sie ja schon abgezeichnet, alles Weitere ist Routine. Ich werde nachher allerdings noch Frau Feddersen aufsuchen, damit Sie die Einzelheiten direkt von mir und nicht erst durch die Presse erfährt.«

»Sehr gut, machen Sie das! Und Ihnen, mein lieber Haarmann, alles Gute und – wie gesagt – viel Erfolg in Ihrer neuen Aufgabe!«

»Danke, aber noch ist es ja nicht so weit.«

Sie verabschiedeten sich voneinander, dann verließen Fassbinder und Marc gemeinsam Dr. Sauers Büro.

Düsseldorf-Hubbelrath, Dorfstraße 32
Donnerstag, 5. Mai, 13:00 Uhr

Phillip hatte für seinen Chef einen Termin mit Frau Feddersen vereinbart, während dieser mit Marc bei Dr. Sauer gewesen war.

Auf die Minute pünktlich klingelte Fassbinder mittags um eins an der Tür. »Guten Tag, Frau Feddersen«, begrüßte er sie lächelnd und hielt ihr demonstrativ sein linkes Handgelenk entgegen. Sie blickte auf seine Armbanduhr. »Es war mir schon nach unserer letzten Begegnung klar, dass Sie beim nächsten Mal mit dem Glockenschlag vor dem Haus stehen würden. Guten Tag, Herr Fassbinder, es freut mich, Sie zu sehen. Heute ohne Ihren jungen Kollegen?«

»Ja, er hat Stallwache.«

Frau Feddersen bat den Kommissar herein. Wieder nahmen sie in der Sitzecke Platz und wieder stand Kaffee bereit.

»Was führt Sie denn heute zu mir?«

»Leider nichts Erfreuliches«, begann Fassbinder. »Es geht um die Ermordung Ihres Mannes. Wir wissen jetzt, wer den Auftrag erteilt hat.« Frau Feddersen schwieg, ihre Hände krallten sich ineinander. Fassbinder sah sie an, sein Blick hielt ihrem stand. »Es war Dr. Zappa«, sagte er leise.

Frau Feddersen beugte ihren Oberkörper nach vorn. Rhythmisch bewegte sie ihn etliche Male zurück und wieder nach vorn, dann schlug sie die Hände vor ihr Gesicht. Lange saß sie so da. Schließlich murmelte sie kaum hörbar: »Das kann ich nicht glauben. Nicht Julius. Oh, arme Katrin.«

»Sie kennen sich näher?«, hakte Fassbinder nach, der ruhig neben ihr gesessen hatte, um ihr ausreichend Zeit zu geben, sich zu fangen.

»Ja, Katrin ist seit meinem Studium in Frankfurt eine meiner besten Freundinnen, wenn nicht gar die beste. Wir haben beide an der Goethe-Universität Betriebswirtschaft studiert. Julius lernte sie anlässlich einer kleinen Geburtstagsfeier hier im Hause kennen.«

»Dass Sie so gut bekannt waren, wusste ich nicht.«

»Wie sagt man so schön? Beste Freunde!«, stieß sie mit sarkastischem Unterton hervor. »Sven-Eric hat immer so viel von ihm gehalten. Und jetzt soll Julius zu seinem Mörder geworden sein?«

Fassbinder hielt es in dieser Situation für unklug, sie zu

korrigieren: Ob Mörder oder Anstifter war in der momentanen Situation gleichgültig. Er fühlte sich hilflos. Gerne hätte er jetzt Svea bei sich gehabt. »Kann ich etwas für Sie tun? Vielleicht jemanden anrufen?«

»Nein, lassen Sie es gut sein. Meine Tochter kommt gleich aus der Schule, das wird mir helfen und mich ablenken. Doch eine Bitte hätte ich noch: Können Sie mir einen Besuchstermin im Gefängnis besorgen? Ich möchte Julius anschauen, wenn er mir erklärt, warum er das getan hat.«

»Wenn es Ihr Wunsch ist, werde ich alles veranlassen.«

»Ja, bitte. Und wenn es geht, so schnell wie möglich.«

In diesem Moment klingelte es an der Haustür und Frau Feddersen erhob sich. Fassbinder sah es als gute Gelegenheit, sich zu verabschieden. »Ich denke, ich lasse Sie jetzt mit Ihrer Tochter allein.«

»Ja, Herr Fassbinder«, stimmte sie ihm zu. »Und vielen Dank, dass Sie sich persönlich herbemüht haben.«

Gemeinsam gingen sie zur Haustür, wo er sich von Frau Feddersen verabschiedete und ihre Tochter kurz begrüßte. Dieses Mal blieb Frau Feddersen nicht in der Tür stehen, um ihm nachzuwinken. Zu sehr war sie mit sich und der schrecklichen Nachricht beschäftigt.

Wuppertal, Lortzingstraße 7
Donnerstag, 5. Mai, 23:17 Uhr

Ein arbeitsreicher Tag lag hinter ihm. Die Fertigstellung der gemeinsamen Presseerklärung hatte sich hingezogen, weil viele Leute meinten, ihren Senf dazugeben zu müssen. Jeder wollte die Bedeutung seines Verantwortungsbereichs hervorheben. Und alles verlief gemäß dem Motto: ›Viele

Köche verderben den Brei‹. So einigte man sich schließlich auf eine äußerst knappe Erklärung mit dem Hinweis, dass am späten Freitagnachmittag sowohl in Berlin als auch in Wuppertal eine Pressekonferenz einberufen würde.

Fassbinder war es über seinen Chef gelungen, für Frau Feddersen bereits am nächsten Morgen um elf Uhr einen Besuchstermin zu bekommen. Dafür hatte sie ihm überschwänglich am Telefon gedankt. »Es war das Mindeste, was ich für Sie tun konnte«, war seine Antwort gewesen. »Melden Sie sich einfach beim Haupttor des UG am Simonshöfchen und legen Sie Ihren Personalausweis vor, dann werden Sie keinerlei Schwierigkeiten haben. Die behördliche Genehmigung liegt bereits vor.«

Auch die Presseerklärung war den Agenturen noch rechtzeitig zugegangen. Danach hatte er die ganze Mannschaft zusammengetrommelt und seinen Mitarbeitern Marcs Beförderung mitgeteilt. Alle freuten sich über diese Entscheidung und gratulierten dem Kollegen, doch wirklich überrascht war niemand. Gegen halb acht fuhr Fassbinder dann schließlich nach Hause.

Er sah sich noch eine politische Talkshow im Fernsehen an und beschloss, zu Bett zu gehen. Obgleich er eine bleierne Müdigkeit verspürte, war an Schlaf – wie so häufig in den letzten Wochen – nicht zu denken. Frau Feddersen spukte ihm im Kopf herum – sie und die lange bestehende Freundschaft zwischen ihr und der Frau des Mannes, der den Auftrag zur Ermordung Feddersens erteilt hatte.

»Du grübelst mal wieder, mein Liebster«, meldete sich Simones vertraute Stimme, »statt deinen Erfolg zu genießen.«

»Ja, mein Engel, diese tapfere Frau geht mir nicht aus dem Sinn. Erst wird ihr Mann ermordet und jetzt droht die

Freundschaft mit ihrer besten Freundin zu zerbrechen.«
»Schwer vorstellbar, dass diese Frau ihr Leben wie gewohnt weiterführen wird. Sicherlich ahnte sie nichts von der Tat ihres Mannes. Vielleicht trennt sie sich auch von ihm – und dann könnte sie ihrer Freundin sogar ein wichtiger Halt sein.«
»Vermutlich wird Frau Feddersen morgen den Mann, der für die Ermordung ihres geliebten Ehemannes verantwortlich ist, fragen, ob seine Frau etwas gewusst hat. Ich denke, sie hofft, dass wenigstens das nicht der Fall ist. Bestimmt hat sie mich deshalb gebeten, ihr einen Besuchstermin zu verschaffen.«
»So wird es sein, Liebster. Aber sie will ihm sicher auch in die Augen schauen, wenn sie ihn nach dem Warum fragt. Eine tapfere Frau, die einen schweren Gang vor sich hat.«
»Einen schwereren Gang ...«, murmelte Fassbinder noch, als sich der Schlaf seiner bemächtigte.

Düsseldorf-Hubbelrath, Dorfstraße 32
Freitag, 6. Mai, 6:08 Uhr

Nachdem Edda Feddersen sehr unruhig geschlafen hatte und schweißgebadet aus einem bösen Traum erwacht war, tat ihr eine erfrischende Dusche wohl. Obgleich sie sich nun etwas besser fühlte, mochte sie nicht frühstücken. Sie verspürte keinen Hunger.
Planlos ging sie von einem Zimmer zum anderen, räumte Sachen weg und setzte sich schließlich in das Büro ihres Mannes. Sie griff nach dem Stapel Briefe, der hauptsächlich aus Schreiben diverser Versicherer und Banken bestand, auch einige unerledigte Rechnungen waren dabei.

Aber als sie immer wieder den Namen ihres Mannes las, kamen ihr die Tränen. So schob sie den Stapel zur Seite und verließ den Raum.

Sie ging ins Wohnzimmer, wählte aus der umfangreichen CD-Sammlung klassischer Musik ›Ein deutsches Requiem‹, Opus 45, von Johannes Brahms, gespielt vom New Philharmonia Orchestra unter der Leitung von Lorin Maazel. Während der Chor das Lied ›Selig sind, die da Leid tragen‹ anstimmte, empfand Edda Feddersen Wut und Trauer. Und es sprach ihr aus der Seele, als sie nach einiger Zeit des Versunkenseins ›Ileana Cotrubas‹ glockenhelle Stimme und die Arie ›Ihr habt nun Traurigkeit‹ hörte.

Ja, sie war auch traurig, traurig über die Ungerechtigkeit der Welt. Und wütend. Was hatte ihr Mann nicht alles für Julius getan! Er hatte ihn gefördert, wo er nur konnte, ihm Aufsichtsratsmandate überlassen, die sonst ihm selbst übertragen worden wären. Edda Feddersen verstand die Welt nicht mehr.

Eigentlich war sie nicht in der Stimmung, Julius zu begegnen. Aber sie wusste, dass es sein musste. Sie würde es sich nie verzeihen, wenn sie ihn jetzt nicht nach dem Warum fragen würde. Er sollte ihr sagen, weshalb er diesen Mord in Auftrag gegeben hatte. Er sollte sie anschauen und es ihr ins Gesicht sagen. Er sollte Schuld und Scham empfinden. Er sollte Reue zeigen.

Justizvollzugsanstalt Simonshöfchen, Wuppertal
Freitag, 6. Mai, 10:32 Uhr

Edda Feddersen bog mit ihrem VW-Eos von der A 46 ab. In Vohwinkel fuhr sie die Kaiserstraße entlang, die von den mächtigen grünen Stahlpfeilern der Schwebebahn gesäumt wurde. Als sie an einer Ampel anhalten musste, duckte sie sich unwillkürlich, denn ein orangefarbener Schwebebahn-Zug ratterte über sie hinweg und warf einen langen Schatten auf ihren Wagen. Hinter der Endhaltestelle lotste ihr Navigationssystem sie nach rechts auf eine Brücke. Sie überquerte etwa ein Dutzend Eisenbahngleise, hielt sich an der nächsten Ampel links und bog dann nach dreihundert Metern rechts in die Straße ein, die zur Justizvollzugsanstalt Simonshöfchen führte. Zweihundert Meter weiter war sie am Ziel. Sie parkte ihren Wagen und klingelte am grau gestrichenen, stählernen Eingangstor. In der eingelassenen Tür erschien ein Justizbeamter. Er nahm ihren Personalausweis entgegen und bat sie, in dem karg eingerichteten Empfangsraum zu warten. Zwei Minuten später betrat er erneut den Raum und führte Frau Feddersen in ein hinter der Wache liegendes, sehr modern eingerichtetes Büro. Die Ausstattung ließ vermuten, dass es sich um das Dienstzimmer des Gefängnisdirektors handeln musste.

»Nehmen Sie bitte Platz! Unser Anstaltsleiter, Herr Walter Pötter, möchte Sie gerne noch vor Ihrem Besuchstermin sprechen. Er wird gleich hier sein. Genügt Ihnen Wasser oder möchten Sie Tee oder Kaffee?«, fragte er mit Blick auf die Flasche Mineralwasser, die er vor dem Sessel auf dem Tisch platzierte. »Danke, Wasser ist in Ordnung.« Wenige Augenblicke, nachdem der Beamte den Raum verlassen hatte, öffnete sich eine zweite Tür.

»Guten Tag, Frau Feddersen. Mein Name ist Walter Pötter.«
»Herr Pötter, es ist sehr freundlich von Ihnen, dass Sie meinen Besuch so kurzfristig ermöglichen.«
»Zunächst möchte ich Ihnen mein Beileid aussprechen. Es ist schrecklich, was passiert ist.«
»Danke«, erwiderte Frau Feddersen mechanisch. Dann fügte sie mit gefestigter Stimme hinzu: »Vielen Dank.«
»Was ich Sie fragen wollte«, hob der Gefängnisdirektor an und räusperte sich, als falle es ihm schwer, das Gespräch in Gang zu bringen. »Sind Sie sicher, dass Sie sich das antun wollen – ich meine, *ihn* zu sehen?« Mit Rücksicht auf Frau Feddersen schien er die Erwähnung des Namens vermeiden zu wollen.
»Glauben Sie mir, ich habe mir das wirklich reiflich überlegt. Ich will ...« Mitten im Satz wurde sie unterbrochen, denn nahezu zeitgleich mit einem kurzen, energischen Klopfen stand eine Frau in der Tür, offensichtlich Pötters Sekretärin oder Assistentin.
Ihr Chef blickte sie ungehalten an. »Was ist denn los, Frau Haferkamp? Jetzt müssen Sie aber einen ziemlich triftigen Grund haben, hier so einfach reinzuplatzen«, herrschte er sie an.
»Den habe ich ...«
»Nun sagen Sie schon! Die Schwebebahn dürfte ja wohl kaum auf die Kaiserstraße gefallen sein!«
»Es handelt sich um unseren Neuzugang, Herrn Dr. Zappa. Er, er hat sich in seiner Zelle erhängt!« Marlies Haferkamp spürte, dass es angeraten war, das Büro des Anstaltsleiters ebenso schnell zu verlassen, wie sie es betreten hatte.
Der Gefängnisdirektor saß bewegungslos da. Er zog seine buschigen Augenbrauen zusammen, sodass sich auf seiner Stirn tiefe Querfalten und über seiner Nase eine markante

Längslinie zwischen den Augen bildeten. Er erweckte den Eindruck, als denke er angestrengt nach. Pötter war immer ein Meister des Wortes, wenn er wusste, was ihn erwartete. Aber in dieser Situation fühlte er sich überfordert, ohnmächtig. Und je länger das Schweigen andauerte, desto unerträglicher wurde es. Er spürte, dass er jetzt etwas sagen sollte, doch er fand keine Worte. Es vergingen noch zwei, drei Minuten, aber sie erschienen ihm als die längsten seines Lebens – wie eine Ewigkeit.

»Das ist nicht gerecht«, brach Edda Feddersen nun leise die auf beiden lastende Stille. »Warum darf jemand einen so niederträchtigen Mord in Auftrag geben und sich dann heimlich davonstehlen? Wo bleibt die irdische Gerechtigkeit?«

»Er konnte Ihnen wohl nicht in die Augen sehen«, fand nun auch endlich Pötter seine Sprache wieder.

»Nicht einmal das. Wie feige, wie unendlich feige.«

Edda Feddersen erhob sich. Wortlos nickte sie Pötter zu, dann verließ sie sein Büro. Der Justizbeamte, der sie vorhin hereingelassen hatte, nahm sie in Empfang und begleitete sie zum Ausgang.

Schwer fiel die Tür hinter ihr ins Schloss. Einige Zeit stand Edda Feddersen bewegungslos da, keine drei Schritte vom mächtigen Eingangstor entfernt, und atmete die Frühlingsluft ein. Den einsetzenden Regen spürte sie nicht. Dann setzte sie sich in ihr Auto, hangelte sich im Navigationssystem durch die gespeicherten Ziele und tippte auf das Stichwort ›Katrin Zappa‹.

Im Display erschien die gesuchte Adresse:

Solingen, Westersburg 33 a.

Sie startete den Wagen und fuhr los.

Dank – schau – wem

Dieses Buch ist nicht die Vermessung der Welt, vielmehr ist es ein weiterer regionaler Kriminalroman, der 2011 hauptsächlich im Bergischen Land, in seiner Metropole Wuppertal sowie in dem Städtedreieck Bergisch Born-Hückeswagen-Radevormwald, spielt. Dass er erscheinen konnte, verdanke ich Thomas Halbach, der schon meinen Roman ›Gabriel oder das Versprechen‹ verlegt hat.

Der vor Ihnen liegende Roman wäre nie zu dem geworden, was er ist, wenn mir nicht einige Menschen hilfreich zur Seite gestanden hätten.
Jana, meiner Tochter, danke ich besonders herzlich, weil sie nach der Durchsicht meines ersten Entwurfs schonungslos offen war, auf Verbesserungsmöglichkeiten hinwies und mir bei der Überarbeitung noch etliche schriftstellerische Tipps sowie den bekannten Satz ›Writing is Rewriting‹ als Trost mit auf den langen Weg gab.
Die ersten inhaltlichen Korrekturen erfolgten durch Michael Müller, der bereits meinen vorherigen Roman lektorierte. Für den Feinschliff sorgte meine Lektorin Christine Chmilewski, die mit großer Akribie ans Werk ging und den Roman ins richtige Fahrwasser leitete. Mit ihr zusammenzuarbeiten war eine Freude. Ihr gilt mein Dank ebenso wie Ernst-Wilhelm Bruchhaus, der auch dieses Mal wieder ein Cover entworfen hat, das die Neugier auf den Inhalt weckt.

Große Bedeutung in einem Kriminalroman kommt der polizeilichen Arbeit zu. Sie möglichst authentisch zu schildern, war und ist mir immer wichtig. Umfassend unterstützt wurde ich dabei von der Wuppertaler Polizei und Staatsanwaltschaft. Besonders danke ich deshalb dem inzwischen pensionierten Hauptkommissar Klaus Gutberlet und dem Pressesprecher der Staatsanwaltschaft, Oberstaatsanwalt Wolf-Tilman Baumert.

Von Ralf Hölzel, dem Geldwäschebeauftragten der Stadtsparkasse Solingen, erhielt ich viele Informationen zum Thema Geldwäsche, insbesondere neueste Entwicklungen auf dem Bankensektor betreffend. Dafür danke ich auch ihm.

Der größte Dank geht an meine Frau Christa, die selbst Phasen ausgeprägter Schreibwut, die gelegentlichen Schreibblockaden folgten, mit großer Toleranz hinnahm und mich einzig durch deutlich wahrnehmbares Klopfen und den mahnenden Hinweis »Du musst auch mal frühstücken!« bisweilen zur Unterbrechung meiner meist in den frühen Morgenstunden begonnenen Arbeit aufforderte.